# La Vie sauvage

AU DIABLE VAUVERT

Thomas Gunzig

# La Vie sauvage

## Du même auteur chez le même éditeur

Mort d'un parfait bilingue, roman, Prix Victor Rossel
Le Plus Petit Zoo du monde, nouvelles, Prix des Éditeurs
Kuru, roman
10 000 litres d'horreur pure, roman, Prix Masterton
Assortiment pour une vie meilleure, nouvelles
Manuel de survie à l'usage des incapables, roman, Prix triennal du roman
Et avec sa queue, il frappe !, théâtre
Borgia, comédie contemporaine, théâtre
La Stratégie du hors-jeu, théâtre

ISBN : 978-2-84626-961-2

© Éditions Au diable vauvert, 2017

Au diable vauvert
La Laune 30600 Vauvert

www.audiable.com
contact@audiable.com

*Pour ma fille, Clara*

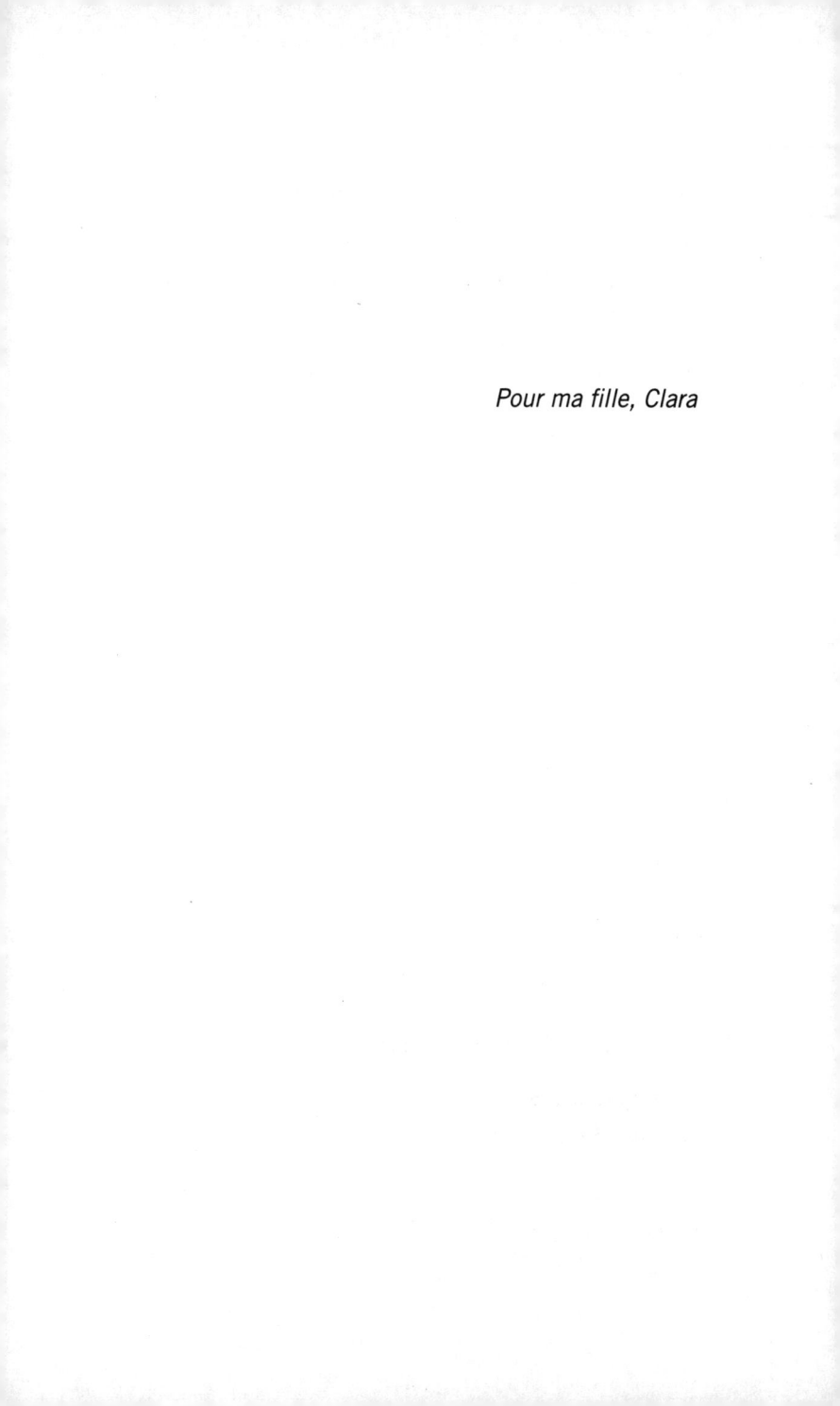

*Gaspard Hauser chante :*
*Je suis venu, calme orphelin,*
*Riche de mes seuls yeux tranquilles,*
*Vers les hommes des grandes villes*

Paul Verlaine

# Avant-propos

Ce livre n'a d'autre ambition que de témoigner de ce qui s'est véritablement passé, afin que le lecteur puisse se faire un avis.

J'ai pris le parti de la franchise et de l'honnêteté.

Les noms et les lieux n'ont pas été changés, il était inutile d'essayer de garder ça secret, parce que j'en ai vraiment rien à foutre des conséquences.

# 1.

J'aurais pu commencer cette histoire en racontant comment on m'avait cru disparu et mort et comment c'était faux. J'aurais pu commencer en racontant comment mon père et ma mère, eux, étaient bel et bien disparus et morts, dans cet ordre ou dans l'autre. Ça aurait certainement fait un bon début d'histoire, mais comme ce n'est pas le plus important, je raconterai tout ça plus tard. J'aurais pu commencer cette histoire en racontant les premières années de ma vie pour convaincre le lecteur que, contrairement à tout ce qu'on a pu dire, ces années furent belles et généreuses en toutes choses. Mais de ça aussi, je me suis dit que j'en parlerais plus tard, quand le moment sera venu. J'aurais pu commencer en racontant de quelle façon on s'était rendu compte que je n'étais ni disparu ni mort et comment on était venu me chercher. J'en parlerai aussi, car la manière dont ça s'est passé est si étonnante, qu'elle provoquera chez le lecteur l'apparition de quantité de réflexions sur le sens de la vie et l'ironie du destin. Mais finalement, j'ai préféré commencer à un point assez proche d'aujourd'hui, c'est-à-dire en ce jour de novembre où, après plusieurs heures de vol, après mon premier face-à-face avec l'hiver européen (avec son horrible visage grisâtre et son air aussi glacé et puant que l'haleine d'un mort), une dame m'avait conduit dans le bureau de mon oncle et m'avait demandé d'attendre un instant.

La dame était venue me chercher à l'aéroport. Pour rendre ce récit un peu plus vivant, il faut que je vous la décrive, mais avant de vous la décrire, il faut que je précise qu'à ce moment-là, j'étais dans un état qu'un psychologue qualifierait de « perturbé ». J'avais été arraché avec une certaine brutalité à tout ce qui constituait mon univers, j'avais l'impression que ma vie était finie, j'avais à la fois envie de mourir et de tuer, et le long couloir des débarquements, décoré de publicités dont le bonheur artificiel me faisait l'effet d'agressions manifestes, m'apparaissait comme un chemin de croix, comme la route vers le Golgotha.

Au bout de ce chemin, après avoir récupéré mon bagage ridiculement maigre, vêtu du training crasseux que je traînais depuis mon départ, j'avais donc rencontré la première personne de mon nouvel univers. C'était une dame, une dame qui m'avait reconnu dans la petite foule. Sans doute lui avait-on donné une photographie. Quand j'avais passé la porte, au milieu de visages inconnus, j'avais vu un bras qui s'agitait, un regard qui cherchait le mien.

Obéissant, soumis, docile, piégé par le mauvais sort, je m'étais approché.

Cette dame était une créature trapue, courte sur pattes, avec quelque chose dans l'aspect général, de la forme des jambes à l'étroitesse du regard, qui m'évoquait le tapir lorsque, le soir venu, il cherche fiévreusement un endroit où dormir. Elle avait une peau blanchâtre, vaguement gélatineuse et, pour une raison qui m'échappait, elle avait donné à ses cheveux une coloration orangée assez proche de celle d'un métal corrodé.

Elle m'avait dit : « Bonjour, je suis Audrey, la secrétaire d'Alain. » Elle m'avait demandé si j'avais fait bon voyage et, écoutant à peine ma réponse, elle s'était mise au volant d'une voiture démesurément grande qu'elle avait eu un mal fou à sortir du parking. En gémissant pendant les manœuvres, elle m'avait dit que ce n'était pas la sienne.

Entre l'aéroport et la ville, nous avions traversé une campagne grise et boueuse qui n'inspirait que des idées moroses et surtout qui ne faisait qu'intensifier ma rage de voir ainsi s'échapper ce que je considérais comme mon destin. Cette campagne, que vous connaissez sans doute et qui n'a sans doute pour vous que l'aspect de la banalité la plus triviale, était pour moi totalement nouvelle. J'y voyais ce que vous ne voyez plus : la laideur de la végétation domestiquée, une nature qui a rendu les armes et qui n'est plus que l'ombre d'elle-même, des arbres tordus par la honte, une herbe pourrie, brunâtre, désolante.

Enfin, nous étions arrivés dans ce lieu grotesque qui serait désormais, hélas, « ma ville ».

Cette ville, « ma ville », n'était pas une grande ville, c'était plutôt une ville de « taille moyenne », m'avait dit la dame (sans que je sache à quoi cela pouvait correspondre). Ma ville était donc une ville de taille moyenne dont la noirceur, en cette fin d'après-midi hivernale, la faisait ressembler à un morceau de charbon taillé. Des commerces dont je ne comprenais pas encore la nature tentaient en vain d'égayer le tableau général en affichant des couleurs acidulées, mais il fallait bien reconnaître que ça ne marchait pas… En vertu de la règle voulant que, lorsqu'on veut cacher le malheur on le renforce, ça empirait même les choses.

Et puis nous étions arrivés devant l'imposante construction de la maison communale « d'inspiration néoclassique », m'avait encore dit Audrey, qui m'avait fait entrer par l'arrière pour plus de discrétion.

## 2.

Debout, seul dans ce bureau où l'on m'avait conduit, je m'étais rendu compte que c'était la première fois, de toute ma vie, que j'attendais quelqu'un. Je n'aimais pas ça, l'attente, cette étrange sensation où se mêlaient la colère, la honte et la peur.

J'avais serré les poings, j'avais repensé à tout ce que j'avais appris, j'avais repensé à la forêt, à la nuit, à la peau veloutée de Septembre, à son odeur de mangue fraîche, à son visage, à son sourire, à ce qu'elle m'avait dit quand elle avait su que je partirais, à la confiance que j'avais vue dans son regard, à l'amour que j'avais senti dans sa voix, et finalement la honte et la peur avaient disparu. J'étais parvenu à ne plus ressentir que de la colère.

Une humeur claire et nette.

Une humeur saine.

J'avais regardé autour de moi : un parquet verni, un imposant bureau en bois noble surmonté d'un ordinateur. Sur un mur, sous cadre, un article de presse annonçant une victoire électorale accompagné d'une photographie, celle d'un homme en costume, souriant, la cinquantaine potelée, serrant la main d'un autre homme plus âgé, le tout sous les objectifs de photographes réunis là comme pour une grande occasion. À travers la fenêtre qui donnait sur une rue en pente, tout autour de moi et pareille à une sombre hémorragie, je voyais s'étendre la « ville de taille moyenne ».

À cet instant, j'avais pris la décision de la détester autant que je le pourrais, avec détermination, sans faiblir, sans plier comme l'avait fait, face aux intempéries, le grand arbre millénaire au pied duquel, à la fin de la dernière nuit, j'avais laissé Septembre, nue, noire, endormie.

# 3.

Et puis mon oncle, Alain, était arrivé.

Il était arrivé mais, avant d'être là, ça avait d'abord été des pas lourds dans le couloir : *bam-bam-bam* ! Le cuir des semelles contre le bois du parquet, une cadence assurée, presque martiale. Les pas de quelqu'un qui est *chez lui* et qui veut le faire savoir. Les pas de quelqu'un qui s'arrête *s'il veut*. Des pas qui se fichent de faire du bruit. Et puis (toujours avant qu'il ne pousse la porte et que je ne le voie) ça avait été sa voix. Cette voix qui s'approchait, désincarnée, menaçante : des éclats de « oui ! », « non ! », de « j'en sais rien, débrouillez-vous ! ». Une voix qui m'avait glacé le sang comme le roulement mauvais d'un orage.

Je m'étais forcé à sourire. J'avais adopté une attitude dégagée, j'avais respiré profondément une première et puis une seconde fois, bref j'avais fait tout ce que Cul-Nu – Cul-Nu qui serait pour toujours mon vrai père – m'avait appris. Et, comme Cul-Nu me l'avait appris, j'avais sorti Charles Baudelaire de ma mémoire: *Viens-tu troubler, avec ta puissante grimace, La fête de la Vie?*

Et cette phrase à la fois limpide et mystérieuse, cette phrase si douce et si menaçante, m'avait rendu parfaitement prêt à accueillir celui qui, je le pressentais, était mon ennemi.

# 4.

Avant de vous raconter ma première rencontre avec mon oncle, il faut sans doute à présent que je vous raconte comment, alors que tout allait bien pour moi, les choses se sont soudain mises à aller de travers. Comme c'est souvent le cas avec les ruptures dans le destin, tout s'est mis à aller de travers par un improbable coup de malchance. Tout s'est mis à aller de travers à cause d'événements qui m'étaient, en apparence, totalement étrangers, mais dont les liens de causalité (évidents a posteriori) me font croire aujourd'hui que « les choses étaient écrites ».

Serguey Brin et Larry Page, les fondateurs de Google et les concepteurs du service Google Street View, n'imaginaient certainement pas qu'ils seraient les artisans de la fatalité qui allait briser ma vie, qui déchirerait mes rêves et qui réduirait à néant tous mes espoirs en envoyant valser, d'un revers de la main, tous les projets que j'avais élaborés avec tant de peine.

Lorsque les voitures de Google eurent couvert l'intégralité des continents américain et européen, lorsqu'elles eurent ramené leurs images, capturées avec leurs caméras à trois cent soixante degrés, de chaque route, rue et ruelle, le public se lassa et son intérêt se teinta d'exotisme, se chargea d'un brûlant désir d'aventure qui lui serait offert, comme un cadeau, pour peu qu'il possède une connexion haut débit.

C'est comme ça que des voitures appartenant à des sociétés sous-traitant le géant de l'informatique commencèrent à arpenter méthodiquement les chemins sud-américains, centrasiatiques et, bien entendu, africains. On roula sur des sentiers chargés de boue ou de poussière, on grimpa le long de cols rocailleux menant aux villages isolés de l'Altiplano, on se fraya des passages au travers des végétations visqueuses de l'Amazonie, on roula avec obstination sur des pistes de brousse empruntées par le bétail famélique du Niger, du Gabon ou du Congo. On photographia des routes improbables partant de nulle part et se perdant, après quantité de lacets équivoques, au seuil de hameaux peuplés de chiens borgnes et de vieillards lyophilisés. On photographia, mètre par mètre, les millions de chemins, de sentiers, de saignées faits de sable, de terre ou de pierre qui, comme un gigantesque réseau veineux, irriguaient de vie la surface presque infinie de ces continents.

Rapidement, une mode assez particulière vit le jour parmi les internautes désœuvrés, c'est-à-dire un nombre conséquent, il s'agissait d'explorer virtuellement ces lieux oubliés pour en ramener les images les plus singulières possible, de manière à s'assurer quantité de likes et de retweets. On s'offrait ainsi, pendant un moment, dans une vie d'anonymat, l'illusion d'être un leader d'opinion. Il y eut la photographie du petit singe perché sur un monocycle le long d'une autoroute (9 875 likes, 4 078 partages), celles d'une jambe dépassant d'un coffre de voiture (10 965 likes, 6 789 partages), d'une prostituée obèse faisant un doigt d'honneur à l'objectif (30 154 likes, 9 867 partages), d'un tigre sur une aire de station-service, d'un homme endormi dans une poubelle, d'une plantation de cannabis au Venezuela, d'un couple faisant l'amour dans une décharge de pneus, et puis il y eut aussi l'étrange image, capturée au hasard d'une piste de brousse, d'un jeune garçon blanc au milieu d'un groupe de jeunes hommes noirs (90 425 likes, 80 763 partages).

La photographie avait été repérée par un internaute anglais du nom de Pakan{99}, qui était tombé dessus par hasard en cherchant des images du village natal du célèbre avant-centre international, Zola Mukanga. Il l'avait immédiatement postée sur sa page Facebook au milieu d'interviews de joueurs de Chelsea et d'images de Ferrari (avec des filles en maillots de bain caressant les carrosseries écarlates). L'image avait été partagée par cinq personnes, dont un certain Elijah Diaz, qui était le neveu d'un journaliste qui s'occupait de la page « Fun » de la version en ligne du *Bristol Post*. Elijah Diaz l'avait mise en ligne sur le site du journal, accompagnée d'un commentaire laconique : « *The Son of Tarzan* ».

En quelques mois, comme beaucoup d'autres images cocasses, absurdes ou bizarres, la photographie fit le tour du web : de Facebook, elle fut récupérée par les sites Konbini et Ufunk *(art, gadget and amazing stuff)*, ensuite dans une série photographique de *Vice Magazine* portant sur « l'Afrique punk », puis dans le *Huffington Post* France dans un article sur la culture digitale et finalement elle fut repostée sur Facebook où elle attira l'attention d'un certain Jean-Marc Dumont, journaliste à la retraite qui, quinze ans plus tôt, avait couvert l'enquête sur le crash du vol Paris-Le Cap AF 267.

# 5.

Mon oncle finit par ouvrir la porte. C'était le quinquagénaire se trouvant sur la photographie encadrée. Il était assez grand, il me dépassait en tout cas d'une bonne tête. Son corps massif avait la forme particulière de ces gros dont la graisse est posée sur une musculature solide et qui gardent, à l'image de l'hippopotame, une certaine élégance. Il avait le teint rouge de l'amateur de viande et de vin; à l'annulaire de sa main gauche, un anneau d'or, pareil à un garrot, étranglait la chair.

Il avait donc une femme.

Je décidai que ce serait là notre seul point commun.

Durant un bref instant, il me regarda, il m'évalua, ensuite il plissa les yeux et la bouche dans ce qui ressemblait au simulacre (assez réussi) d'un sourire chaleureux. Il s'approcha de moi en me tendant une main aussi grande et dodue qu'un poulet d'élevage.

— Charles! me dit-il, je suis tellement heureux.

Je lui serrai la main.

Il fallait que je le mette en confiance.

La confiance, c'était la base de tout.

## 6.

À présent, pour que tout le monde comprenne bien comment ça s'est passé, je suis obligé de parler encore un peu de ce journaliste, Jean-Marc Dumont. Mais attention, Jean-Marc Dumont ne sera qu'un personnage très secondaire dans cette histoire, un simple catalyseur, un personnage qui disparaîtra une fois que j'aurai passé le cap de ces premiers chapitres.

Jean-Marc Dumont, obscur journaliste dans un obscur journal d'une obscure province, fut celui qui avait couvert avec le plus de détermination le drame du vol Paris-Le Cap AF 267. Sans doute voyait-il là l'occasion de signaler son talent d'auteur aux lecteurs de son journal, peut-être espérait-il mettre la main sur « quelque chose d'important », peut-être plus simplement s'intéressait-il aux accidents d'avions et aux tragédies liées aux transports (il avait déjà fait quelques beaux articles sur le naufrage du *Costa Concordia*). Évidemment, avec le crash de l'airbus, ses articles se pimentaient du fait qu'à bord de l'avion se trouvait une personnalité politique sans aucune envergure internationale, mais avec une certaine importance locale.

Au moment du drame, pris autant par l'émotion que par l'ambition, il avait donc écrit cinq ou six articles qui étaient surtout des compilations d'avis d'experts et de témoignages. Et puis, du temps avait passé, Jean-Marc Dumont s'était rendu compte que ses articles n'avaient pas particulièrement attiré l'attention sur lui et il avait continué, un peu amer mais résigné, à couvrir des matchs de volley, des élections locales et des inaugurations sans importance. Le crash de l'avion avait disparu du champ des émotions, remplacé par un tremblement de terre au Japon, puis une bombe dans le métro de Londres, puis un incendie à Washington, puis une prise d'otages au Moyen-Orient.

Mais, des années plus tard, Jean-Marc Dumont tomba sur cette photographie d'un jeune garçon blond au milieu d'une bande de jeunes garçons noirs et cette photographie l'avait ramené des années en arrière.

Grâce aux données EXIF de l'image, il avait les coordonnées exactes de l'endroit où elle avait été prise et il tenta de contacter les autorités locales. Après six mois passés à écrire des mails, à tenter des coups de téléphone et même à envoyer des courriers papier à l'ambassade, au consulat, aux responsables de la province, de la commune ou d'un village proche de l'endroit où était passée la voiture sous-traitant pour Google Street View, Jean-Marc dut se rendre à l'évidence que manifestement il n'y avait tout simplement pas d'autorités locales.

Alors, le cœur et l'âme chauffés à blanc par la flamme du journaliste qui brûlait encore en lui, il avait eu l'idée de se rendre sur place.

C'est à ce moment-là qu'il avait contacté mon oncle, Alain VanHout, pour lui faire part de sa théorie : quinze ans plus tôt, son frère Guy VanHout, bourgmestre (dont il avait aujourd'hui pris la succession) et président de la fédération régionale du Parti (comme lui aussi), son épouse Michelle et leur bébé de trois mois, Charles, ainsi que les trois cent vingt passagers et membres d'équipage de l'airbus A330 du vol Paris-Le Cap AF 267 avaient disparu des écrans radars. Les recherches avaient fini par localiser des débris dans une zone à cheval entre le Congo, la RDC et la République centrafricaine. La France et la Belgique avaient dépêché des secours et des experts, les données récupérées dans la boîte noire avaient permis de conclure qu'une dépressurisation de la carlingue (trouvant son origine dans une fissure qui était passée inaperçue lors de l'entretien de l'appareil) était la cause probable du drame.

De nombreux corps avaient été retrouvés, d'autres avaient disparu, ce qui était dans l'ordre des choses, vu qu'en quelques jours, dans ce lieu sauvage, les bêtes avaient eu tout le temps d'en dévorer un certain nombre. Par conséquent, on ne s'étonna pas lorsque, après avoir identifié ce qu'il restait de Guy et Michelle VanHout, on ne trouva pas trace du malheureux petit Charles.

Cinq kilos de bébé, un gros vautour était bien capable d'emporter ça à des kilomètres.

# 7.

Après m'avoir serré la main et me désignant un fauteuil face à son bureau, mon oncle m'avait dit de m'asseoir.

J'avais obéi.

Mon oncle était resté debout et, lui si grand, moi assis, il me regardait maintenant comme on regarde un curieux insecte, avec une expression où se mêlaient la pitié, l'embarras et sans doute un peu de dégoût pour une forme de vie inférieure. Pendant qu'il faisait mine de chercher des mots, j'avais eu la conviction qu'il les avait déjà préparés depuis longtemps, que cette hésitation relevait juste de la mise en scène et que cet homme faisait partie de la redoutable espèce des manipulateurs.

— Tu sais, finit-il par dire, nous sommes tous bouleversés que tu sois là. C'est un très grand bonheur… Je me doute que tu as dû vivre et traverser des épreuves terribles… L'Afrique, c'est… c'est (ici, il fit un geste de la main comme pour chasser des images épouvantables qui lui seraient venues devant les yeux)... Enfin, écoute (il posa sa main droite, lourde et massive, sur mon épaule), tu vas venir vivre à la maison, on t'a préparé une chambre, tu seras chez toi... Murielle (je ne savais pas qui était Murielle) a préparé tout ça. Frédéric et Aurore (je ne savais pas non plus qui étaient Frédéric et Aurore) sont très impatients. Tu vas rencontrer tout le monde ce soir, ça va bien se passer. Bon, autre chose (il regarda sa montre, il parlait depuis deux minutes, mais il commençait manifestement à en avoir marre, il devait avoir des rendez-vous plus importants), tu es mineur... Comme tu as été identifié grâce aux tests ADN, l'aspect administratif a été réglé assez rapidement... Tu as une carte d'identité, Audrey va te la donner, mais tu es aussi soumis à l'obligation scolaire... Je ne sais pas où tu en es, quel est ton niveau... Sans doute que ça ne sera pas facile pour toi de rattraper ton retard sur les autres, mais tu feras ce que tu peux... L'important, c'est ça : que tu fasses ce que tu peux. Ce sera pour la semaine prochaine. Tout ça, ce sont de gros changements, je m'en doute, on m'a conseillé de t'emmener voir « quelqu'un », pendant un certain temps... Quelqu'un à qui tu pourrais parler (il voulait sans doute me parler d'un psychologue) et qui pourrait t'aider à traverser tout ça.

Encore une fois, il regarda sa montre.

— Excuse-moi, mais j'ai un rendez-vous... Bon, j'ai demandé à Audrey de te faire un peu visiter la ville.

Vous en profiterez pour acheter quelques affaires à te mettre… je veux dire, des affaires plus appropriées… (bref regard vers mon training crasseux).

Il fit un geste (sa main heurtant mon épaule) qui se voulait comme une sorte de tape amicale ou paternelle. Pendant une fraction de seconde, il hésita à m'embrasser et finalement il y renonça et il me laissa seul.

# 8.

Ce que je sais des premiers mois de ma vie, je le tiens de Cul-Nu. Je suppose que, comme à son habitude, il a dû partiellement arranger le récit qu'il me fit, mais je suppose aussi que, comme à son habitude, ces arrangements n'étaient faits que dans le seul but de rendre le récit plus vivant, rien d'autre. Les mensonges sont autorisés, s'ils rendent l'histoire meilleure.

Le crash avait eu lieu à l'aube, à quelques centaines de mètres de l'endroit où Cul-Nu et ses compagnons avaient établi leur campement. À cette heure où l'humidité de la terre remonte en longues volutes fantomatiques le long des troncs déformés par les ganglions de l'âge, règne un silence bref et équivoque : les animaux de la nuit se sont tus et ceux du jour dorment encore.

Le rugissement des réacteurs et de la carlingue frappant la canopée à plus de cinq cents kilomètres à l'heure avait brisé ce silence et avait brutalement réveillé les quelques hommes qui s'étaient endormis à proximité. Ce bruit leur avait fait revenir les images cauchemardesques de la guerre, dont ils ne savaient eux-mêmes s'ils l'avaient fuie ou gagnée, et ils s'étaient précipités à l'endroit où l'avion avait tenté, sans succès, son atterrissage en catastrophe.

Au milieu de la forêt déchirée, péniblement éclairée par un soleil à peine levé, ils tombèrent sur une scène absolument désolante, qui aurait tiré des larmes à n'importe qui. À n'importe qui sauf à des hommes qui, comme eux, avaient déjà une certaine habitude de l'enfer et de ses tableaux : l'avion s'était ouvert en plusieurs parties, des morceaux de queue, d'ailes, de réacteurs et de carlingue traînaient un peu partout. Échappés de la soute, pareils à un pollen multicolore, des valises et des sacs de voyage s'étaient répandus sur plusieurs centaines de mètres, au milieu de morceaux de corps, de fauteuils arrachés et de plateaux-repas attirant déjà ces petites mouches africaines, si zélées quand il s'agit de la mort.

Au fil de leurs années de guerre, le caractère de Cul-Nu et de ses compagnons s'était fait pragmatique. Après s'être assurés qu'il n'y avait aucun survivant, indifférents à l'enfer au milieu duquel ils se trouvaient, ils avaient copieusement déjeuné des petits pains et du jambon trouvé dans le frigo presque intact de l'avion et ils s'étaient servis parmi le lot d'excellentes paires de chaussures de marche ou de baskets de marques que ces Européens ne manquaient jamais d'emporter quand ils partaient à l'étranger. Ils prirent aussi quelques-unes de ces bonnes vestes imperméables en gore-tex, si pratiques sous ces latitudes humides, et ils s'emparèrent enfin d'autres vêtements à l'utilité moins évidente : des robes de soirée, des strings, des maillots de bain...

Quand on n'a rien de rien, on apprend à prévoir.

On prit aussi des lunettes de soleil, des montres (dont une très belle Omega Dark Side of the Moon et une Rolex Explorer), des appareils photo, des tablettes multimédias, des bijoux, enfin tout ce qui pouvait éventuellement être revendu ou échangé sur les marchés de la ville. Cul-Nu, qui était coquet, prit la casquette du commandant de bord, estimant (avec raison) que celle-ci soulignait parfaitement son autorité naturelle.

Puis, comme l'expérience lui avait appris que des cadavres de Blancs attiraient très rapidement d'autres Blancs, il donna le signal du départ.

Alors, portant ou traînant leurs valises Samsonite et Delsey nouvellement acquises et chargées des trésors tombés du ciel, ils s'enfoncèrent dans cette végétation qui leur servait de gîte.

Mais, au moment de disparaître dans la semi-obscurité de la forêt tropicale, Cul-Nu entendit, faible, ténu, fragile, un bruit que tout être humain reconnaît en un instant : celui des pleurs d'un bébé humain.

Ils avaient fait demi-tour et ils m'avaient trouvé.

Miraculé.

Pas une seule égratignure.

Coincé entre une pile de couvertures et une pile d'oreillers.

Avec autour du poignet droit une gourmette en or gravée à mon nom : « Charles ».

# 9.

Sans doute, avant d'aborder le chapitre de ma première soirée dans la famille de mon oncle, dois-je parler de mon après-midi de shopping avec Audrey. « Shopping » était le mot employé par Audrey et, dans sa bouche, il se parait d'un sens festif, joyeux, presque gourmand, preuve de l'extraordinaire état de désolation mentale dans lequel une vie totalement bouchée avait mis cette pauvre femme. Mon oncle lui avait laissé sa carte de crédit, geste qui traduisait, selon elle, l'inouïe générosité de celui qui me traitait « comme son propre fils ».

Dans la voiture, cette femme que j'avais le matin même trouvée à ce point sans intérêt que j'aurais pu sans m'émouvoir la voir se vider de son sang à mes pieds, s'était métamorphosée en une enthousiaste conseillère « style et couleur ». Elle m'avait promis que le training crasseux avec lequel j'avais voyagé ne serait bientôt plus qu'un mauvais souvenir et qu'avec des vêtements « à la mode » « les filles allaient craquer » (durant un instant très bref, j'éprouvai l'urgent désir de la tuer; je me contentai de sourire).

Le moment fut pénible.

Bien entendu.

Le centre commercial avait été construit en pleine campagne et la forme futuriste qu'on avait voulu lui donner le faisait ressembler à un parasite posé sur le dos de ce paysage moribond. Dans la galerie principale, éclairée violemment comme aurait pu l'être un dispensaire, la seule trace de vie se résumait à quelques plantes faméliques posées dans des bacs en plastique remplis de gravier. Sur une centaine de mètres se succédaient des boutiques où la vanité se mêlait à l'ennui. Le pas d'Audrey s'était fait léger et tonique, elle était comme ces animaux qui, après un long sommeil, sont soudain plus vifs à l'idée de s'accoupler. Elle me poussa à essayer quelques « basiques » qui, selon elle, me mettaient en valeur (heureusement elle ne répéta pas que les filles allaient craquer). Je me vis dans le miroir des cabines d'essayage, j'eus la douloureuse impression de trahir ma parole donnée à Septembre et, face à mon image grotesque, déformée par ces « basiques » à la coupe et aux couleurs effroyablement vulgaires, elle me manqua comme jamais elle ne m'avait encore manqué.

Ma gorge se noua et, malgré mes efforts, je ne pus empêcher une larme de couler.

Audrey, qui avait remarqué mon émotion, m'avait souri avec une expression molle essayant sans doute de traduire ce qu'elle imaginait être de l'empathie. Il ne s'agissait évidemment que du reflet grotesque de ce sentiment, tel qu'elle avait dû l'apprendre en regardant le *Téléthon* ou *Les Enfoirés*. Cette infecte conne me prenait pour une victime. J'eus très envie de la saisir à la gorge et de lui hurler en pleine face que je ne serais jamais une victime, que des victimes j'en avais non seulement vu mais j'en avais aussi fait et que, si je pleurais, c'était parce qu'on m'avait volé ma maison, mes amis, mon destin et surtout qu'on m'avait éloigné de la fille que j'aimais et qu'aujourd'hui elle me manquait si douloureusement que j'avais l'impression qu'on m'avait arraché un bras.

— Ça va aller, ne pense plus à tout ce que tu as vu... Tu es sauvé maintenant, dit-elle, croyant trouver les mots justes.

Je m'étais repris.

Je m'en voulais de m'être laissé aller devant elle.

Je m'étais promis que ça n'arriverait plus.

## 10.

En fin d'après-midi, après les quelques heures pénibles que dura le shopping inspiré d'Audrey (pull Celio, sweat Redskins, jean Levi's, chemise Esprit, tee-shirts Zara et H&M, une paire de Van's, une paire de Nike), après un humiliant passage entre les mains empressées d'un coiffeur franchisé Olivier Dachkin (qu'Audrey tutoyait et appelait Gunther), elle m'avait conduit jusqu'à la maison de mon oncle.

Mon oncle, bourgmestre, habitait paradoxalement un peu en dehors de la « ville de taille moyenne » dont les habitants l'avaient élu. Il s'était établi dans un quartier qu'Audrey qualifiait de « quartier calme », c'est-à-dire relativement vide, à l'exception d'une poignée de villas flambant neuves.

À l'orée d'un petit bois dégarni, derrière un mur de pierres orangées, gardée par un portail grillagé automatique dont les volutes de fer forgé figuraient des entrelacs végétaux, au bout d'une allée pavée, avait été construite la villa de mon oncle. En me déposant devant la porte laquée noire où une sonnette en forme de tête de lion attendait qu'on lui pousse sur la langue, elle m'avait dit, presque salivante, avec la déférence d'une bonne sœur devant le Vatican : « C'est beau, hein ! »

C'est mon oncle qui était venu ouvrir. Il n'avait plus ni le veston ni la cravate dans lesquels je l'avais découvert quelques heures plus tôt, mais il avait gardé la chemise bleu clair dont il avait retroussé les manches, dévoilant des avant-bras épais dont l'épiderme d'un rose délicat rappelait la couleur d'un porc. Il avait remercié Audrey pour le temps qu'elle m'avait consacré. Avec respect, elle lui rendit sa carte de crédit et me laissa à ma nouvelle famille.

Mon oncle me sourit, un sourire plus sincère que celui de cet après-midi (sans doute avait-il déjà bu) et il me fit entrer :

— Viens, tout le monde est très impatient de te rencontrer.

J'entrai.

Un petit chien tremblant de désir torve accourut jusqu'à moi et vint coller son bassin à mes chaussures neuves.

— C'est Bingo. Il est fantastique ! Tu verras, tu vas l'adorer.

Mon oncle me poussa vers l'intérieur et, suivi par Bingo, je me retrouvai dans un vaste salon carrelé au milieu duquel, pareils à de prétentieux totems, avaient été posés trois grands divans en cuir clair.

Il me faudra sans doute revenir plus tard, plus longuement, sur la « décoration » de la maison de mon oncle. Je pense, en effet, qu'une telle description sera susceptible d'éclairer le lecteur sur la nature profonde de l'homme avec lequel je serai amené à vivre. Comme me l'avait souvent expliqué Cul-Nu : pour connaître les gens, il suffit souvent d'observer quelles sont leurs coquetteries. De cette manière, le port de lunettes de soleil, le choix de cheveux courts ou longs, une boucle de ceinture couleur bronze ou métallisée ou bien encore, pour une décoration d'intérieur, l'adoption du doré pour la couleur des coussins éparpillés sur le cuir clair des fauteuils du salon, ou le choix d'avoir posé à même le sol de grands vases vides et inutiles, celui d'avoir accroché côte à côte des toiles aux badigeons affectés avec autant d'importance que s'il s'était agi d'originaux de Piero della Francesca... tout cela, je le savais, c'étaient des clés qui m'ouvraient les portes du psychisme de mon oncle et de sa famille.

Une femme se leva, les cinquante ans athlétiques, la peau saine de quelqu'un qui s'y consacre à mi-temps, la chevelure dans les tons « blonds à reflets noisette », vêtue d'un pantalon en toile (assez moulant pour souligner des cuisses fines et des fesses musclées) et d'un chemisier entrouvert sur une poitrine probablement refaite. En trois pas, elle était sur moi et, sans hésiter, avec une spontanéité soigneusement étudiée, elle me serrait contre elle (ses seins étaient effectivement refaits).

Elle sentait le chèvrefeuille, le citron, la jacinthe et la mandarine, le parfum qu'elle portait coûtait probablement aussi cher que le billet d'avion qu'ils m'avaient payé pour que je revienne à eux.

— Nous sommes si heureux! avait-elle dit avant de relâcher son étreinte. Puis elle m'avait regardé avec intensité et elle avait répété:

— Nous sommes si heureux... Le silence qui suivit devait sans doute me laisser supposer qu'aucun mot n'était assez fort pour exprimer à quel point ils étaient heureux. Puis, comme si elle revenait à elle:

— Je suis Murielle... Je suis ta tante... C'est fou... (sa voix se brisa dans un soudain afflux d'émotion)... C'est fou comme tu ressembles à ta mère... Tu as ses yeux.

Mon oncle intervint:

— Je me suis dit ça aussi... Mais il a aussi quelque chose de mon frère.

Murielle me regarda, encore plus intensément, et finit par dire:

— Oui, c'est vrai... Il a beaucoup de son père... Le bas du visage surtout... Le bas du visage un peu... un peu lourd... Enfin... masculin!

Un mouvement dans le fauteuil le plus reculé du salon attira mon attention. Murielle vit mon regard, elle regarda à son tour. Assise dans le fauteuil, une jeune fille nous observait en silence.

— Aurore, tu viens dire bonjour à ton cousin! ordonna Murielle en souriant.

La jeune fille se leva et vint jusqu'à nous. Elle passa devant Bingo qui la regarda avec indifférence. Elle devait avoir dans les seize ans, elle était courte sur pattes et avait un visage en forme de pomme de terre. Sous un sweat-shirt en coton gris elle cachait des seins trop développés pour son âge et qui lui faisaient comme deux sacs à moitié remplis. Elle était l'exact opposé de sa mère et il était évident que sa mère ne l'aimait pas.

Aurore me tendit une petite main charnue et légèrement humide.

— Bonjour, dit-elle mal à l'aise.

— Vous allez bien vous entendre, peut-être que vous... Que tu pourrais lui parler de ton expérience là-bas...

Elle regarda Aurore d'un air pensif avant d'ajouter :

— Aurore ne s'intéresse pas à grand-chose.

Aurore alla se rasseoir.

— Il faudrait peut-être appeler Frédéric, dit Murielle à mon oncle.

Mon oncle fit quelques pas vers la cage d'escalier (carrelée elle aussi, avec une rampe en laiton impeccable) et il appela d'une voix forte de bourgmestre en campagne :

— Frédéric! Ton cousin est là!

Il revint vers moi, souriant.

— Il est un peu... tête en l'air (il me fit un geste avec sa main me signifiant ce que c'était qu'être tête en l'air). Vous avez le même âge... Je suis certain que vous allez vous trouver des points communs...

J'entendis, venus de l'étage, le bruit d'une chaise raclant un plancher puis celui de quelques pas suivis d'une toux grasse. Frédéric finit par apparaître en haut des escaliers.

Il devait avoir plus ou moins ma taille, mais il se tenait légèrement voûté, ce qui me donnait l'impression qu'il était plus petit que moi. Il était plutôt mince, mais sous son sweat-shirt Superdry (Audrey m'avait acheté le même), on devinait qu'il s'agissait d'une minceur molle, vaguement maladive, de celle propre à un corps peu familier avec une quelconque forme d'exercice physique. À cette impression de mauvaise condition s'ajoutait un teint blanchâtre caractérisant certains de ces végétaux qui vivotent dans des lieux privés de lumière. Aussi mal à l'aise que sa sœur, il s'avança vers moi, hésitant, en me tendant la main.

— Salut, dit-il.

— Salut, dis-je (sa main était chaude, humide, presque collante, je me demandai un instant si, en l'appelant, son père n'avait pas interrompu une branlette).

— Ce qui serait bien, lui dit mon oncle, c'est que tu montres à Charles quelques trucs avec les ordinateurs, les téléphones, les tablettes… Tout ça… Tout ce qu'on fait aujourd'hui, pour qu'il s'intègre… Mon oncle se tourna ensuite vers moi :

— Frédéric est un vrai génie de l'informatique. C'est lui qui arrange tout ici…

— Nous, on est dépassés! dit ma tante depuis son fauteuil.
— Complètement dépassés! confirma mon oncle.

## 11.

C'était le mois de novembre, un mois (j'allais l'apprendre) où, sous ces latitudes boréales, les jours froids et spongieux se racornissaient lentement, pareils à des sexes tristes. Ils se muaient progressivement en des nuits humides où régnait, pour peu qu'on fût loin d'un centre urbain, le silence inquiétant d'une partie du monde désertée de toute vie sauvage. Tout au plus, au loin, c'était un chien aboyant contre un fantôme ou bien le moteur pressé d'une voiture sur une nationale ou bien encore un cri dont on ne savait s'il était de joie ou d'appel à l'aide.

Rien de plus.

Mon oncle nous avait proposé de passer à table, on m'avait installé au bout (« la place d'honneur », avait dit ma tante), sur une lourde chaise en bois revêtue d'un tissu à motifs géométriques. Je sentais bien que ma présence mettait tout le monde mal à l'aise : mon oncle parlait fort (son parcours, sa carrière, son engagement politique, ce qu'il devait à mon père), ma tante affichait un sourire crispé qui devait commencer à lui faire mal (je ne savais toujours pas à quoi elle occupait ses journées) et Aurore et Frédéric, sur leurs grandes chaises de bois, se tenaient un peu de travers, comme des gargouilles se déchaussant de leur socle. Du bout de leur couvert, ils chipotaient dans leur assiette en attendant que ça passe.

Murielle (ma tante) avait réchauffé au micro-ondes des plats préparés.

— Je n'ai pas eu le temps de cuisiner… Mais c'est très bon, ça vient de chez le traiteur italien, avait-elle dit.

En avalant des pâtes au fourrage crémeux et à l'arrière-goût de cire, mon oncle, jugeant sans doute que le moment était venu, fit le point sur quelques éléments pratiques. Tout d'abord, le lendemain, j'étais attendu à l'école : il n'était pas question que ma « situation » m'isole d'une saine et nécessaire socialisation, ce ne serait pas facile (« il s'en doutait »), mais ça me ferait du bien (« il en était certain »). Les professeurs avaient été prévenus de mon parcours « particulier », le préfet aussi, on imaginait bien que j'aurais des lacunes, je devais simplement faire ce que je pouvais, on ne m'en voudrait pas.

Ensuite, pour le week-end, un rendez-vous avait été pris « en l'étude de maître Deneumostier », notaire, car, mon père ayant été déclaré mort, je devenais l'héritier en ligne directe de ses biens qu'avait gérés mon oncle avant que je ne « réapparaisse » (c'était le mot qu'il avait employé). Ces biens, ce n'était pas énorme dans la mesure où, durant ces dix-sept années, mon oncle avait été considéré comme l'héritier légal, que la maison avait été vendue, l'argent investi et qu'il ne restait pas grand-chose (« la crise était passée par là »).

Enfin, pour le moment, Frédéric partagerait sa chambre avec moi. Mon oncle me dit qu'il ne voyait pas comment faire autrement, dans la mesure où il ne voulait pas d'un lit de camp dans le salon et où « quand on est jeune, on s'accommode de ce genre de chose » (il avait été jeune, il avait été scout). De toute façon (avait-il conclu sur le ton de celui qui fait de l'esprit), par rapport à ce que j'avais dû connaître « là-bas », ce serait le « grand luxe ».

Le repas s'était achevé quand ma tante avait bâillé, discrètement mais avec suffisamment d'affectation pour que le signal soit clair. Mon oncle avait demandé à Frédéric de me montrer la chambre et la salle de bain et Frédéric, avec résignation, s'était exécuté. J'avais suivi le jeune homme à l'étage : il m'avait montré les toilettes (violente odeur de parfum de synthèse), il m'avait montré « notre » salle de bain (mon oncle et ma tante en avaient une autre) en me désignant une trousse de toilette « avec tout ce qu'il fallait » et, au bout du couloir, porte de droite (à gauche, c'était chez Aurore), il m'avait montré sa chambre.

Au mur : un poster célébrant un jeu vidéo (*Halo, The Master Chief Collection*). Sur un bureau : l'écran vingt-quatre pouces d'un PC affichant un mode veille. À droite : une fenêtre donnant sur le petit bois sec que j'avais aperçu en arrivant. Contre un mur : un lit (le sien) ; et contre un autre mur, posé sur le sol : un matelas (le mien). Un moment de silence passa où ni lui ni moi n'avons su quoi dire ou quoi faire. Puis il brisa le silence en me demandant :

— Tu aimes l'informatique ?

J'avais répondu que je ne connaissais pas. Il avait eu l'air déçu et le silence était retombé. Il avait quitté la chambre et, quand il était revenu, il avait passé un tee-shirt et un caleçon. Ses bras et ses jambes s'échappaient de tout cela avec les apparences de longs vers blanchâtres abandonnant un cadavre. Soudainement inspiré par son malaise, je m'étais déshabillé sous ses yeux. J'avais enlevé le vieux sweat-shirt qui me suivait depuis mon embarquement, près de vingt-quatre heures plus tôt et après plus de six mille kilomètres parcourus. J'avais enlevé mon pantalon encore imprégné de cette odeur cuite et recuite de l'Afrique et j'avais enlevé mon caleçon que j'avais, selon une habitude prise au fil des années, roulé en boule et caché sous mon oreiller, de manière (en cas d'urgence) à l'avoir toujours à portée de main (contrairement à Cul-Nu, je me refusais à l'idée de devoir, au cas où, fuir nu). Je sentais posé sur moi le regard de Frédéric.

— Comment tu t'es fait ça ?

Il avait vu les marques sur mon dos et à l'arrière de mes bras.

Je me contentai de dire :
— Je suis tombé. Je suis tombé souvent.
On éteignit la lumière.
Soudain, je sentis l'impérieux besoin de dormir. Dans la demi-obscurité de la chambre, avec les reflets bleuâtres de l'économiseur d'écran, j'attendis les rêves que m'enverrait le sommeil ; je savais que dans l'un d'eux, au pied du grand arbre millénaire, je retrouverais Septembre.
C'était notre serment.
C'était notre promesse.

## 12.

Cul-Nu, à sa façon, était une parfaite incarnation de l'histoire de l'Afrique contemporaine : son passé était flou, son présent douloureux et son avenir incertain.

Il existait un grand nombre d'hypothèses sur son lieu de naissance : sans doute quelque part le long du fleuve Congo, peut-être près de la frontière avec l'Ouganda, le Rwanda ou la Tanzanie. Ça, c'était le plus probable. Cela dit, certaines particularités surgissaient dans son élocution lorsqu'il était fatigué et que ses paupières se fermaient devant ses yeux, pareilles à des rideaux de bitume devant des globes de nacre. Il y avait, par exemple, l'utilisation de consonnes claquantes comme on en trouve, beaucoup plus au sud du continent, chez les Bochimans, ou bien l'apparition inopinée, au milieu de son français toujours soigné, d'expressions dans cet allemand qu'on parle parfois encore du côté de la Namibie.

Au fil des années, la prudence était devenue chez lui une seconde nature et tous ceux qui l'entouraient le savaient bien : qu'il ne vous dise jamais toute la vérité ne voulait pas dire qu'il n'avait pas confiance, c'était simplement que, avant même d'atteindre les niveaux les plus élevés de sa conscience, un réflexe aussi profond que celui qui faisait battre son cœur ou gonfler ses poumons lui faisait altérer son propos qui devenait alors aussi insaisissable qu'un petit gibier au crépuscule. Il était assez facile de comprendre que c'était probablement ce réflexe puissant et instinctif qui lui avait permis de survivre si longtemps dans un endroit du monde où la mort frappait d'ordinaire si vite.

Cela dit, dans les grandes lignes, ce que nous savions c'était que, très tôt, il avait été séparé de ses parents (personne ne connaissait dans quelles circonstances exactes, mais cela avait été brutal). Nous savions aussi qu'il avait passé son enfance les armes à la main, d'un côté ou de l'autre de l'horreur, obéissant aux ordres de ce qu'en Europe il est convenu d'appeler des « groupes rebelles » mais qui, en règle générale, ne sont que des voleurs, des violeurs et des mercenaires n'ayant trouvé d'autre moyen de survivre dans ce continent sacrifié qu'en faisant mal au mal qui s'y trouvait déjà. Dans l'entourage de Cul-Nu, personne n'aurait eu l'idée de le juger pour ce qu'il faisait ou avait fait, tout le monde savait que c'était « comme ça » et qu'au fond c'était un brave type.

Évidemment, un des mystères les plus opaques entourant la vie déjà fort mystérieuse de Cul-Nu, c'était la manière dont il avait appris à lire. Certains prétendaient qu'il avait appris sous la férule d'une bonne sœur dans une de ces écoles où l'Unicef tentait de réadapter les enfants soldats. D'autres affirmaient qu'il avait appris seul, aidé la nuit par les âmes mortes de ses ancêtres qui l'emmenaient avec elles au sommet du mont Karisimbi pour lui faire répéter son alphabet. Une fois de plus, la vérité, en tout cas la vérité comme elle est définie par les Occidentaux, c'est-à-dire comme quelque chose d'univoque en dehors de laquelle rien n'existe, n'avait pas beaucoup d'importance. Ce qui était important, finalement, c'était que Cul-Nu savait lire et écrire et que, aussi surprenant que cela puisse être, dans son bagage, serré entre une gourde de fer cabossée, une poignée d'amulettes de cuivre et d'ivoire, un chargeur de trente cartouches M43, il y avait toujours l'un ou l'autre livres aux pages cornées qu'il se procurait dans les échoppes quand nous passions par la ville.

Cul-Nu lisait dès que son emploi du temps le lui permettait, c'est-à-dire souvent. Il s'isolait à peine, il étendait sur le sol son poncho de pluie, il s'appuyait contre un tronc spongieux et, le visage impassible, presque comme en prière, il se laissait absorber par son livre.

Si les contingences de notre situation le contraignaient à ne pas toujours pouvoir choisir le livre qu'il aurait la chance de trouver et si, de par ces mêmes contingences, il ne lui était pas possible de se constituer une vraie collection, un tout petit espace de son sac était malgré tout (et en dépit du bon sens) dévolu à une poignée d'ouvrages dont il ne se séparait jamais et qu'il appelait avec gravité sa « bibliothèque ».

Une bibliothèque comprenant tout un bric-à-brac de revues et de livres divers, selon ce qu'il trouvait sur les marchés. Mais une « bibliothèque » dans laquelle il y avait toujours les *Fêtes galantes* de Paul Verlaine, *Alcools* d'Apollinaire et surtout, religieusement emballés dans une pochette de cuir bricolée pour l'occasion, les deux tomes des œuvres complètes de Charles Baudelaire aux éditions de la Pléiade.

## 13.

Durant la première nuit de ce qui serait désormais ma « nouvelle vie », je dormis mal. Un demi-sommeil haché, tendu, parsemé de brouillons de rêves, d'agrégats d'images où, au milieu d'angoissantes esquisses de visages ricanants et de sensations à peine ébauchées, je ne trouvai hélas aucune trace de celle que j'aimais.

Il régnait dans la maison une chaleur malsaine, sèche et artificielle à laquelle, par je ne sais quel miracle de l'évolution des espèces, ma nouvelle famille semblait s'être adaptée. Au dehors, j'entendais souffler un vent fielleux, chargé de pluie qui, à la manière d'une grande bête obstinée, venait frapper la fenêtre de la chambre. À un moment, du lit de Frédéric, j'entendis les soupirs caractéristiques d'un adolescent se masturbant. Heureusement, il jouit rapidement (gémissement bref, bruit d'une feuille d'essuie-tout que l'on déchire, puis silence suivi de la respiration profonde d'un organisme soulagé). Les images qui me vinrent à l'esprit me laissèrent une désagréable nausée pour le restant de la nuit.

Ce dégoût me reprit de plus belle quand, au matin, alors que j'avais fini par m'endormir, je sentis la main gommeuse de Frédéric sur mon épaule.

— Il faut que tu te lèves. On part à sept heures trente...

Aujourd'hui je peux le reconnaître : la perspective de cette première journée d'école avait fait apparaître sournoisement, au fond de moi, sans que je m'en rende compte, une sensation que je reconnaissais du premier coup et que je haïssais, une sensation que j'avais déjà souvent rencontrée. Malheureusement.

Cette sensation, je l'avais rencontrée quand, encore tout petit, croyant entendre des créatures maléfiques descendues des montagnes, je ne parvenais pas à m'endormir. Je l'avais rencontrée plus tard, souvent, lors de ces nuits de poudre et de métal quand il fallait fuir nos cachettes en entendant, à quelques mètres derrière nous, les cris de la mort.

Cette sensation, c'était celle de la peur. Je me souvenais comment, jeune enfant, elle s'emparait souvent de moi comme d'une proie facile et qu'alors je courais dans la nuit trempée vers la silhouette endormie de Cul-Nu, des branches me griffant le visage, trébuchant sur des racines qui m'apparaissaient comme des serpents. Il me prenait dans ses bras et m'expliquait de sa voix de baryton que :

— La peur, la peur, mon petit garçon blanc tombé chez les Noirs, la peur est une réaction naturelle et normale. Les êtres humains naturels et normaux peuvent l'éprouver, pour eux ça ne change rien. La mort et les esprits ne sont pas derrière eux, chaque jour et chaque nuit. Par contre, mon petit garçon blanc tombé chez les Noirs, étant donné notre situation, nous ne sommes ni normaux ni naturels et on ne peut, sous aucun prétexte, permettre à la peur de nous envahir. Aux humains normaux et naturels, la peur coupe le souffle, fige les jambes, glace le sang... Mais tout ça se passe dans leurs maisons, dans leur chambre, ils sont loin de nos forêts et loin de nos montagnes... Ils ne risquent rien. Chez nous, mon petit garçon blanc, la peur, c'est autre chose. Chez nous, la peur c'est l'esprit de notre ennemi qui s'installe en nous, qui creuse un tunnel vers l'intérieur de nos cœurs, exactement comme un ver tente de creuser dans un fruit, et s'il y arrive il aura gagné. Il faut empêcher cet esprit de rentrer dans notre cœur. Il faut l'empêcher comme ça...

Et Cul-Nu tendait un bras expert vers l'arbre le plus proche, lui arrachait une branche, mince, longue, souple et coupante et l'abattait en dix ou quinze coups sur l'épiderme de mon dos de petit Blanc où, avec le temps, s'étaient marquées de longues cicatrices.

Cette technique s'était avérée assez efficace. Avec le temps, la peur s'était faite plus rare.

Mais ce matin-là elle était revenue.

Dans la chambre de ma nouvelle maison de ma nouvelle famille et de ma nouvelle vie, j'avais passé mes vêtements neufs, puis, dans cet état de semi-conscience qui accompagne toujours la panique, j'avais été m'enfermer dans la salle de bain.

Au milieu des crèmes et des brosses, j'avais trouvé une paire de ciseaux à ongles. Après une grande inspiration, dans le silence clinique de l'endroit, j'avais enfoncé une de ses lames sous l'ongle de mon pouce.

La peur s'était envolée.

J'allais pouvoir affronter la journée.

## 14.

J'avais fait une toilette sommaire avant de rejoindre ma « nouvelle famille » qui m'attendait au rez-de-chaussée.

Si, durant la soirée de la veille, l'atmosphère dans la salle à manger, à la faveur de l'obscurité, avait eu quelque chose d'énigmatique et de feutré, ce matin une lumière grisâtre passait à travers les grandes baies vitrées et nous éclairait à la manière de corps étendus dans un bloc opératoire. Tout semblait plus clair et plus net, il n'y avait plus aucune place pour les faux-semblants. C'était une lumière qui ne pardonnait pas.

La peau de Frédéric avait un teint diaphane de batracien, la blancheur exsangue d'un animal à sang froid ayant fait de la vase son habitat. Voûté sur un bol de céréales, le regard fixé sur l'écran d'un iPad, il lisait un article détaillant le design de l'armure d'Iron Man. Il y avait une tache de lait sucré sur son pantalon et de ses yeux sans reflets se dégageait une troublante impression de vide.

Aurore, avec une indolence végétale, se tenait debout, appuyée contre le plan de travail en pierre naturelle, et semblait hypnotisée par le contact de son doigt contre la croûte verdâtre qu'avait laissée un bouton sur sa tempe. Elle avait passé un jean un peu trop serré, qui lui boudinait les cuisses et elle avait tenté de dissimuler ses seins aussi lourds que des sacs à main sous un pull informe. À la manière d'un rideau sale, une série de mèches de cheveux étaient ramenées devant son front pour cacher des marques d'acné. Elle rougit en me voyant et tenta un « salut » hésitant. Je lui souris.

Mon oncle regardait l'écran de son téléphone en fronçant les sourcils. Quand il me vit, il lança :

— Alors, enfin une bonne nuit, hein ! Ça change de là-bas ! Prêt pour ta première journée dans la civilisation ?

Encore une fois, je souris.

Ma tante arriva enfin, rayonnante, aussi tonique que si elle venait de faire dix longueurs dans une piscine olympique. Vêtue dans les tons crème et terre de Sienne, impeccable, hiératique, aussi fière qu'un sphinx, la ligne parfaite, l'épiderme net, volontairement sexy, un parfum de luxe l'entourant d'une invisible nuée de chèvrefeuille.

Son arrivée marquait le signe du départ. Avec mollesse, Frédéric et Aurore se mirent en mouvement. Je les suivis jusqu'à la voiture.

Durant le trajet vers l'école, ma tante me répéta ce qu'on m'avait déjà dit : le directeur m'attendait et il m'aiderait à m'« intégrer », tout se passerait bien (elle en était certaine), un (ou une) psychologue allait venir me trouver (elle ne savait pas quand), les autres ados étaient sympathiques (elle le savait).

Puis, on finit par arriver.

L'école avait été bâtie le long de la route. C'était un rectangle de briques percé de fenêtres poussiéreuses avec, d'un côté, un snack miteux et, de l'autre, une prairie où des paquets de chips et des canettes vides étaient pris au piège entre les orties et les ronces. L'école était d'une laideur si brutale et finalement si volontaire, qu'il fallait un moment pour que le regard s'en accommode. Sans doute que les référents de la prison et de l'hôpital avaient guidé inconsciemment l'architecte.

Une petite foule blafarde, résignée mais presque joviale, se pressait devant les hautes grilles de l'entrée. C'était tout un échantillonnage de jeunesse occidentale standard, un panel assez large des deux sexes entre douze et dix-neuf ans. Ça courait, ça glandait, ça portait des gros sacs, ça s'interpellait en criant, c'était habillé n'importe comment, certains prenaient des airs de racaille, certaines prenaient des airs d'allumeuses, ça se cherchait une image sociale et c'était exactement à ça que je m'étais préparé durant ces dernières semaines.

Ma tante s'arrêta en double file et nous fit descendre.

Avant de démarrer, elle dit à Frédéric :

— Montre-lui où se trouve le bureau du directeur !

Ma cousine disparut assez rapidement vers l'intérieur de l'école. Mon cousin me fit signe de le suivre.

Nous ayant fait traverser la foule, il finit par me désigner une grande porte en bois clair :

— C'est là ! Moi j'y vais...

J'avais frappé. Un moment après, la porte s'était ouverte.

## 15.

Le directeur était un petit homme maigre portant sous son menton un collier de barbe qui lui faisait comme un bavoir grisonnant. Une calvitie dévoilait un cuir chevelu d'un rose terne où tentaient de survivre, contre l'adversité, quelques pousses de cheveux clairsemés. Me laissant sur le pas de la porte de son bureau, il m'avait d'abord regardé d'un air méfiant et sévère, le genre d'air qui avait dû lui permettre de survivre au milieu de la malveillance constante que les élèves de son école devaient naturellement nourrir à son égard.

— Je suis Charles… On m'a dit que je devais venir vous trouver.

— Ah oui, bien entendu !

Il m'avait fait entrer, du doigt il m'avait indiqué une petite chaise en bois qui avait été installée face à son grand fauteuil en cuir. De son côté, il s'était appuyé contre son bureau, mi-assis mi-debout, une fesse contre le coin du meuble, dans une attitude de chef d'entreprise méditant avant un important conseil d'administration. Cette attitude lui permettant en outre de me regarder comme s'il était plus grand que moi, il devait se sentir plus à l'aise. Avant de parler, il prit un air soucieux, très professionnel.

— Bien… On m'a expliqué ta situation… Je me doute que tout ça (il fit un geste de la main désignant les murs de son bureau et ce qu'il y avait au-delà) doit être très neuf… Un changement pareil, ce ne sera pas facile, surtout étant donné d'où tu viens. Alors, je voulais te dire plusieurs choses : tout d'abord, si tu ne parviens pas à suivre, ne t'inquiète pas, c'est normal… Essaye de te mettre dans le bain petit à petit… Est-ce que… (il hésita)… est-ce que tu sais lire ou en tout cas déchiffrer ?

— Oui.

— Parfait! Pour le reste, tu iras voir madame Saddiki. Madame Saddiki est la psychologue de l'école, tu pourras lui parler, lui dire comment tu te sens, tu verras, elle a une très belle écoute. Tu as rendez-vous avec elle demain pendant la pause de midi. Elle viendra te chercher. Pour le reste, le matériel, les classeurs, tu verras avec ton titulaire… (il regarda, sur un organigramme qui était mon titulaire)… Tu es en terminale L, tu seras avec ton cousin, ton titulaire sera ton professeur de français, madame Carpentier. Je voulais aussi que tu saches que, s'il y a quoi que ce soit dont tu voudrais me parler, *quoi que ce soit* (il insista), ma porte sera toujours ouverte. Je ne suis pas *que* directeur, je suis aussi pédagogue! (Je ne compris pas bien ce qu'il voulait dire par là, mais, n'étant pas certain qu'il se comprenait lui-même, je ne lui posai pas de question.)

Finalement, il se releva en me disant :

— Je vais t'accompagner jusqu'à ta classe… Tu as justement français en première heure. Comme ça, les présentations seront faites.

Je l'avais suivi dans la pénombre de couloirs carrelés où nos pas résonnaient comme les craquements d'un mauvais karma. Arrivé devant une porte, il avait frappé, une seule fois, écrasant sèchement sa phalange contre le bois et, sans attendre la réponse, il était entré.

À l'intérieur, posée sur une sorte d'estrade, une femme d'une cinquantaine d'années, vêtue d'une tunique safran d'inspiration indienne, s'interrompit pour nous regarder entrer. Le directeur s'avança et me fit un signe de la main pour que je me place à ses côtés.

J'étais à présent face à une trentaine de visages de garçons et de filles qui m'observaient avec curiosité. Mon cousin, manifestement embarrassé, gardait les yeux baissés.

— Bonjour, je vous présente Charles… Vous en avez peut-être entendu parler. Si c'est le cas, vous savez que Charles a eu un parcours, heu… particulier. Je vous demande donc de lui réserver un bon accueil, de lui montrer que les valeurs de cet établissement sont celles de l'ouverture et de la tolérance.

Charles aura peut-être besoin d'un peu de temps pour s'adapter, mais il aura aussi besoin de vous. Je vous fais confiance.

Le directeur fut interrompu par un ricanement venu du fond de la classe, il eut l'air de s'en foutre, il devait avoir l'habitude. Il remercia madame Carpentier, me donna une petite tape paternelle sur l'épaule et disparut dans le couloir.

Madame Carpentier, penchant légèrement la tête sur la droite, me regarda avec pitié, comme si j'étais un agneau promis au boucher, et elle me désigna une place, à côté d'une grande fille blonde.

— Va t'installer là. À côté de Jessica. Tu as ton matériel ?

— Non.

— Bon, Jessica va te prêter une feuille et de quoi écrire. Il faudra que tu aies ton matériel en ordre le plus rapidement possible. Je te donnerai une liste à la fin du cours.

Je m'installai à côté de Jessica. Devant elle, une fille eut un petit rire. Jessica pouffa à son tour.

— Jessica, Anaëlle, il y a quelque chose d'amusant ? lança madame Carpentier. Jessica, si tu avais la gentillesse de donner une feuille à ton voisin...

Les deux filles se raidirent et se turent. Jessica me donna une feuille et un bic rongé à son extrémité. Le professeur soupira et reprit :

— Nous analysions un texte d'Arthur Rimbaud, *Le Bateau ivre*. Ça commençait comme ceci (elle prit une photocopie qui traînait sur son bureau et lut en articulant avec soin) :

> *Comme je descendais des Fleuves impassibles,*
> *Je ne me sentis plus guidé par les haleurs :*
> *Des Peaux-Rouges criards les avaient pris*
>     *pour cibles,*
> *Les ayant cloués nus aux poteaux de couleurs.*

Elle leva les yeux vers nous et demanda :
— Qui peut me dire quelle est la structure des vers ?
Personne ne répondit, personne ne semblait même vraiment chercher la réponse. Sans trop savoir pourquoi, presque par réflexe, je levai la main. Madame Carpentier me regarda en souriant.
— Oui, Charles ?
— Ce sont des alexandrins.
Elle parut surprise, puis sourit avec bienveillance.
— Oui, c'est ça ! Ce sont des alexandrins !
— En fait, ce sont des alexandrins dont les quatrains sont croisés. C'est une forme très classique depuis le dix-septième siècle… Avant ça, on trouvait plutôt des vers décasyllabiques

> *Je n'ai plus que les os, un squelette je semble,*
> *Décharné, dénervé, démusclé, dépulpé,*
> *Que le trait de la mort sans pardon a frappé,*

Mais la forme décasyllabique ne disparaît pas pour autant. Baudelaire l'utilise quelquefois comme dans *La mort des amants*

> *Nous aurons des lits, pleins d'odeurs légères,*
> *Des divans profonds, comme des tombeaux,*
> *Et d'étranges fleurs, sur des étagères,*
> *Écloses pour nous, sous des cieux plus beaux.*

Mais bon, la forme à la mode au dix-neuvième c'était quand même l'alexandrin, et comme à ce moment-là Arthur Rimbaud voulait épater tout le monde pour parvenir à quitter sa famille où il se faisait chier à mort, il s'est mis à écrire des alexandrins assez classiques et que j'ai toujours trouvés un peu prétentieux. Toute cette prétention dans laquelle tant de critiques ont voulu voir du génie, on la retrouvera d'ailleurs plus tard dans sa vie pendant laquelle il aura été menteur, malhonnête, déserteur, à beaucoup se plaindre, à écrire à sa maman quand ça n'allait pas et finalement à vivre sur le dos du système colonial, ce qui fait quand même un peu sourire quand on pense qu'on essaye de voir en lui l'apôtre de la liberté…
— Charles !
Je m'interrompis brusquement. Tout le monde me regardait et devant moi, sur son estrade, son visage ayant pris la même couleur que sa tunique safran, madame Carpentier cria encore une fois :
— Charles, ça suffit !

Depuis combien de temps étais-je en train de parler? Impossible de le dire. Certainement trop longtemps. À côté de moi, Jessica me regardait avec des yeux où je pouvais lire une certaine excitation sexuelle. Devant moi, Anaëlle me fixait avec effroi. J'avais regardé autour de moi; au fond de la classe, Frédéric semblait hypnotisé par une tache d'encre sur son bureau. Le cours avait continué sans que j'ouvre à nouveau la bouche.

De temps à autre, madame Carpentier glissait vers moi un regard inquiet.

Puis, stridente, la sonnerie avait marqué la fin du cours.

Avant que je ne sois sorti de la classe, madame Carpentier m'avait appelé:

— Charles?

Je m'étais arrêté. La classe s'était vidée, nous n'étions plus que tous les deux. Elle m'avait regardé avec attention, comme si elle s'attendait à ce que je dise quelque chose.

Comme je ne disais rien, elle continua:

— Charles, je ne comprends pas… On m'avait dit que tu avais grandi… que tu avais grandi en Afrique. Que tu avais traversé des choses terribles…

Madame Carpentier devait avoir une petite cinquantaine d'années mais, malgré l'âge et surtout malgré ce qui avait dû être l'usure de la vie scolaire, elle restait plutôt belle: un teint mat qui devait lui venir d'un ancêtre du Sud de l'Europe, une bouche qui devait aimer qu'on l'embrasse et un regard au fond duquel se lisait la tristesse infinie de la solitude affective.

— Oui madame, c'est vrai. Il y a eu des choses terribles.

— Mais alors… comment… ce que tu as raconté sur la poésie…

— J'aime bien lire…

Elle sembla réfléchir. Puis, me lançant un regard étrange, elle dit :

— Évidemment.

Je m'étais dit que le moment était venu de tenir ma promesse faite à Septembre. J'avais tendu le bras et du bout des doigts j'avais caressé la joue de madame Carpentier.

Mon geste était si inattendu, si surprenant qu'elle ne recula même pas. Elle se contenta d'entrouvrir la bouche et de toucher l'endroit où j'avais posé mes doigts. Je n'avais pas bougé, je me contentais de la regarder, attendant qu'elle se décide à faire quelque chose. Au trouble de son regard, je compris que toutes sortes d'idées contradictoires devaient lui passer par la tête.

— Vas-y, tu peux rejoindre les autres, dit-elle simplement d'une voix où, derrière une autorité feinte, je n'eus pas de mal à percevoir de la honte.

Sans un mot, j'avais quitté la classe.

Elle n'eut pas le temps de me voir sourire.

## 16.

Je sens que le moment approche où je devrai vous parler de Septembre. Peut-être même qu'à présent ce moment est venu.

Cependant, je ne sais pas si je parviendrai à dire tout ce que je voudrais dire. Il y a tant de choses : des images, des idées, des essaims de sensations, certaines brûlantes et merveilleuses, d'autres désespérées et inconsolables. Il y a des souvenirs aussi précis que le goût légèrement salé de ses lèvres ou celui de la sensation onctueuse de sa bouche. Le souvenir de sa main qui prend la mienne tandis que l'on marche sur la crête d'une colline. Le souvenir de son profil de statue quand elle dormait, immobile et concentrée sur le scénario compliqué de ses rêves. Le souvenir de son sourire en coin et de l'éclat d'encre de son regard. Le souvenir de sa main sur ma nuque quand elle m'attirait vers elle. Le souvenir de sa peau parfumée à l'écorce d'orange et semblant, sous mes doigts, à un cuir tendu sur des branches.

Je ferme les yeux et je la vois comme si c'était hier, comme si c'était maintenant. Elle est allongée au pied du grand arbre millénaire, elle est pareille à un félin après un bon repas: ni tout à fait éveillée, ni tout à fait endormie. Tout autour de nous, en cette nouvelle journée étouffante dans la grande forêt, au milieu des millions de troncs dressés comme des colonnes, règne un étrange silence de cathédrale.

Elle est nue, allongée sur le ventre, je regarde sa peau noire et, sur sa peau noire les longues cicatrices que lui ont laissées les tourments de son enfance. Et, sous sa peau noire, la pulsation souple de sa musculature et sous ses nattes noires, sous le cuir de son crâne à l'horizon de sa conscience, tous les nuages sombres chargés de la mauvaise pluie de ses souvenirs. Ma main va et vient sur son dos, sa peau est faite d'or et de soie. Je me penche vers elle, je pose mes lèvres à la naissance de sa nuque, je sens son odeur sucrée où se mêlent en un étrange bouillon celles de la mangue mûre, de la banane cuite, de la poussière de la piste, de l'humus de la forêt, des larmes de joie et des larmes du malheur et aussi, évidemment, l'odeur de la poudre à canon.

Je l'avais rencontrée cinq ans plus tôt alors que j'étais plus proche de l'enfance que de tout autre chose. J'avais treize ans et l'intuition de Cul-Nu nous avait fait faire route vers l'est. Après deux jours, nous étions arrivés dans un petit village.

D'autres que nous étaient passés par là avant nous. Ça pouvait être le FDLR, le FRF, un des nombreux groupes Maï-Maï (les PARECO ou l'APCLS ou les hommes du major-général Yakutumba), le CNDP, le FPLC, l'ADF/NALU, le FRPI/FPJC, les FARDC… Ça pouvait être pas mal de monde mais, selon Cul-Nu, à voir ce qu'il restait des habitants, c'étaient les illuminés de la Holy Spirit Mobile Force 2. La HSMF2 était dirigée par le pasteur et « médium spirituel » Joseph Kony qui, outre la manie assez peu biblique de mutiler les bouches et les oreilles des villageois, enlevait aussi les garçons et les filles pour armer les uns et des autres faire des mères porteuses. Mais les auteurs de toute la destruction que nous avions découverte ce jour-là pouvaient être à peu près n'importe lesquels de tous ceux-là.

Du village, il ne restait absolument rien : les habitations de terre et de paille avaient été brûlées et, des casseroles aux sandales, tout avait été emporté. Nous n'avions d'abord vu personne mais nous avions ensuite découvert le tas de cadavres à quelques centaines de mètres du village : les hommes avaient été dûment mutilés et exécutés, les femmes même chose sauf qu'elles avaient été violées en plus, avec tout ce qui pouvait tomber sous la main des miliciens : un bout de bois, un couteau et même (ce souvenir ne quittera jamais mon esprit) une botte en caoutchouc. Dans le village même, il n'y avait qu'un seul cadavre : celui d'un militaire en caleçon, un AK-47 à la main, la tête arrachée par une rafale. C'était bizarre. Nous n'avions pas cherché à comprendre. Je ne savais pas encore qu'il me faudrait près de six années pour découvrir ce qui s'était passé là-bas.

Nous étions restés un peu, à fouiller dans un silence morose parmi les cendres et les cadavres et puis, bredouilles, nous avions décidé de regagner la forêt.

C'est à ce moment-là que j'avais rencontré Septembre.

Une fillette d'une douzaine d'années, nue, maigre, sanguinolente qui, surgissant de Dieu sait où, avait couru vers moi et s'était accrochée à ma veste.

Pourquoi moi? Sur le moment, je n'avais pas compris.

Des années plus tard, elle m'avait expliqué que c'était parce que j'étais Blanc et qu'elle avait entendu dire que les Blancs étaient riches.

Plus tard encore, j'avais compris qu'il y avait une tout autre raison, plus importante, plus profonde et infiniment plus mystérieuse. Mais pour la comprendre, vous n'êtes pas encore prêts... Je ferai ça après. Il faudra aussi que je raconte ce que fut l'histoire de Septembre avant que je la rencontre.

Mais à ça non plus vous n'êtes pas prêts.

## 17.

Après le cours de français de madame Carpentier, il y avait eu le cours de maths, le cours d'histoire et puis un cours de gymnastique où un homme en training et manifestement en burn-out (il restait assis sur un banc en bois en regardant le sol) nous avait fait jouer au volley.

Puis ça avait été la récréation et je m'étais souvenu des mots de Charles Baudelaire :

> *Tous imberbes alors, sur les vieux bancs de chêne,*
> *Plus polis et luisants que des anneaux de chaîne,*
> *Que, jour à jour, la peau des hommes a fourbis,*
> *Nous traînions tristement nos ennuis, accroupis*
> *Et voûtés sous le ciel carré des solitudes,*
> *Où l'enfant boit, dix ans, l'âpre lait des études.*

Au fil de ces heures monotones, j'avais fait connaissance avec ma classe, ses élèves et son mode de fonctionnement. En gros, il y avait deux types d'élèves : ceux qu'on voyait et ceux qu'on ne voyait pas. Les élèves qu'on ne voyait pas (j'apprendrais plus tard qu'on les appelait les « paumés ») étaient considérés comme des êtres insignifiants, sans importance, aussi négligeables que des insectes. Les paumés avaient à peine plus d'existence que l'humidité de l'air. Ils pouvaient être présents ou absents, ils pouvaient parler ou se taire, ils auraient pu s'écrouler raides morts au milieu d'un couloir, sur ce carrelage jaune sale qui recouvrait l'école entière à la manière d'une mycose, personne n'aurait bougé. Avec curiosité, j'avais cherché à comprendre pourquoi tel ou tel élève se retrouvait dans cet ensemble et l'observation de Frédéric, mon cousin, qui était bel et bien un « paumé » m'avait donné un début d'explication : les « paumés », chacun à leur façon, vivaient dans un univers mental clos, un petit milieu bien à eux, un minuscule écosystème psychologique fait d'un bric-à-brac absolument sans aucun intérêt. Par désintérêt, par indifférence, ils menaient leur vie à l'écart du monde et cette vie à l'écart du monde, loin de les singulariser, les isolait plutôt. Ces univers n'avaient rien à voir avec le foisonnement mental qui avait pu être, par exemple, celui d'un jeune Baudelaire élève à Louis-le-Grand. Ces univers étaient des univers stérilisés, arides où, pareilles à des bactéries au fond d'un lac souterrain, privées de lumière et d'oxygène, ne remuaient que quelques obsessions délavées. Ainsi, un certain Mikaël, petite chose épaisse, paumé parmi les paumés, à qui forcément personne ne parlait jamais, ne s'intéressait qu'aux personnages du jeu vidéo *The Elder Scrolls* dont les représentations de Vikings musculeux et de dragons mythologiques ornaient son journal de classe et ses classeurs. Quand on lui parlait, il répondait à peine, presque avec hostilité, comme si on le dérangeait. Ou bien il s'éloignait ou bien il vous sondait pour évaluer votre connaissance éventuelle de l'univers du jeu.

Parmi les paumés, il y avait aussi Laetitia, une jeune fille à l'air maladivement juvénile, très petite, une absence totale de poitrine sur un torse phtisique, une peau d'enfant, blême et immaculée. C'était comme si les hormones enflammant d'ordinaire les adolescents vers onze ou douze ans étaient passées à côté d'elle sans la voir. Durant les récréations, cette jeune fille atone, éteinte, presque végétale restait assise seule sur un banc, mâchant mollement un fruit, le regard sur le béton gris de la cour. À ses yeux, on devinait que ses neurones fonctionnaient à l'économie, générant un faible flux de pensées très simples et absolument non sexualisées sur le chaud qu'il fait, le froid qu'on sent, la faim qu'on a, l'état de sa digestion. Elle était comme perdue à jamais dans le monde violet de l'enfance, mais d'une enfance rancie, pareille à une laitue oubliée dans un frigidaire et dont les feuilles mollissent et se décomposent lentement.

Dans l'autre catégorie, celle des élèves que l'on « voyait », ceux que l'on désignait aussi sous le terme de « populaires », il y avait tout le reste : les chahuteurs qui faisaient marrer tout le monde, les filles à gros seins qui couchaient facilement, les filles qui sortaient avec des garçons qui avaient des voitures, les garçons qui étaient dans des clubs de foot. Il y avait, pour les nommer et parce qu'ils seront amenés à participer plus ou moins activement à toute cette histoire : Arthur, Lucas, Louis, Aslan, Jessica, Anaëlle, Manon, Chloé, Alice et Shana. Je reviendrai sur presque chacun d'eux.

Mais à présent, avant de clore ce chapitre, une dernière chose : pour que le lecteur comprenne bien, il faut savoir que la catégorie des « paumés » se divise elle-même en deux catégories, celle des « paumés résignés » et celle des « paumés combatifs ». Quand le « paumé résigné » accepte sa condition, qu'il n'essaye ni n'espère en sortir, qu'il n'imagine même pas pouvoir le faire, le « paumé combatif », dans un sursaut de conscience tenant sans doute du réflexe de survie, tente de s'élever au niveau des populaires. Pour un individu dépourvu de toute forme de talent, d'imagination ou d'ampleur sociale, il n'existe évidemment pour y parvenir qu'une seule solution : se rapprocher d'un populaire.

C'est précisément ce que tentait mon cousin : marchant en crabe, il s'approchait d'Arthur (un beau garçon qui avait une moto et qui était sorti avec Alice, ils avaient couché) et de Lucas (il était populaire parce qu'il fournissait du matériel volé et du cannabis à qui pouvait payer, il jouissait de l'aura d'un baron du crime et se comportait avec les autres en affectant le paternalisme inquiétant d'un Pablo Escobar). Mon cousin essayait de se mêler à la conversation en riant, en prenant l'air détendu-je-m'en-foutiste de quelqu'un d'hyper à l'aise, en singeant maladroitement les poses mâles des voyous de séries télévisées.

Hélas, ni Arthur ni Lucas ne semblaient le voir. Ils ne le chassaient même pas, ils l'ignoraient, tout simplement.

Après un moment, Frédéric, mon cousin, s'éloignait en lançant un « allez, j'vous laisse » sur le ton de quelqu'un qui a fait le tour de la question et qui va reprendre le cours d'importantes affaires. Alors, s'approchant de Jessica (une fille assez grande, des fesses lourdes, des hanches larges, on disait d'elle qu'elle avait eu une relation avec un homme marié, elle aimait boire) et d'Anaëlle (petite brune, très mince, l'air un peu sale, ses parents tenaient un restaurant italien, elle avait été surprise par un vigile en train de voler de la crème hydratante dans un grand magasin), il affectait un air concentré, il les écoutait parler en hochant la tête, comme s'il comprenait quelque chose à leur gazouillis abscons où se mêlaient des considérations sur des statuts Facebook, un chanteur de rap, un problème gynécologique et une référence à une marque de vêtement.

C'est ainsi que, d'un groupe à l'autre, d'une solitude à une autre, d'une humiliation à une autre, se passaient les récréations de Frédéric, incarnation parfaite, tragique, grotesque et désespérée du paumé ambitieux destiné à une longue et pénible vie merdique.

Quant à moi, en ce premier jour d'école, je ne pensais pas encore avoir été catalogué.

Sur ce point-là, je me trompais.

## 18.

Vers la fin de la journée, l'absence d'un professeur d'anglais nous avait donné une heure d'étude que les élèves avaient choisi de passer dans le préau.

Le lieu était vieux, presque vétuste et de ce vaste espace s'ouvrant sur la cour de récréation s'exhalait la tristesse abyssale d'adolescences gâchées. Les filles et les garçons s'étaient installés, indolents, avachis, boutonneux sur les rebords de fenêtres ou les longs bancs de bois disposés devant des radiateurs brûlants. Les populaires avec les populaires, Jessica, Anaëlle et Shana rassemblées en un cercle fait de chuchotis mystérieux que rompaient de brefs éclats de rires. Arthur, Lucas, Aslan, mines fermées, discutaient en affichant l'air grave des signataires des accords de Yalta. Frédéric, mon cousin, en parfait paumé combatif, pareil à un astre mort, gravitait autour d'eux, espérant attirer leur attention.

Moi, je m'étais mis un peu à l'écart et à travers une haute fenêtre je regardais le ciel où un sombre glacis de nuages laissait à peine passer la lumière, donnant au décor l'allure générale d'un spectacle finissant de manière lugubre.

Sans que je m'en rende compte, au fil de cette journée passée à côtoyer ce que je percevais comme une sorte de misère sociale, j'avais été gagné par un sentiment d'abattement où se mêlaient une tristesse sans objet, un léger mal de tête et un peu de fatigue physique. Trouvant le moment approprié, attirés comme des chats par un oiseau blessé, les célèbres mots de Verlaine s'imposèrent à ma mémoire :

> *Les sanglots longs*
> *Des violons*
> *De l'automne*
> *Blessent mon cœur*
> *D'une langueur*
> *Monotone.*
> *Tout suffocant*
> *Et blême, quand*
> *Sonne l'heure,*
> *Je me souviens*
> *Des jours anciens*
> *Et je pleure.*

— Ça va ? m'avait soudain demandé une voix de fille.

Je m'étais retourné. Jessica me regardait avec un demi-sourire, légèrement rougissante sous l'épaisse couche de blush terre de Sienne qui couvrait la peau de son visage.

— Ça va, j'avais répondu.

— Parce que je te regardais et… ça n'avait pas l'air d'aller.

Je l'avais observée pendant un moment. J'avais pris le temps de regarder le relief que faisaient ses seins sous son parka, je voulais être certain qu'elle remarque mon regard. Elle l'avait remarqué, elle s'était un peu tortillée, elle avait passé la main dans les mèches décolorées de ses cheveux châtains.

— Non, ça va, j'avais répété.

Elle voulait me dire quelque chose. Manifestement, elle ne savait pas comment s'y prendre.

— T'es hyper fort en français. C'était marrant, finit-elle par dire.

Je compris que « marrant » était pour elle un mot fourre-tout qui pouvait lui servir pour traduire toute une série de sensations pour lesquelles il lui manquait des ensembles entiers du lexique francophone.

— J'aime bien lire.

— Ah oui, lire c'est bien. Mais moi… j'aime pas. Enfin, parfois j'ai l'impression qu'on a tellement de choses à faire… Pour madame Carpentier j'ai déjà lu mais souvent, à un moment ça m'ennuie, parce que ça ne parle pas vraiment de nos problèmes. Alors je vais voir le résumé sur internet. Enfin bref, avec Anaëlle et Manon on fait une soirée. Enfin, la soirée c'est chez moi, pour mon anniversaire. Mes parents me laissent la maison, c'est cool… Et avec Anaëlle et Manon, on s'est dit que, comme t'es nouveau, on devait te proposer de venir pour que tu t'intègres, parce que tu viens d'Afrique, et nous on sait que c'est dur là-bas. Mes parents, ils mettent chaque année une bougie Amnesty International à la fenêtre.

Jessica n'était vraiment pas très jolie, ce qui la sauvait pour le moment c'était le fait qu'elle soit encore assez jeune. Mais dans les années à venir, le temps ferait son ouvrage. Le gras de sa chair deviendrait cellulite, le vide de son âme deviendrait amertume, son ignorance deviendrait méchanceté et tout ça, le capiton, la vacuité et l'ignorance, d'une manière ou d'une autre, ferait son malheur. Il ne faisait aucun doute qu'elle vivait, pour l'heure, ses plus belles années, mais qu'à quarante ans elle irait rejoindre le grand cheptel mélancolique des femmes divorcées, solitaires, mères d'enfants adolescents dont l'égocentrisme hostile ne leur apporterait aucune consolation. Elle chercherait la lumière dans la pratique du yoga, des massages holistiques, dans des sorties « entre copines » au restaurant chinois et dans des nuits sans lendemains avec des hommes un peu ivres rencontrés sur Meetic.

Malgré mes réticences, je m'étais senti envahi par une certaine tristesse envers cette jeune fille.

— Tu m'invites pour que je m'intègre ?
— Oui !
— Mais sinon, tu ne m'inviterais pas ?

— Heu… Je ne sais pas…
— Si j'étais intégré, tu m'inviterais aussi ?
— Eh bien oui, parce que ça va être une super soirée.
— Et qu'est-ce qu'on va faire à ta soirée ?
— Mais on va... discuter. Je vais acheter des chips. La dernière fois, Lucas avait apporté des bouteilles de vodka.

J'avais réfléchi un moment, je l'avais encore regardée.
— Je viendrai.

# 19.

À seize heures dix, Murielle, ma tante, était venue nous chercher. Elle m'avait demandé comment s'était passée la journée, j'avais dit que « ça avait été ».

Les huit heures de cours semblaient avoir épuisé Aurore et Frédéric. Ils étaient d'abord restés silencieux, prostrés, comme des boxeurs mis K.-O., puis Aurore avait parlé comme pour elle-même :

— Charlotte qui est dans la classe de la sœur d'Anaëlle a dit qu'il était hyper bon en français!

— Ah bon, avait dit ma tante qui avait l'air de s'en foutre, c'est bien, ça!

La discussion en était restée là et nous étions arrivés à la maison. Aurore et Frédéric avaient expédié leurs devoirs sur la grande table du salon pendant que Murielle lisait sur son iPad un article sur les baumes capillaires.

Bingo, le petit chien, allait et venait nerveusement, entre le canapé aux coussins dorés et la porte de la cuisine, ses petits pas griffus cliquetant sur le carrelage.

Comme je ne savais pas très bien quoi faire, j'étais monté m'isoler dans la chambre de Frédéric où j'avais sorti de ma valise les quelques livres que j'avais emportés.

J'avais parcouru *Les Fleurs du mal,* un petit volume que je traînais avec moi depuis des années et qui, au fil du temps, s'était imprégné de toutes les humeurs de l'Afrique. Quand je l'ouvris, son odeur me fit tourner la tête et une puissante vague de nostalgie me broya le cœur.

J'y lus *À celle qui est trop gaie,* un poème écrit par Baudelaire à Apollonie Sabatier, une femme magnifique dont le corps onctueux avait été moulé et puis sculpté par Auguste Clésinger qui donna à son ouvrage le titre de *Femme piquée par un serpent.* J'en avais vu une photographie dans un des livres de Cul-Nu, je me souvenais avoir été fasciné par cette sculpture représentant non pas l'agonie mais le plaisir. Au XIX$^e$ siècle, il fallait un certain courage pour envoyer ça en plein dans la figure du conservatisme bourgeois. Mais ça avait dû exciter Apollonie qui avait fait de sa sensualité le manifeste de sa liberté.

Dans le texte, Baudelaire commence avec douceur:

*Ta tête, ton geste, ton air*
*Sont beaux comme un beau paysage;*
*Le rire joue en ton visage*
*Comme un vent frais dans un ciel clair.*

Et puis, il y décrit toute l'ambiguïté de l'amour et du désir quand il arrive aux frontières de la souffrance :

*Ainsi je voudrais, une nuit,*
*Quand l'heure des voluptés sonne,*
*Vers les trésors de ta personne,*
*Comme un lâche, ramper sans bruit,*
*Pour châtier ta chair joyeuse,*
*Pour meurtrir ton sein pardonné,*
*Et faire à ton flanc étonné*
*Une blessure large et creuse,*
*Et, vertigineuse douceur !*
*À travers ces lèvres nouvelles,*
*Plus éclatantes et plus belles,*
*T'infuser mon venin, ma sœur !*

J'avais senti ma gorge se serrer, un désespoir humide m'avait noyé les yeux et j'avais prononcé son nom tout bas, comme si le dire c'était la faire exister contre moi, le temps d'un mot : « Septembre ».

Comme la veille, elle n'avait pas quitté mon esprit de la journée. Je n'aurais jamais cru que le manque aurait pu m'abattre à ce point. Son absence, les souvenirs que j'avais d'elle, son omniprésence dans mes pensées m'épuisaient comme l'aurait fait une hémorragie. La craindre perdue à jamais me vidangeait de toute mon énergie, me faisait sentir la proximité de la mort et donnait à tout ce qui m'entourait l'apparence de l'inutilité : l'école, le mouvement des nuages dans le ciel, la vie de mon oncle, de ma tante, de mes cousins et du petit chien, le sens de ce que je voulais faire ici, l'assemblage des briques de la maison, le climat désespéré de ce mois de novembre, la nuit qui tombait si vite, le jour qui était si laid, Jessica, Anaëlle, madame Carpentier, l'effort de mes muscles pour soutenir mon corps, ma peau qui ne toucherait plus la sienne, mes yeux où s'était imprimé son souvenir. Tout ça aurait pu disparaître demain, maintenant, ça n'aurait rien changé à rien. Ça n'aurait rien changé à la seule chose véritablement importante : la fille que j'aimais était au bout du monde et il allait me falloir plus que de la chance pour parvenir à la retrouver.

Tellement de chance, qu'il était probable que je ne la revoie jamais.

De ma petite valise j'avais sorti le sac de toile que je n'avais même pas pris la peine de cacher avec, à l'intérieur, roulé dans du plastique, enfermé dans des boîtes, enveloppé dans des sachets en cuir, tout ce dont j'allais avoir besoin dans les semaines à venir pour me sortir de là.

Cachés dans ces emballages et dans ces boîtes, on aurait dit des éclats de bois, des pincées de terre, des cailloux sans valeur ou des brindilles desséchées.

C'était bien plus que ça.

C'étaient des armes.

# 20.

J'en étais là, à regarder cette terre, ces cailloux, ces éclats de bois et ces brindilles desséchées. J'en étais là à répéter en silence, dans ma tête, les instructions complexes que m'avait données Septembre, quand Frédéric fit soudain irruption dans la chambre. Il me regarda, il regarda les boîtes et les sachets que j'avais éparpillés autour de la valise et demanda :
— C'est quoi, ces trucs ?
— Des souvenirs.
Il avait réfléchi un instant avant de dire :
— C'était comment ?
À mon tour, j'avais réfléchi.
— C'était différent, j'avais dit.
— Différent comment ?
— Différent complètement.
Il avait hoché la tête, comme s'il comprenait. Il s'était assis sur son lit, à côté de ma valise ouverte.
— Heureusement qu'on t'a retrouvé, quand même. Mon père m'a dit que tu étais avec des militaires.
— C'étaient pas des militaires.

— Ah... C'est ce qu'on m'avait dit... C'étaient quoi, alors ?

— C'étaient des gens qui essayaient de rester en vie...

Comme je n'avais pas envie de continuer cette discussion, j'avais essayé de changer de sujet.

— Alors toi, ta passion c'est l'informatique, c'est ça ?

Une flamme s'alluma dans le regard de mon cousin.

— Oui... Enfin plutôt internet, les réseaux et tout ça...

— Je ne connais pas.

— Internet, c'est génial. Et quand tu te débrouilles un peu, c'est encore plus génial. Franchement, je ne comprends pas comment on faisait avant pour avoir accès à l'info. Enfin, à la vraie info, pas celle qu'on veut bien nous donner dans la presse.

Comme je ne devais pas avoir l'air de comprendre, il s'emballa.

— Regarde, je vais te montrer !

Il se dirigea vers l'ordinateur posé sur le bureau, je regardai par-dessus son épaule. Il se mit à pianoter tout en continuant à parler :

— Tu vois, ici avec un moteur de recherche classique, c'est la première couche. Tu as accès à tout ce qui est légal. C'est-à-dire à tout ce que les gouvernements et le nouvel ordre mondial veulent bien que tu voies. Évidemment, tu te doutes que, si on te laisse voir tout ça, c'est que ça ne met pas le système en danger. Là où ça devient intéressant, c'est quand tu t'intéresses au web caché, le dark web ou le deep web. Il faut se servir d'un navigateur spécial Tor et de proxys. Et là tu trouves des choses vraiment intéressantes! Par exemple, si tu veux fabriquer des explosifs, eh bien c'est sur Tor que tu vas trouver ça... Tu veux que je te montre?

— Je ne sais pas... En fait, je sais déjà fabriquer des explosifs.

Mon cousin marqua un temps d'arrêt, légèrement embarrassé.

— Ah oui... Évidemment... Mais bon, y a d'autres trucs... Regarde ici, ce sont des vidéos postées d'un peu partout dans le monde... Y a vraiment des choses incroyables... Celle-là par exemple, c'est ce qu'on appelle du *crush porn*.

Sur l'écran apparut l'image granuleuse d'une très jeune fille, dix-huit ans à peine, en soutien-gorge et culotte. Se tenant debout dans une pièce aveugle aux murs tendus de draps gris, longue, mince, blonde, elle affichait sur son visage d'une étrange beauté anémique, une expression boudeuse. À ses pieds nus, un tout petit chiot de quelques jours se tenait sur des pattes tremblantes et grêles. Il avait la taille d'un jouet d'enfant et lançait des aboiements si aigus, qu'ils paraissaient être un chant d'oiseau. Comme en réponse à un signal donné hors-champ, la fille lui décocha un léger coup de pied, l'animal roula sur lui-même et, comme pris de colère, ses aboiements redoublèrent.

La fille s'avança vers lui, frappa encore, puis elle marcha dessus. Le chiot émit un gémissement aigu et resta stupéfait, incrédule, tremblant, le regard fou de terreur devant sa mort qui s'annonçait. La fille marcha dessus encore une fois, un fluide sombre sortit de la gueule de sa victime qui resta immobile et silencieuse. Puis elle recommença : ses jolis pieds de porcelaine se posaient sur le tas de chairs sanglantes.

J'avais regardé tout ça, pétrifié, écœuré devant la complète inutilité de la chose, la pure cruauté. Mes mains tremblaient un peu, je les avais mises dans mes poches. Mon cousin s'était tourné vers moi, le regard brillant :

— Y en a des dizaines comme ça : avec des lapins, des chats... J'en ai une avec une fille qui pisse sur une petite chèvre et puis qui lui crève les yeux avec des hauts talons, tu veux voir ?

— Non !

Il sembla déçu.

— Bon... Sinon, y a ça... Ça m'a bien fait marrer...

Cette fois, à l'écran, ce fut l'image d'un carrelage avec au-delà, une étendue d'eau d'un bleu triste. Une piscine. Un homme vêtu d'une combinaison de plongée était accroupi sur le bord, il agitait sa main dans l'eau, un dauphin sortit sa tête de l'eau. D'un geste doux, l'homme le fit rouler sur le dos et caressa le ventre de l'animal jusqu'à ce qu'en surgisse un bizarre sexe télescopique. L'homme le prit dans sa bouche. Fin de la séquence.

Frédéric éclata de rire :

— Est-ce que t'as déjà vu quelque chose d'aussi dingue que ça, un type qui suce un dauphin ?

— Je ne sais pas… Non. Mais… Quel rapport avec le nouvel ordre mondial ?

Il haussa les épaules.

— Ça te donne un aperçu de la nature humaine, tu vois. La réalité de la nature humaine. C'est pour ça que c'est interdit.

— C'est peut-être juste interdit parce que c'est dégueulasse, j'avais dit.

Il haussa encore les épaules.

— Peut-être qu'on ne sait pas pourquoi c'est interdit ! Peut-être qu'il y a des raisons cachées !

J'avais la gorge sèche. Je venais d'un coin du monde où la brutalité semblait avoir, depuis longtemps, pris le pas sur la civilisation. Et là, au cœur de la civilisation, je découvrais qu'une brutalité insidieuse, une violence sourde, aussi puissante que sournoise, irriguait de ses eaux toxiques tout un réseau souterrain. Cette violence, je l'avais déjà devinée quelques heures plus tôt, perfide, rampant subrepticement dans les classes et entre les élèves. Je l'avais perçue, aussi secrète que puissante, aussi maléfique que bien réelle, courant comme une rivière invisible sur le carrelage de l'école, se glissant de proche en proche entre les chaises, entre les bancs, s'infiltrant dans les esprits des uns et des autres, fabriquant tantôt ses bourreaux et tantôt ses victimes.

Ce que Frédéric venait de me montrer, les séquences horrifiantes de ce dark web, ne faisait que confirmer l'intuition qui était la mienne depuis le début de la journée : si le lieu d'où je venais était bel et bien le théâtre sans rideau d'inqualifiables atrocités, le lieu où je me trouvais en ce moment était bel et bien un enfer qui avait pris la peine de se construire un décor.

— Peut-être, j'avais répondu, impatient de clore la conversation.

## 21.

Comment tombe-t-on amoureux ? Qu'est-ce que l'amour ? Qu'éprouve-t-on lorsqu'on perd celle qu'on aime ? Comment la reconnaît-on lorsqu'on la rencontre ? Porte-t-elle sur son visage un signe particulier (la courbe précise des sourcils, l'ourlet d'une bouche, le dessin d'une veine à la naissance du cou?) qui nous fera dire : « C'est elle ! » ? Et pourquoi celle-là plutôt qu'un million d'autres ? Et de quelle étrange matière est fait le bonheur d'être avec elle ? Et de quoi est faite la profonde douleur d'en être éloigné ?

Ces questions semblaient se poser depuis toujours à l'humanité, elle se les ressassait à l'infini, comme un vieillard sénile ayant oublié la question, comme un enfant obstiné ne s'intéressant jamais vraiment aux réponses.

Des générations d'auteurs, de poètes, d'artistes célèbres et puis des torrents d'anonymes aussi passaient leur vie à chercher la clé de l'énigme. On croyait la trouver, simple, évidente derrière un sourire qui s'esquissait, devant des bras qui s'ouvraient, sous des baisers qui s'échangeaient, dans des regards qui se croisaient. Et puis, une fois les bras disparus, une fois les baisers refroidis, une fois les regards clos, il fallait accepter que personne n'en savait rien.

La question de l'amour, ses tremblements, ses effondrements, ses extases étaient traduits de mille manières différentes et, dans la bibliothèque portative de Cul-Nu, parmi les volumes de Baudelaire ou d'Apollinaire, de Racine à Molière, de Hugo à Maupassant, il semblait bien qu'à l'une ou l'autre intrigue secondaire près, au milieu des trames, des scénarios et des manigances, on ne parlait finalement que de ça : des gens qui se cherchent, des gens qui se trouvent, des gens qui s'attendent, des gens qui se perdent.

Lorsque, enfant, je lisais ces textes, j'essayais de comprendre comment ce que je prenais pour une sorte de modèle amélioré de l'amitié pouvait conduire tous ces personnages à agir, en dépit de toute raison, contre leur propre intérêt. L'amour semblait bien être la chose la plus déraisonnable du monde, conduisant à leur perte des générations d'innocents.

Et pourtant, l'histoire se répétait : dans *Rire dans la nuit* de Nabokov, Bruno Kretchmar aurait pu rester un paisible bourgeois et ne pas mourir à moitié fou à cause de Magda. Florentino dans *L'Amour au temps du choléra* de Garcia Marquez aurait pu oublier Fermina et vivre une vie tranquille à côté de l'une ou l'autre conquête. Eugène Onéguine aurait pu se contenter de dire « oui » à Tatiana dès le chapitre trois et ne pas attendre qu'elle épouse un vieux général pour l'aimer à son tour mais trop tard. Et, dans le *Victoria* de Knut Hamsun, le pauvre Johannes aurait pu épouser la jolie Camilla plutôt que de finir solitaire et amer, portant le deuil coupable de son amour impossible.

Ces personnages, j'avais beau ne pas les comprendre, j'avais beau, parfois même, leur en vouloir d'être idiots au point de gâcher une fortune, une situation ou une réputation, bizarrement, sans que je sache pourquoi, la trame douloureuse de leur destin, la gravité de leur serment, l'ivresse de leurs sens, la hauteur de leurs extases, la profondeur de leur vertige, l'amertume de leur mélancolie, la puissance de leurs souffrances me communiquaient des émotions inconnues où la tristesse prenait un aspect particulier, la faisant ressembler à une déclinaison inexplicable du plaisir.

Lorsque, sous la plume d'Alexandre Dumas, le comte de Monte-Cristo, méconnaissable après ses années d'incarcération, retrouve sa Mercedes bien-aimée, mariée à un autre, son ennemi de surcroît, et mère de famille, il est là, sans trembler, face à celle qui fut l'objet de sa passion la plus profonde et la plus désespérée, dans ce salon de Paris, capitonné à l'ancienne. On le devine déchiré de l'intérieur, en proie à une terrible émotion. Mais il ne laisse rien paraître. Tout au plus nous parle-t-on de sa « pâleur ». Il ne lui révèle rien de sa véritable identité, il fait même un peu d'esprit avant de prendre congé.

Lorsque Anna Karénine, pénitente, ayant échappé de peu à la mort, retrouve par hasard, sur un quai de gare, l'officier Vronski. Lorsque le vieux professeur de Tchekhov, dans *Une banale histoire*, voit pour la dernière fois s'en aller la jeune Katia. *Et la voilà sortie de chez moi. Elle marche le long du corridor sans se retourner. Elle sait que je la suis des yeux et elle se retournera à l'angle... Non, elle ne s'est pas retournée. La robe noire m'est apparue pour la dernière fois, les pas se sont tus... Adieu, mon trésor!*

Chaque fois, mon cœur d'enfant, pourtant étranger au désir et plus étranger encore aux transports amoureux, était pris de convulsions délicieuses et je me répétais comme à moi-même, sans très bien comprendre la nature du plaisir qu'ils me procuraient, les mots de Verlaine :

*Plongé dans ce bonheur suprême*
*De me dire encore et toujours,*
*En dépit des mornes retours,*
*Que je vous aime, que je t'aime!*

Après nous avoir rencontrés, Septembre, cette petite fille un peu sauvage, aussi énigmatique que déterminée, nous avait suivis pour ne plus nous quitter. Sans que cela semble poser de problème à Cul-Nu ni à personne d'autre, elle était restée avec nous durant tout le chemin du retour. Elle ne disait rien, elle ne faisait presque pas de bruit, c'était une étrange créature quasi fantomatique, elle semblait tout entière faite de secrets obscurs, tissée de silences insondables, fabriquée de souvenirs impénétrables.

Septembre était encore avec nous lorsque nous étions arrivés dans cette clairière, au bord d'une rivière boueuse et sans nom où, avec le temps, une sorte de village s'était établi. Un lieu morne mais sûr, peuplé de femmes, d'enfants et des quelques-uns d'entre nous que la malchance avait rendus infirmes.

Nous l'avions laissée là et, quand une femme l'avait prise par la main pour la conduire à l'endroit où elle pourrait se reposer, elle n'avait paru ni effrayée, ni triste, ni perdue. Elle l'avait suivie docilement, comme l'aurait fait un petit animal, comme si c'était ce qui devait arriver. À peine s'était-elle retournée pour me lancer un regard chargé d'une gravité que je n'avais pas su comment interpréter.

Puis elle avait disparu, avalée par l'ombre dense de la forêt.

Et pour la première fois, à mon tour, au fond de mon cœur, j'avais senti la brûlure de l'amour.

Et je ne savais pas qu'il me faudrait attendre plus de quatre ans avant de retrouver Septembre.

## 22.

Le bureau de la psychologue se trouvait au sein de l'école, dans le même couloir sinistre que le bureau du directeur, à côté de la salle des professeurs. Le rendez-vous était d'abord prévu sur la pause de midi, mais il avait été déplacé au mercredi matin, moment où, en deuxième heure, ma classe avait « étude ». Le directeur était venu me chercher, me demandant à mi-voix de le suivre dans le couloir. Là, posant sa main potelée sur mon épaule dans un geste qui se voulait bienveillant, il m'avait dit que, « comme il me l'avait expliqué le premier jour, il pensait que ce serait bien que je puisse parler à quelqu'un ». Comme j'avais eu l'air de ne pas comprendre, il avait précisé : « Parler à notre psychologue, madame Saddiki. Peut-être que ça t'aiderait dans ce que tu traverses pour le moment. »

Il m'avait guidé jusqu'au bureau et il m'avait fait entrer en me disant d'attendre un moment.

— Tu verras, avait-il dit gravement avant de disparaître, ça va te faire du bien de pouvoir t'ouvrir.

Encore une fois, j'en étais réduit à attendre quelqu'un.

Encore une fois, je passai le temps en regardant autour de moi.

Le bureau de madame Saddiki était si petit, que j'en avais déduit qu'il n'était en réalité qu'un débarras détourné de sa fonction première pour répondre aux obligations d'un décret contraignant les établissements scolaires à engager un psychologue. D'ailleurs, dans un coin, une tache d'humidité dans la peinture et un morceau de tuyau en plomb qui sortait du mur comme un moignon évoquaient le souvenir de ce qui avait dû être un évier destiné au personnel d'entretien, lorsque l'endroit ne servait qu'à ranger des seaux et à rincer des serpillières.

Dans ce lieu exigu, sans fenêtre, sans autres décorations qu'un poster dénonçant le harcèlement et un autre encourageant l'utilisation du préservatif, planaient une odeur de café froid autant qu'un profond sentiment de catastrophe imminente. Je m'étais assis là où le directeur m'avait dit de le faire, sur une chaise en bois empruntée à une classe, face à une table où traînaient quelques crayons et, dans une petite boîte en carton, des trombones de toutes les couleurs. Une poignée de feutres étaient posés verticalement dans une tasse vide où l'on avait fait imprimer la photographie de deux jeunes enfants au bord de la mer: un petit garçon et une petite fille interrompus dans leurs jeux de plage pour poser face à l'objectif, grimaçant à cause du soleil dans leurs yeux. Un texte d'une écriture malhabile surmontait la photo d'un enthousiaste : « pour la meilleure des mamans ! »

Finalement, madame Saddiki était entrée.

La trentaine maigrichonne mais presque jolie, les cheveux noirs coupés court, un teint mat venant droit du nord de l'Afrique, un veston gris pour se donner une allure compétente, un jean pour affirmer sa proximité avec les élèves, elle avait autour de son cou un collier fait de grosses perles de bois, sans doute un signe inconscient de loyauté à l'égard d'une profession à qui ce genre de bijoux devait plaire.

Elle me salua d'un bonjour essoufflé, comme si elle avait couru. Ça devait être un genre qu'elle se donnait, car j'imaginais mal comment elle pouvait être débordée. En fait, elle ne devait pas avoir grand-chose à foutre de ses journées, dans la mesure où, pour un élève, le simple fait de lui rendre visite serait l'équivalent d'une immédiate mort sociale. Il était donc probable que je sois le seul rendez-vous de sa journée.

Elle me tendit une main volontaire et dit :

— Bonjour. J'imagine que monsieur Dedecker (je supposai qu'elle parlait du directeur) t'a expliqué qui j'étais.

— Vous êtes la psychologue.

— C'est ça. Est-ce que tu sais ce que c'est ?

— Je crois.

Elle sourit avec une bienveillance étudiée et remplie de l'agaçante assurance de ceux persuadés d'œuvrer à leur niveau pour le bien de l'humanité.

— Ce qu'il faut que tu comprennes, c'est que ce lieu où nous sommes en ce moment même, tu dois le considérer comme un sanctuaire. Un sanctuaire où la parole est libre et d'où rien ne sortira. Ce que je veux dire, c'est que tu peux parler sans crainte, tu comprends.

— Oui, c'est clair.

— Ce qui est très important... Très important pour le travail que nous allons faire toi et moi, ce qui est très important, c'est que tu aies parfaitement confiance en moi. Rien de ce que tu me diras ici ne sera répété.

Elle m'avait parlé avec gravité en me regardant dans les yeux, comme si elle avait été un officier transmettant les codes nucléaires.

— D'accord.

— Parfait. Bon, madame Carpentier, ta titulaire, m'a dit que tu avais un très bon niveau en français.

— J'ai toujours aimé lire... Je ne sais pas si ça signifie que j'ai un bon niveau.

— Charles, je sais... enfin, j'imagine que ton parcours... que ta vie n'a pas toujours été facile. Tu as grandi loin d'ici, les choses sont très différentes là d'où tu viens. Tu as dû voir... tu as peut-être dû faire des choses qui sont des choses... euh mauvaises. Des choses qui t'ont blessé, je veux dire inconsciemment.

— Je ne sais pas... Peut-être.

— Imagine que tu portes un sac à dos rempli de pierres et que tu ne t'en rendes pas compte... Si tu devrais le porter toute la journée, à la fin, même si tu es très fort, ça t'épuiserait... Ces expériences négatives que tu as vécues, c'est comme ce sac à dos. Ce que je te propose, c'est de t'aider en enlevant les pierres qui se trouvent dans ton sac, qu'est-ce que tu en penses ?

Très franchement, je n'en pensais pas grand-chose. Elle m'ennuyait, j'avais l'impression de la voir réciter des passages de livres de développement personnel.

— C'est bien, dis-je un peu au hasard.

— Raconte-moi un souvenir... Raconte-moi un souvenir de l'endroit où tu étais, demanda madame Saddiki.

— Quel genre de souvenir ?

— Quelque chose qui pourrait ressembler à un caillou dans un sac à dos.

Madame Saddiki me regardait avec les yeux d'une petite fille devant l'étalage d'une pâtisserie. Évidemment, elle gardait l'allure bien disposée de la thérapeute, elle gardait le contrôle sur son langage corporel pour me mettre en confiance (épaules face à moi, tête légèrement inclinée, mains posées et croisées sur la table), mais ses narines palpitaient d'une impatience gourmande, trahissant le fait qu'elle me prenait sans doute, en ce moment, comme un des grands moments de sa vie professionnelle.

Je venais de comprendre ce qu'il lui fallait. Je marquai un temps.

— Parfois, j'avais commencé, parfois c'était vraiment terrible...

Madame Saddiki hocha calmement la tête.

— Oui, dit-elle en guise d'encouragement. Elle ne laissait rien paraître, mais j'étais absolument certain que son impatience à entendre mes histoires devait s'accompagner de quelque chose de similaire à de l'excitation sexuelle.

— Je me souviens que nous étions souvent dans la forêt, dans un petit village qui n'avait pas de nom, au bord d'une rivière boueuse. La forêt était grande, profonde et sombre, mais elle nous protégeait.

— Un peu comme une mère? dit madame Saddiki d'une voix soudain basse et presque rauque.

— Oui... C'est ça... Je m'y sentais bien... Comme dans le ventre d'une mère. Je n'ai jamais connu ma mère, mais parfois, il me semble pouvoir me souvenir de son ventre... Un lieu doux et chaud... Un lieu où j'aimerais parfois pouvoir revenir... Je crois...

L'épiderme mat de madame Saddiki se teinta de rose. En cet instant, elle voyait se produire sous ses yeux le miracle de la psychanalyse. Elle devait se sentir comme Paul Claudel au moment de sa révélation divine à côté du deuxième pilier de Notre-Dame. Elle avait enfin la confirmation de tout ce dont elle s'était toujours doutée sans en avoir la preuve.

— Très bien, dit-elle.

Je continuai.

— Il y avait un homme qui faisait des choses bizarres...

— Il te faisait des choses à toi?

— Non… Pas à moi… Il faisait des choses aux dauphins.

Elle parut surprise.

— Il y avait des dauphins… dans le village ?

— C'était des dauphins de rivière. Ils sont en voie de disparition à cause de la pollution des industries minières, mais il en reste quelques-uns.

— Et cet homme, alors ?

— Parfois, à la tombée du jour, il se rendait près de la rivière avec un peu de nourriture, du poisson séché ou de la moambe ou des épluchures de bananes, il les jetait dans l'eau pour attirer les dauphins et, quand un dauphin était assez près du bord…

Je marquai une pause chargée d'émotion.

— Oui ? lança-t-elle, impatiente.

— L'homme… Il était petit et très laid… L'homme… manipulait le dauphin… Il le manipulait d'une certaine façon et là… il… il lui faisait…

— Quoi ? demanda madame Saddiki dont le cou palpitant s'était par endroits coloré de rouge.

— Il le suçait !

Les yeux de la psychologue s'agrandirent.

— Il suçait le dauphin ?

— Oui. C'est ça.

— Mais… commença-t-elle.

— Pour moi, c'est un souvenir terrible.

— Je comprends. Bien entendu. Nous ne sommes pas… « programmés » pour assister à ce genre de choses.

À son tour, elle garda le silence. Elle devait être en train de réfléchir à toute vitesse, se demandant comment me faire poursuivre. Je pouvais presque voir son esprit s'agiter et partir à la recherche du souvenir du chapitre adéquat dans l'ouvrage *L'Entretien en thérapie comportementale*. Puis elle se souvint.

— Est-ce qu'il t'arrive d'en rêver, je veux dire la nuit ? demanda-t-elle.

— Parfois... Oui... Mais le rêve que je fais souvent, ce n'est pas celui-là...

— De quoi rêves-tu, alors ?

— Je ne veux pas en parler... dis-je d'une voix mal assurée.

— Vas-y ! N'aie pas peur !

Je laissai mon regard s'embrumer d'une ombre tragique.

— Au village... Au village, la vie était dure... Nous manquions de beaucoup de choses, des choses de première nécessité, des vêtements qui ne soient pas troués, de la nourriture qui ne soit pas avariée, des médicaments, et il fallait trouver des solutions pour survivre...

— Qu'est-ce que tu faisais pour survivre ?

— Moi... Moi je faisais comme tout le monde, je me débrouillais... Pour certaines filles c'était plus... c'était plus facile...

— Pourquoi ? Explique-moi.

— Des hommes... Des hommes blancs savaient qu'au village il y avait des filles. Il en venait régulièrement avec des jeeps, des ingénieurs, des cadres des Nations unies, du personnel de chez Médecins sans frontières, des casques bleus... Il en venait beaucoup et souvent, parce qu'ils se sentaient seuls et qu'ils savaient qu'il y avait des filles au village... Des filles qui avaient faim et qui avaient besoin de choses de première nécessité.

— Je vois...

— Non... Vous ne voyez pas... Ces hommes qui arrivaient choisissaient deux ou trois filles, jeunes et jolies, et ils les conduisaient dans une petite cabane en tôle... Une cabane où il faisait très chaud... Et là, sur le sol, on avait mis un petit chat ou un petit lapin... ou un petit chien... Enfin, un petit animal.... Et ils demandaient aux filles de leur marcher dessus... De marcher sur les petits chiens ou les petits chats ou les petits lapins. De marcher dessus pendant qu'ils regardaient!

— Mais pourquoi? demanda madame Saddiki estomaquée.

Je m'emportai soudain.

— Je ne sais pas pourquoi! Parce que leurs esprits étaient complètement pourris... Ils voulaient voir des filles, les plus belles filles du village, de vrais temples ces filles, vous voyez... Ils voulaient les voir faire quelque chose de cruel... Écraser des bébés animaux... J'arrive pas à oublier le regard de ces petits chiens... La nuit, leurs minuscules aboiements me reviennent dans des cauchemars affreux... Et... Et...

Ma phrase se termina en un balbutiement. Le visage de madame Saddiki s'était empourpré, un imperceptible tremblement agitait sa lèvre inférieure. Il n'était pas à exclure qu'elle ait joui. Elle parla d'une voix rocailleuse.

— C'est bien… C'est très bien… C'est très beau que tu parviennes à faire ça pour une première séance. Je crois que tous les deux, nous allons faire du bon travail.

Comme elle l'avait fait au début de l'entretien, elle me tendit la main. Elle était légèrement moite. Je la gardai serrée un peu plus longtemps que ne le voulait l'usage et je plongeai mes yeux dans les siens.

— Merci, dis-je, merci beaucoup.

Et je quittai sa buanderie pour rejoindre ma classe.

## 23.

Le week-end était arrivé et nous étions allés, mon oncle et moi, chez le notaire.

Là, dans un grand bureau donnant sur un jardin où avait été creusé un étang artificiel, un homme qui sentait le tabac m'avait montré quelques registres en m'expliquant qu'il avait besoin, là et encore là, d'une signature. Il expliqua qu'en l'absence de testament et compte tenu du fait qu'on m'avait cru mort durant toutes ces années mon oncle avait été désigné comme seul héritier. Des « avoirs » de mes parents, il ne restait donc pas grand-chose, en réalité rien du tout mais, selon le notaire, mon oncle pouvait rédiger un testament qui me donnerait droit à une part de l'héritage. Mon oncle avait hoché la tête. Il avait à son tour signé « là et là » et l'affaire avait été réglée.

Après quelques jours passés dans ce qui serait dorénavant mon « Nouveau Monde », je commençai à prendre mes repères. Dans la maison de mon oncle, la vie passait, molle comme de la colle, tiède comme un potage, avec cette sorte de douceur morne qui doit sans doute accompagner l'agonie.

Murielle, ma tante, donnait à son existence l'aspect d'une vie bien remplie : il s'agissait d'interminables rendez-vous avec des amies, de cours de Pilates dans une salle de sport hors de prix, de soins du corps dans des centres de bien-être aux certifications ésotériques lui assurant des « rituels ayurvédiques aux fleurs de Bali » et enfin, de mystérieux entretiens avec un psychanalyste dont les origines juives étaient, pour elle, un label de qualité au même titre que la marque de son sac Chanel, de son foulard Hermès ou de son manteau Burberry. Ma tante était extrêmement attentive à elle-même : ce qu'elle mangeait était léger, bio, dégraissé et conseillé par un nutritionniste naturopathe, ce qu'elle enfilait avait été approuvé par *Elle* ou *Cosmopolitan* et ce qu'elle pensait était une moyenne inoffensive faite entre la lecture de blogs « life style » et des discussions chez le coiffeur. Au début de ses journées, la mine aussi fraîche que la carrosserie d'une voiture neuve, elle affichait invariablement l'expression soucieuse d'une femme investie de hautes responsabilités et, à la fin des mêmes journées, lorsque au volant de sa grande voiture allemande elle venait nous chercher et que des soins prodigués durant la journée il lui restait encore les exhalaisons florales et l'éclat d'un épiderme détoxifié à quatorze heures par l'application d'un mélange d'huiles essentielles de rose et d'un substrat de thé vert, elle lançait en hochant la tête quelque chose comme : « Je suis épuisée, je n'ai pas arrêté de courir. »

Ma tante ne faisait donc rien de sa vie et occupait par voie de conséquences, sur l'échelle de l'évolution, une position moins importante encore que celle tenue par l'ostracode, un crustacé microscopique dont la disparition survenue au crétacé n'avait en rien changé la marche de l'évolution. Comme l'ostracode, ma tante aurait pu mourir demain, ça n'aurait rien changé à rien. Si ma tante venait à mourir, le chagrin provoqué par sa disparition n'aurait été que de très faible amplitude, le « travail de deuil » se serait résumé en une réunion de famille, autour de quartiers de tartes, de « pains surprises » et d'un peu de café. Tout au plus, sa mort représenterait une légère perte de revenus pour les petits commerces de la région, mais pas au point de mettre en péril leur chiffre d'affaires.

Point final.

Je me doutais que ma tante savait tout ça et je me doutais que parfois cela touchait un nerf douloureux enfoui dans les replis de son âme. Elle se trahissait quand soudain, ne se sachant pas observée, elle relâchait son maintien et que sa tête s'inclinait un peu vers l'avant, donnant à sa silhouette la forme d'une pénitente pleine d'amertume et de regrets sur une vie qui aurait pu être autre chose si ses choix avaient été différents. Dans ces moments, pareil à une nappe de mazout dans une mer d'azur, un reflet terne passait furtivement dans son regard, la courbe de sa bouche s'incurvait vers le bas comme si elle venait de penser à quelque chose de dégoûtant et l'éclat victorieux de son aura de panthère faisait place à l'allure générale et un peu piteuse d'une jument abandonnée. Dans ces instants fugaces mais réguliers, ces circonstances où il n'y avait ni rendez-vous, ni Pilates, ni coiffeur, ni soins du corps, ce qu'elle ressentait c'était, j'en étais certain, un infime vertige, une ombre de nausée, une faible oppression au niveau de la poitrine. Un vertige, une nausée et une oppression qui ne faisaient que traduire, dans la chimie de son corps, la conscience soudain aiguë de la désespérante inutilité de son existence.

Mon cousin Frédéric, lui, vivait en silence le petit calvaire de ses jours : éternellement solitaire à l'école, définitivement classé dans la catégorie des paumés, irrémédiablement perdu pour l'idée de progrès humain, il s'en fichait et il ne semblait pas avoir d'autre ambition que celle d'assurer modestement la survie de son organisme par les actions de base d'alimentation, d'excrétion et, bien entendu, de branlette.

Quant à ma cousine Aurore, elle se nimbait encore à mes yeux d'un certain mystère. C'était bien l'adolescente troublée, la boudeuse courte sur pattes, un peu trop grosse, malhabile, s'habillant de vêtements larges pour dissimuler des seins dont les dimensions l'incommodaient. C'était la fille rougissante et aux manières entortillées que j'avais rencontrée le premier soir, c'était l'incarnation même du mal-être embarrassé des âges de la puberté. Mais d'un autre côté, on la sentait investie d'un véritable instinct de survie. Elle voulait « s'en sortir ». De ses airs éternellement renfrognés se dégageait une mystérieuse énergie sombre, sous ses cheveux gras, derrière ses yeux mous, on pouvait sentir son cerveau tourner à plein régime, comme une petite dynamo, élaborant des scénarios de fuites de sa vie présente et échafaudant des hypothèses de vies futures. Elle voulait que quelque chose change et, même si elle ne savait pas exactement quoi, ni comment s'y prendre, pour l'instant elle cultivait sa rage avec soin, lui prélevant la sève goutte après goutte dans un grand tonneau, se préparant pour le jour où elle aurait une pleine mesure de combustible.

Et puis mon oncle…

Mon oncle n'était pas souvent là. Il partait tôt, engoncé dans son costume de bourgmestre, les chaussures cirées-lacées, la cravate serrée comme un garrot sous la peau molle de son menton. Quand nous petit-déjeunions, il était déjà sur le pas de la porte, grand comme une citerne, lourd comme un camion, auréolé d'une puissante odeur de café et d'eau de Cologne. Déjà au téléphone, déjà à donner des ordres secs au « collaborateur » qu'il avait au bout du fil, il sortait en se fichant du froid, de l'aube obscure, du grésil, et il montait dans son énorme voiture qu'il conduisait comme s'il s'agissait d'un char de combat à la recherche de viande fraîche.

Le soir, il rentrait tard… quand il rentrait.

Souvent, alors qu'un repas nous attendait déjà sur la table de la salle à manger, ma tante recevait un message de mon oncle sur son téléphone lui annonçant qu'il avait un « dîner important », qu'il devait « rencontrer des gens », « faire une ouverture », « faire une fermeture », « clôturer un dossier », « régler un problème » ou plus vaguement : « discuter d'un truc », « attendre un machin », « rejoindre chose ».

Alors, soit il dormait « sur place » (à la maison communale, jouxtant son bureau, il avait fait installer une douche, un petit w.-c. et le canapé se dépliait pour devenir un lit), soit il rentrait à la nuit tombée, repu, ivre, le pas lourd et titubant, se plaignant un peu de ses pieds douloureux et gémissant du trop-plein de sa vessie qu'il vidangeait à grand fracas dans les toilettes de l'entrée.

Personne ne lui posait jamais de questions en ce qui concernait son travail. Dans sa famille, on semblait vraiment n'en avoir rien à foutre de son occupation de bourgmestre et lui, en retour, ne posait que très peu de questions à sa famille.

En fait, dans cette famille, personne n'en avait rien à foutre de personne.

# 23

Et puis il y avait l'école.

Peu à peu je m'habituais à ces longues journées faites d'horaires et d'ennui, de cette étrange sensation hypnotique provoquée par la voix d'un professeur de géographie parlant de l'organisation des « collectivités territoriales » ou d'un professeur de sciences tentant de nous faire comprendre le mécanisme de « réplication de l'ADN ».

Ces jours parfumés à la craie, à l'encre, à l'eau croupie des éponges, la frustration d'élèves qui se sentaient comme en prison et de professeurs dont la fréquence des arrêts maladie trahissait le mal-être.

Malgré mon attitude nonchalante, malgré le fait que je ne cherchais pas vraiment à établir le contact avec quiconque et que je me fichais complètement de passer seul les récréations ou la pause de midi, j'étais devenu « populaire ». La preuve en était que les autres « populaires » n'hésitaient pas à venir vers moi, qu'ils recherchaient même ma compagnie, que ma présence semblait être une garantie supplémentaire de la supériorité de leur statut. Jessica, Anaëlle, Arthur ou Lucas me saluaient chaleureusement le matin, ils venaient me retrouver aux heures creuses et faisaient mine de s'inquiéter de mon « intégration au groupe ». Selon eux, cette intégration était en bonne voie mais pour s'accomplir pleinement elle allait devoir passer (leurs avis concordaient sur ce point) par ma présence obligatoire sur les « réseaux sociaux ».

Si j'avais d'abord hésité, c'était parce que je ne comprenais pas à quel point les réseaux sociaux étaient devenus l'épine dorsale des conduites quotidiennes de mes camarades. Je n'avais pas immédiatement compris de quelle manière le flux de messages, de photos, de statuts, de like, de hashtags et de partages influait sur leurs faits et gestes quotidiens. Je n'avais pas saisi l'importance des réseaux sur les soudaines fâcheries, sur les amitiés nouées comme à l'improviste ou brisées avec brusquerie. Je n'avais pas perçu toute leur influence dans le débit puissant des rumeurs, dans la circulation impétueuse des haines et des désirs, dans le ruissellement des réputations.

C'est en voyant Jessica préparer sa soirée que j'avais compris que, si je voulais mener à bien mes projets, même si ceux-ci pour l'heure étaient encore vagues, j'allais devoir comprendre en profondeur la mécanique des réseaux sociaux.

Un soir, lors du dîner, alors qu'un miracle d'agenda avait voulu que mon oncle soit là, j'avais laissé entendre que, pour faciliter mon adaptation à ma nouvelle vie, « il me faudrait sans doute un smartphone ».

Pour la forme, mon oncle avait pris un air sceptique. Ma tante m'était venue en aide :

— C'est vrai... Ils en ont tous un, maintenant...

Mon oncle avait hoché la tête, il avait fait semblant de réfléchir, fait durer un bref suspense pour signaler qu'il était le maître de toutes choses puis, avec l'air d'un président accordant sa grâce, il avait dit qu'il s'en occuperait.

Après quelques jours, Audrey, son éternelle assistante, son esclave, sa bête de somme, son paillasson, était passée à la maison avec un iPhone neuf activé par un forfait mobile.

— Il est beau, hein ! avait-elle dit avec déférence, avant d'ajouter à mi-voix :

— Et ne commence pas à appeler je-ne-sais-qui « là-bas »... C'est très cher vers l'Afrique.

Comme à chaque fois qu'Audrey disait quelque chose, j'avais soudain senti une puissante vague de haine m'envahir, un vertige fait de violence pure, j'avais failli lancer de toutes mes forces mon poing dans le visage gélatineux de cette infecte conne, mais je m'étais contenté de sourire.

— Oui, oui... Évidemment...

De toute façon... Elle ne pouvait pas savoir que là d'où je venais, du fond de ce continent en miettes, du fond de cette forêt trempée et compacte, les seuls signaux qui passaient étaient ceux des promesses qu'il fallait tenir et des amours qu'il fallait retrouver.

À la fin de la journée, j'avais été trouver la seule personne susceptible de m'aider dans la pratique des réseaux sociaux : j'étais allé frapper à la porte d'Aurore. De la chambre de la jeune fille, m'étaient parvenus les bruits étouffés d'un frôlement, d'un geste vif actionnant une fermeture éclair, d'une boîte que l'on ferme en toute hâte et elle était venue m'ouvrir.

Dans son regard, en plus de l'éternel malaise qui était le sien, j'avais lu de la surprise et même un peu de peur. Je savais, je sentais qu'Aurore m'aimait bien, je n'étais pas certain qu'elle l'ait elle-même déjà compris mais, provenant de la colère qu'elle nourrissait à l'égard de sa famille, lui était venue l'intuition que j'étais un allié.

— Salut Aurore, est-ce que je pourrais te poser quelques questions à propos de mon téléphone ?

Je lui avais montré mon iPhone, elle l'avait regardé, elle m'avait regardé :

— Ah ouais, elle avait dit en me faisant signe d'entrer.

C'était la première fois que je rentrais dans la chambre d'Aurore et l'endroit semblait être le parfait reflet de l'âme torturée de la jeune fille.

D'un point de vue purement architectural, elle avait exactement les mêmes dimensions que celle que je partageais avec son frère : un cube constitué par quatre murs d'un blanc laiteux, un sol en stratifié jaunâtre, une quinzaine de mètres carrés au sol. L'orientation, par contre, était différente : la fenêtre de la chambre de Frédéric donnait sur l'arrière de la maison, le jardin morose, les quelques champs inhospitaliers où sommeillaient sous la terre des embryons de légumes sans saveur. La chambre d'Aurore, elle, donnait sur l'avant, c'est-à-dire : au premier plan, sur les voitures de mon oncle et de ma tante, garées avec une fierté ornementale de diadèmes princiers devant la porte de la maison ; au-delà, sur le chemin asphalté, la grille de fer forgé aux motifs végétaux et la route secondaire sinuant entre les champs ; plus loin, sur la ville, sur la frontière ; puis, plus loin encore, cachées par les nébulosités grisâtres de ces latitudes mais malgré tout bien réelles, sur l'intuition du monde, la conscience de la liberté et la saveur de l'espoir.

Dans la chambre d'Aurore flottait l'odeur d'un parfum bon marché simulant l'agave et le citron vert. Au plafond, un abat-jour violet plongeait l'endroit dans l'ambiance interlope d'une fumerie d'opium. Sur les murs, il y avait quelques posters à la gloire d'un chanteur tout juste adulte à la mèche affectée, le souvenir d'un film mettant en scène des vampires et des loups-garous et un grand panneau de liège où étaient punaisées, en un désordre savamment étudié, quantité de photographies, souvenirs acidulés de sa vie d'adolescente : selfie d'Aurore et d'une copine devant la vitrine d'une enseigne de mode, image d'un chocolat chaud, portrait d'une jeune fille anonyme simulant un baiser, un garçon ricanant faisant un doigt d'honneur à l'objectif. Éparpillés sur le sol, semblables à des fleurs fanées, quelques culottes à la propreté douteuse, un soutien-gorge en dentelle noire, un jean entortillé.

Contrairement à Frédéric qui avait encore le lit simple de l'enfant qu'il avait été, Aurore avait installé un lit double. Il était collé contre un mur, gardé par deux étagères verticales chargées de bibelots qui lui faisaient comme les colonnes d'un temple païen : une bougie parfumée, une tirelire en forme de bouche cramoisie, une poignée de bijoux sans valeur rangés dans une boîte en plastique transparent.

Le couvre-lit était imprimé de dessins de cerises et de pommes et Aurore l'avait chargé de coussins colorés dans lesquels, je l'imaginais, à son retour de l'école et pareille à une gerboise aménageant son abri, elle devait aimer se vautrer en soupirant sur sa fatigue adolescente, ses espoirs brûlants, le goût amer du quotidien et la rage sourde de n'être rien d'autre qu'elle-même.

— Qu'est-ce que tu veux savoir, alors ? elle m'avait demandé.

— Eh bien un peu tout. Je voudrais me faire un compte Facebook... Et peut-être les autres trucs aussi... Je ne sais pas trop lesquels...

Comme je ne voulais pas rester debout, je m'étais assis sur son lit. Elle avait hésité un moment et elle était venue s'asseoir à côté de moi et s'était saisie de mon téléphone.

— Bon, eh bien c'est pas compliqué. Il faut commencer par te télécharger les applications...

Elle pianota un moment, ses doigts filaient sur le petit écran tactile avec une virtuosité de pianiste. Assise tout près de moi, nos bras se touchaient et je pouvais sentir la chaleur de son corps contre le mien.

— Voilà... Maintenant, il faut juste rentrer ton nom ou bien ton pseudo pour chaque application... Et chaque fois un mot de passe... Qu'est-ce que tu veux comme mot de passe ?

J'avais réfléchi un moment et j'avais donné un mot qui me paraissait une évidence. Aurore m'avait regardé sans comprendre.

— Qu'est-ce que ça veut dire ?
— C'est une formule de protection magique.
— Ça fonctionne ?
— Je ne sais pas. Je ne suis pas certain. Peut-être parfois...

Elle haussa les épaules.

— Voilà. Maintenant tu as un compte Facebook avec Messenger, un compte Instagram et un compte Snapchat. Si tu veux, je te mets dans mes amis, comme ça, tu pourras facilement envoyer des demandes au reste de la classe, Shana, Jessica, Anaëlle, Arthur... Et puis là, ton réseau d'amis va s'étendre...

— C'est tout ?
— Oui... Évidemment, si tu veux avoir beaucoup d'amis, tu dois poster des trucs et réagir à ce que les autres postent...

— O.K.

J'étais resté un moment assis sur le lit d'Aurore à regarder l'écran de mon téléphone et les icônes colorées des applications qui semblaient m'attendre. Assise à côté de moi, ma cousine ne bougeait pas d'un millimètre. À sa respiration saccadée, à sa tension, je sentais bien que son malaise, qui avait disparu pendant qu'elle me donnait des explications, était revenu. Il n'y avait plus aucune raison valable pour que je reste et sans doute qu'une bonne partie de ma cousine aurait voulu que je parte et que je la laisse seule dans sa chambre, avec ses bibelots, ses coussins, son linge sale et la tranquillité mélancolique de la solitude.

Cependant, je sentais aussi clairement qu'une autre partie d'Aurore voulait que je reste, une partie plus petite mais plus puissante, un objet à l'éclat sombre et dense qui dérivait dans le fond de sa personnalité, pareil à un météore de quartz capable d'anéantir un monde ou d'en faire naître un nouveau.

— Tu as déjà fait l'amour ? j'avais demandé.

Aurore avait rougi. À côté de moi, j'avais senti son corps se raidir. Elle s'était levée et, debout face à moi, elle m'avait regardé avec fureur.

— Ça ne te regarde pas ! elle avait dit d'une voix de glace.

J'étais resté assis sur le lit, ce n'était pas du tout le moment de partir.

— Excuse-moi… Je suis maladroit… Tu sais… Depuis que je suis ici, je n'ai pas vraiment eu l'occasion de parler avec quelqu'un. À la fin, je me sens un peu seul, ça me fait dire n'importe quoi.

J'avais émis un soupir douloureux et je m'étais levé pour me diriger vers la porte. Au milieu de sa chambre, Aurore était toujours debout. Elle ne me quittait pas des yeux. Elle avait interrompu ma sortie en disant :

— Pourquoi tu me demandes ça ?

Je m'étais retourné, je l'avais regardée.

— Je ne sais pas. Peut-être parce que je crois que j'ai besoin de quelqu'un en qui avoir confiance. Vraiment confiance. De me dire qu'ici, dans ce monde que je ne comprends pas, il existe une sorte de sanctuaire où la parole est libre et d'où rien ne sort. Un endroit où on pourrait parler sans crainte, tu vois ?

Aurore avait mis ses mains dans ses poches, elle avait paru réfléchir un moment et puis elle avait hoché la tête.

— Oui… avait-elle dit en fixant un point invisible sur le sol de sa chambre.

— Oui ?

— Oui, j'ai déjà fait l'amour…

Je m'étais appuyé contre la porte.

— Tu me racontes ? je lui avais demandé.

Elle était restée indécise, elle avait regardé par la fenêtre, le regard perdu sur les voitures hors de prix de ses parents. Un instant plus tôt j'aurais été capable de comprendre ce qui était en train de se passer dans sa tête, mais, tandis que ses yeux se troublaient d'un voile étrange, elle m'apparut brièvement comme une énigme. Sans que je sache si ce geste avait un sens, elle saisit un élastique sur une étagère et, à la manière d'une joueuse de tennis qui s'apprête à monter sur le court, elle attacha ses cheveux.

Elle finit par parler.

— Si je te raconte pour moi, tu me racontes pour toi ?

— D'accord.

J'étais retourné m'asseoir sur son lit. Elle m'avait rejoint. Elle avait commencé à parler.

— C'était l'année passée. C'était à une soirée chez Aslan…

— Aslan… Aslan de ma classe ?

— Oui… Aslan… J'avais été à la soirée avec Enora. Tu connais Enora ?

— Non…

— Pas grave… J'avais été à la soirée… Les parents d'Aslan n'étaient pas là. Il est souvent tout seul. Son père est chauffeur de camion, sa mère je ne sais pas… Ils habitent un petit appartement au-dessus d'un coiffeur. C'est pas super comme appartement. Deux chambres, une moche lumière… Mais bon, la soirée était cool. Y avait du monde. Aslan avait acheté de la vodka. On rigolait bien… Et puis à un moment, je remarque qu'il me regarde…

— Qui ?

— Aslan. Aslan me regarde. Il me jette des petits coups d'œil. C'est bizarre, parce que je suis moche.

D'habitude les garçons, ils regardent plutôt Jessica ou Anaëlle. D'ailleurs, il ne m'avait jamais regardée avant. S'il me regardait, c'était peut-être à cause de la vodka… Mais bon, c'est pas grave. À un moment, je m'étais levée, je ne sais plus pourquoi… Et lui, il était venu près de moi et il m'avait demandé si je voulais venir avec lui dans la chambre de ses parents. Bon… Moi je savais ce que ça voulait dire, j'avais envie, j'en avais marre d'être vierge, en plus j'étais prête : j'avais lu tout ce qu'il fallait lire sur les forums Doctissimo. J'avais un peu peur évidemment mais sinon ça allait… Alors, j'ai dit « oui » et on a été dans la chambre de ses parents. Comme la chambre était vraiment petite, le lit avait l'air immense. Et sur le lit, il n'y avait pas de couvre-lit ou de couette… Mais une grosse couverture en laine. Une couverture verte. Je ne sais pas comment ça se fait que je me souvienne de ça. Aslan a commencé à m'embrasser et on s'est couchés sur le lit. Ça c'était bien. Par contre, j'aimais pas la lumière des néons. Je savais que ça faisait ressortir l'acné que j'ai sur le visage et sur le dos et la poitrine. Je savais que ça me donnait mauvaise mine. Après ça, il m'a déshabillée, je ne sais plus trop comment. Il s'est déshabillé aussi et puis il s'est couché sur moi… Mais… Euuuh, je sentais qu'il était tout mou… Alors, j'ai essayé de l'aider et j'ai pris son… son truc en main. Ça, ça fait vraiment bizarre, ce truc mou, petit, comme un petit bout de chair qui ressort…. Enfin soit… Que je le prenne en main, je crois que ça l'a un peu aidé… Ça l'a un peu aidé mais il n'arrivait quand même pas à entrer… Et ça c'était sans doute à cause de moi… J'étais toute fermée… J'avais l'impression d'être cousue… Alors, je me suis un peu mouillée, discrètement, en me léchant la main et en la passant entre mes jambes, j'avais lu ça dans un témoignage du forum Doctissimo… Bref, ça a fini par rentrer. Et à ce moment, je m'étais dit : oh zut, il n'a même pas de capote ! De toute façon, il n'a pas joui, alors c'était pas grave… Enfin, sauf pour les maladies. Voilà, c'est tout…

## 24.

Après, pendant une minute ou deux un silence inconfortable s'était installé. Sans doute qu'avoir raconté son histoire lui avait fait remonter certains souvenirs rendus un peu douloureux par leur précision chirurgicale. Elle était restée un moment pensive, à arracher des fibres de tissu d'un coussin en laine. Finalement elle avait relevé la tête et d'un soupir elle avait chassé les images qui avaient envahi son esprit. Presque autoritaire, elle m'avait dit :
— À toi, maintenant.
Je l'avais regardée. Mes yeux droit dans les siens.
— Moi aussi, j'ai déjà fait l'amour.
— Je m'en doute. Là d'où tu viens t'as dû faire l'amour avec plein de filles.
— Non… Il n'y en a eu qu'une seule.
Elle était surprise.
— Une seule, c'est vrai ?
— Oui… Une seule.
— Elle s'appelait comment ?
— Elle s'appelait Septembre.

— Septembre? C'est un drôle de nom, c'est un nom de mois...

— Tu t'appelles Aurore. Aurore, c'est le nom d'un moment de la journée. C'est pas plus bizarre qu'un nom de mois.

Elle avait acquiescé. Elle s'impatienta ensuite.

— C'est vrai. Bon, alors? Raconte maintenant!

— Septembre était la seule survivante d'un petit village où tout le monde avait été massacré. Je sais que, vu d'ici, ce sont des choses qui ont l'air complètement folles. Mais là-bas, ça arrive. Ça arrive aussi souvent que la pluie.

— Je sais... J'ai fait un exposé sur le Rwanda en quatrième.

— Oui, c'était pas le Rwanda mais il s'y passait un peu le même genre de chose... Bref, je crois que Septembre, quand elle avait douze ans, elle a assisté à des choses terribles, elle a traversé des choses terribles. Elle a mis du temps à m'en parler, elle n'aimait pas les souvenirs. Elle disait que, si on se débarrassait de ses souvenirs, on se débarrassait de son passé et que c'était comme faire en sorte qu'il n'y ait jamais rien eu de terrible, qu'il ne fallait se souvenir que des belles choses.

— C'est vrai, ça!

— Bien entendu que c'est vrai. Ici, on essaye de te faire croire qu'il faut se souvenir, qu'il faut parler, qu'il faut comprendre. En fait, parfois il vaut mieux ne pas se souvenir, ne pas parler et ne pas essayer de comprendre.

Aurore hocha la tête. Je continuai mon histoire.

— Évidemment, elle n'a pas réussi à tout oublier. Parfois, elle faisait des cauchemars. Il y avait des choses qui lui restaient collées dans la mémoire. Des choses qui ne partaient pas, des choses qui ne partiraient plus... Même si on attendait des années.

— Comme des traces de brûlé au fond de la casserole.

— Exactement! Alors, pour comprendre mon histoire, ce que tu dois savoir c'est que quand j'ai rencontré Septembre elle avait douze ans et moi treize... On l'avait trouvée dans son village et, comme elle était toute seule quand on l'avait ramenée avec nous, on l'avait laissée dans un autre petit village. Un petit village secret, un petit village très bien caché, un petit village que personne ne connaissait sauf les gens qui y habitaient. On l'avait laissée là, on lui avait donné un coin où vivre, on lui avait expliqué comment elle allait pouvoir donner un coup de main et puis, les autres et moi, nous étions repartis.

— C'étaient qui les autres? Pourquoi vous étiez repartis?

— Les autres, c'étaient ceux qui m'avaient trouvé quand j'étais petit, près de l'avion... Et nous étions repartis, parce que c'était comme ça qu'on vivait... Je n'ai pas envie de parler de ça... Je vais juste te raconter quand j'ai fait l'amour pour la première fois, c'est ça qu'on avait dit.

— O.K.

— Bon, nous étions repartis... Et... à cause... à cause de différentes choses... nous étions restés partis pendant quatre ans... Quatre ans... Et ce qui est étrange, vraiment étrange, c'est que pendant ces quatre ans il ne s'est pas passé une seule journée sans que je pense à elle. Je veux dire qu'elle était la première chose à laquelle je pensais quand je me réveillais. Avant même d'avoir ouvert les yeux, dans ces premiers instants qui font suite au sommeil, quand la conscience a encore une partie d'elle-même qui baigne dans les rêves de la nuit, je me demandais: « Tiens, que fait-elle? Est-elle heureuse? Souffre-t-elle? Que va-t-elle faire aujourd'hui? » Parfois pendant la journée, avec tout ce qu'on faisait, j'y pensais un peu moins, mais au fond de moi, comme un lest, je sentais sa présence dans mon esprit et le soir, quand je m'endormais, ça me reprenait: j'y pensais de nouveau et du coup, la dernière image que j'avais dans la tête, c'était celle de son visage. Je ne comprenais pas comment c'était possible, je ne savais pas pourquoi j'y pensais comme ça tout le temps alors que je ne lui avais presque jamais parlé et que je ne l'avais connue que quelques jours.

— Tu étais tombé amoureux, dit gravement Aurore.

— Oui. Mais comme c'était la première fois, je ne le savais pas...

— Continue.

— Avec le temps je m'étais mis à imaginer un certain nombre de situations censées illustrer la vie qui m'attendait avec cette jeune fille : j'y pensais si souvent et les images qui les accompagnaient avaient un tel niveau de réalisme qu'on aurait dit qu'elles n'étaient pas faites à partir de simples désirs d'enfant, mais bel et bien de purs morceaux de souvenirs. Je nous voyais, Septembre et moi, au sommet d'une colline, tous les deux endormis au pied d'un arbre millénaire. Nous étions main dans la main, marchant sur des routes de poussière et de grandes chaleurs, insouciants comme des oiseaux, forts comme des lions, intouchables, cuirassés dans la force de notre amour. Nous étions dans une grande maison à nous, couchés dans un lit parfumé aux écorces de mangues et de bananes, nos visages collés l'un à l'autre, peau contre peau, souriant de notre chance, ivres de notre bonheur. Au fil du temps, j'avais élaboré toutes sortes de scénarios assez complexes censés illustrer ce que serait notre future vie quotidienne : je m'imaginais un matin avec elle, je m'imaginais me levant sans bruit pour descendre les marches en bois de chêne de notre grande maison. J'arrivais dans une cuisine étincelante, je lui pressais un jus d'oranges sanguines dans un verre de cristal. Elle me rejoignait, souriante, stellaire, ses pieds nus et noirs sur le marbre blanc, une expression remplie de douceur veloutée, un regard où il n'y avait que la paix et le bonheur simple d'être en vie. Des scénarios comme ça, je m'en étais fabriqué des dizaines : comment se passeraient nos nuits ou nos journées, comment je l'emmènerais dans un de ces grands théâtres dont j'avais vu les photographies dans le livre *Encyclopédie illustrée du théâtre à l'italienne*, comment je lui offrirais des robes de princesse faites en soie extrême-orientale et cousues de fil d'or et comment je me promènerais avec elle dans les rues pleines de monde d'une capitale européenne où les gens, impressionnés par son maintien, éblouis par son regard, fascinés par sa beauté, émerveillés et jaloux de son allure miraculeuse chuchoteraient à sa vue. Ils la détesteraient autant qu'ils feraient le rêve impossible de lui ressembler et, me voyant à son bras, ils se demanderaient « Et lui, qui est-ce ? », mais à cause de mon air féroce, de mes manières de bête sauvage et de mon regard sans pitié, ils n'oseraient pas s'approcher pour me le demander.

Et puis donc, comme je te l'ai dit, après quatre ans nous étions rentrés. Le petit adolescent que j'avais été n'existait plus, il avait disparu pendant les longues marches dans la forêt, il était mort cent fois en entendant les balles passer si près de lui qu'il pouvait sentir leur chaleur, comme si c'étaient de petits feux ouverts. Il s'était dissous dans cette grande fatigue qui t'envahit quand tu côtoies un peu trop souvent les cadavres. J'avais dix-sept ans et je crois qu'avec tout ce qui s'était passé durant ces quatre années j'étais devenu... d'une certaine manière, un homme... En tout cas, c'étaient quatre années que j'avais eu l'impression de vivre dans l'obscurité d'une très longue et très étrange nuit. Une nuit paradoxale où parfois il faisait jour, une nuit où il arrivait au soleil de se lever, une nuit où toutes les choses vivantes poursuivaient l'apparence de leur activité, mais où, malgré tout, je pouvais sentir au plus profond de moi que c'était quand même la nuit, la vraie nuit, dans le sens d'un moment qui n'est pas fait pour les animaux diurnes, d'un endroit où l'on n'a rien à faire et où, si ça dure trop longtemps, on risque d'y rester, on risque d'être comme digéré par la nuit, tu comprends ?

— Je crois.

— Nous étions rentrés. Finalement. Plus personne n'en pouvait de cette nuit dans laquelle nous étions. On avait besoin de se reposer. Pendant toutes ces années, nous pensions tous souvent au petit village comme à un lieu heureux et paisible. Un lieu accueillant et doux et calme, mais, quand nous étions revenus, nous nous étions souvenus qu'il était aussi un lieu si isolé du reste du monde que ses quelques habitants étaient presque fous de solitude, nous nous étions souvenus que la rivière toute proche charriait dans ses eaux brunes des fièvres venimeuses qui achevaient aussi bien les hommes les plus solides que les crocodiles les plus immunisés dont il arrivait que l'on retrouve les cadavres gonflés de pourriture coincés entre les broussailles. Dans ce village, avec le temps, dans l'ombre aqueuse de la forêt, les viandes de l'esprit macérant dans les chaleurs humides propres aux régions équatoriales, les habitants se mettaient à penser de travers et à y parler une langue étrange, appauvrie, ne servant qu'aux informations essentielles : se nourrir, mourir, dormir.

Durant toutes ces années, Septembre avait grandi là : dans ce village qui, finalement, n'était qu'un simple réduit humain où l'on se cachait dans la peur de tout, sans faire un bruit ni un mouvement de trop, un endroit du monde qui vous rétrécissait l'âme à mesure du temps qu'on y passait. Je me souviens que quand nous étions arrivés, à la vue de la boue, au contact de l'ombre, quand nous avions senti le frôlement des miasmes infectés, mon cœur s'était serré, car je m'étais dit que la petite fille à laquelle je n'avais cessé de penser, cette petite fille avec laquelle mon esprit d'enfant qui se refusait au désespoir avait fini par imaginer un avenir, que cette petite fille avait grandi dans un lieu qui avait forcément dû l'achever. En un instant, quand je vis le premier toit de la première case, ce ramassis de branchages, de feuilles et de terre séchée, les images qui, au fil du temps, s'étaient déposées dans mon esprit comme des sédiments d'or pur, avaient été emportées par une seule vague glacée de réalisme : il ne devait rien rester de Septembre, c'était une certitude.

À la fois curieux et craintifs, quelques vieillards faméliques étaient venus à notre rencontre avec, dans leur sillage, crasseux, muets, les yeux comme de grandes billes blanchâtres enfoncées dans des visages aussi noirs que des abîmes, une poignée d'enfants nés Dieu sait comment et de Dieu sait qui. Quand on nous avait reconnus, les autres étaient sortis : des femmes à moitié nues, aux cheveux ras, aux corps délabrés, à l'expression stupéfaite, des hommes que la maladie ou l'infirmité avaient rendus incapables de nous suivre, tous étaient sortis de leurs cases misérables pour nous accueillir.

Au milieu de cette pauvre humanité, je cherchais Septembre du regard et je ne la voyais pas. Mon cœur battait douloureusement, j'avais la gorge nouée, un moment je l'avais imaginée morte, emportée par la misère ou par l'ennui ou par la tristesse ou par tout ce qui peut t'emporter quand tu passes quatre années dans un coin du monde comme celui-là. Puis, après de très longues minutes, enfin, j'avais fini par la voir. Elle se tenait un peu en retrait, presque cachée, et même si elle était loin, même si elle n'était plus la petite fille de douze ans mais une jeune fille de seize, je l'avais immédiatement reconnue.

Dans cet endroit lugubre, le temps agissait sur les gens comme un poison, il ternissait leur éclat, il affaiblissait les résistances, il réduisait les espérances en une poussière grise et inconsistante. Mais Septembre semblait avoir été immunisée contre tout cela et celle que je voyais devant moi était une pure et rayonnante déesse. Au milieu du théâtre pitoyable de la misère lente, des ruines endémiques, elle semblait une éclatante gemme de diamant accidentellement sertie dans le décor avarié de ce coin de l'univers. Elle était une étoile éblouissante dans le ciel mourant de la fin du monde, elle était l'absolue force vitale au milieu des chaos de la mort.

Elle s'était approchée et, comme elle s'approchait, j'avais découvert à quel point elle avait grandi. Elle avait presque ma taille, elle était peut-être même plus grande. Elle était vêtue d'un simple boubou d'un jaune éclatant, imprimé de motifs floraux rouge orangé, qu'elle avait drapé avec goût autour d'une taille que je devinais aussi fine, souple et nerveuse que celle d'une panthère. Contrairement aux autres femmes du village, elle ne s'était pas rasé la tête mais elle avait laissé pousser ses cheveux, se les arrangeant en une incroyable quantité de tresses dont le noir carbone irradiait de somptueuses ténèbres autour de son visage. En quelques pas, elle s'était approchée de moi. Les quelques mots écrits par Baudelaire *À une dame créole* m'étaient revenus en tête :

> *Grande et svelte en marchant comme une*
> *chasseresse,*
> *Son sourire est tranquille et ses yeux assurés.*

Septembre était à présent si proche que je pouvais sentir son parfum, un parfum que je ne lui connaissais pas, un parfum qui n'avait plus rien à voir avec celui de la petite fille que j'avais quittée, un parfum d'oranges pressées et de citrons tranchés, un parfum de pamplemousses mûrs, de vanille grillée, de cannelle emportée par le vent, de coriandre piétinée par des chevaux fous, de gingembre écrasé à coups de poing. Sa taille, sa vue, son parfum m'avaient rendu incapable de bouger, figé sur place comme un petit animal fasciné, stupide, condamné par le flamboiement des phares et, dans mon esprit, un ouragan semblait avoir emporté toutes formes d'idées élaborées. Seules émergeaient du chaos quelques lignes du *Cantique des Cantiques* :

> *Que tu es belle ma bien aimée, que tu es belle ! Tes yeux sont des colombes... Tes dents, un troupeau de brebis à tondre qui remontent du bain. Tes lèvres un fil d'écarlate. Tes joues des moitiés de grenades. Tes deux seins, deux faons jumeaux d'une gazelle... Tu me fais perdre le sens par un seul de tes regards, le miel et le lait sont sous ta langue... Qui est celle-ci qui surgit comme l'aurore, belle comme la lune, resplendissante comme le soleil, redoutable comme des bataillons...*

# 25.

J'avais arrêté là mon récit.

Aurore, qui ne disait plus rien depuis un moment, me regardait fixement. Dehors, le crépuscule charbonneux faisait place à la nuit et une pluie chargée de petits morceaux de glace semblait gratter à la fenêtre de la chambre. Finalement, Aurore rompit le silence :

— Et puis ?

— Quoi ?

— Tu devais raconter la première fois que tu avais fait l'amour, c'était ça qu'on avait dit.

— Je n'ai plus envie.

Aurore s'était levée d'un bond du lit où nous étions assis pour aller se poster contre la porte, comme pour y monter la garde.

— Tu n'as pas le droit, je t'ai tout raconté... C'est à toi maintenant, c'est ce que tu avais dit ! Sinon, ça voudra dire que tu es comme tous les autres !

— Comme tous les autres ?

— Ça voudra dire que tu es un menteur !

— Il m'arrive de mentir... Ce ne sera pas la première fois.

— Tu peux mentir à qui tu veux mais, si tu me mens à moi, tu perdras ta seule alliée ici. Mais peut-être que tu ne te rends pas compte à quel point c'est important d'avoir une alliée... Tu crois peut-être que tu es en famille, tu crois peut-être que les gens t'aiment ou qu'ici tu ne risques rien. Tu crois que les choses ont changé depuis que tu n'es plus « là-bas » ou que tu es à l'abri. Eh bien je vais te dire: tu n'es pas à l'abri. Je ne sais pas vraiment comment c'était là-bas, en Afrique, pour toi... C'était certainement dangereux... Mais ici, crois-moi, c'est pire. Ça se voit moins, mais c'est pire. C'est d'ailleurs parce que ça se voit moins que c'est pire!

Aurore avait raison. Je savais qu'elle avait raison. Finalement, je n'avais pas le choix, je devais lui raconter la suite de l'histoire.

J'avais pris une profonde inspiration et j'avais continué:

— Septembre était donc venue vers moi et j'étais toujours figé. Elle souriait légèrement, j'avais pris ça pour de l'assurance, mais, plus tard, quand je l'avais mieux connue, j'avais compris que c'était sa façon à elle d'être timide. Elle m'avait regardé des pieds à la tête, comme si elle m'évaluait, et elle avait fini par me dire:

— Tu as changé. Tu as grandi et tu es devenu beau. Tous les autres, regarde-les: ils sont malades, ils sont

blessés, ils sont abîmés. Toi tu as été protégé, tu as été protégé parce que j'ai pensé à toi chaque jour.
— Moi aussi j'ai pensé à toi, j'avais dit.
Elle avait hoché la tête, comme si je ne faisais que confirmer ce qu'elle savait déjà. Elle s'était un peu approchée, toujours avec ce sourire assuré qui masquait sa timidité et elle avait continué à parler. Elle m'avait dit :
— Je pensais à toi le matin avant que j'ouvre les yeux. J'avais l'impression que tu étais avec moi et que tu chassais devant toi mes mauvais rêves comme si c'étaient des essaims de moustiques. Tant que je gardais les yeux fermés, je pouvais sentir ta présence. Je la sentais aussi clairement que si tu étais venu te coucher contre moi, en silence. Et puis, quand je me décidais à ouvrir les yeux et que je retrouvais la réalité du monde, à ce moment, tu ne t'en allais pas vraiment, tu étais encore là mais plus légèrement, comme une ombre, comme une vibration, comme aurait pu le faire un fantôme. Et cette ombre, cette vibration, ce fantôme m'accompagnait à la rivière pour y chercher de l'eau, dans la forêt pour y cueillir des fruits, près du four pour y cuire du poisson. Et puis, le soir, quand je m'endormais, avant que ma conscience ne m'abandonne, tu arrivais de derrière mes paupières closes et, pendant un moment, il me semblait pouvoir sentir ta main prendre la mienne. Tu comprends, pendant tout ce temps toi aussi tu m'as protégée.

Je me souviens que je n'avais pas répondu et je me souviens que je ne comprenais pas ce qu'elle me racontait. J'allais comprendre, mais ce serait seulement des mois plus tard, quand elle m'aurait ouvert les yeux sur la réalité du monde de derrière le monde, celle des énergies secrètes, celle des forces cachées et celle des mystères des envoûtements.

Je n'avais pas répondu et je m'étais senti envahi par une immense fatigue, comme si toutes les tensions des années qui venaient de s'écouler s'étaient échappées de moi, me laissant disloqué, désossé, comme un pantin décroché de ses ficelles.

J'avais passé la journée à me chercher un coin où dormir. Une de ces vieilles femmes borgnes et sèches qui habitaient le village m'avait laissé sa case. Je n'avais même pas eu la force de la dégager de son bric-à-brac et de sa saleté ancestrale, j'y avais jeté mes affaires, mes livres et puis mon corps, et je m'étais endormi comme on perd connaissance.

Je m'étais brusquement réveillé en pleine nuit, Septembre était assise à califourchon sur moi et, dans la lumière erratique de la bougie qu'elle tenait dans sa main gauche, je vis le reflet vif de son regard plongé dans le mien. Elle ne disait rien. Et comme elle ne disait rien, je ne disais rien non plus, le seul bruit entre ces murs de terre et de paille, c'était le bruit énorme et sourd de mon cœur qui battait avec le fracas d'un arbre qu'on déracine. Elle avait caressé mon visage sans doute sans savoir que c'était la première fois qu'on caressait mon visage. Elle avait caressé mon visage avec une infinie douceur, avec bienveillance, avec tendresse et puis elle avait passé la main dans mes cheveux, comme pour apprécier leur contact. Elle avait déposé la bougie sur le sol et elle s'était penchée sur moi. Elle avait reniflé mon odeur, son nez passant de mon cou à ma poitrine, de mes oreilles à mes cheveux, comme un animal qui flaire une piste. D'abord, je n'avais pas su quoi faire, j'étais dans un étrange état fait de terreur et d'émerveillement, et puis, impressionné par mon propre courage, j'avais tendu la main et, à mon tour, j'avais caressé la soie de son visage : sa joue d'abord et puis son cou et puis sa nuque, mes doigts se perdant dans l'entrelacs compact de ses cheveux tressés.

C'est à ce moment-là qu'elle m'avait embrassé. Ses lèvres brunes sur mes lèvres roses, sa langue contre la mienne, son goût de réglisse, de piment et d'eau de source que je découvrais pour la première fois et qui, pour la première fois, m'enivrait comme l'aurait fait le plus alcoolisé des sortilèges.

Puis elle s'était déshabillée, rapidement. Et elle m'avait déshabillé, tirant avec rage sur mon tee-shirt et mon pantalon, et nous avions fait l'amour.

## 26.

Grâce aux explications d'Aurore, j'avais rapidement compris le fonctionnement de Facebook, Messenger, Snapchat et Instagram. Les demandes d'amitiés que j'avais envoyées à Jessica, Anaëlle, Arthur, Manon, Chloé, Shana, Lucas, Aslan et quelques autres avaient été acceptées presque instantanément et elles m'avaient relié à toute la nébuleuse de relations, de connaissances, de fréquentations, de liens et de rapports existant entre les uns et les autres. Par exemple, Anaëlle partageait avec Jessica un grand nombre d'amitiés communes, dont la plupart se trouvaient bien entendu dans notre classe ou bien dans l'école. Mais ce qui était intéressant, c'est que, de proche en proche, ces « amitiés » ouvraient sur d'autres « amitiés », dépassant les murs de l'école pour s'étendre au-delà, dans d'autres établissements scolaires pour ensuite, à la manière de poussières stellaires évoluant dans le vide spatial au gré d'infimes courants gravitationnels, être diffusées dans toutes les directions. On trouvait alors des profils bien éloignés de celui de « l'adolescent scolarisé ». Il y avait tout un échantillonnage de musiciens de seconde zone postant des clips maladroits accompagnant des slams insupportables, il y avait des artistes ratés photographiant avec prétention des reflets de lune dans des flaques d'eau, des militants conspirationnistes tentant de démontrer que les attentats de Bruxelles ou Paris avaient été commis sous « faux drapeau », des employées de bureau partageant leurs astuces de maquillage, leur découverte d'un restaurant « authentique », leur tentative de réalisation de macarons au thym ou leur goût pour l'une ou l'autre déclinaison d'un aspect du « life style ». Il y avait des amateurs de *« car tuning »* surchargeant leurs pages de détails de Seat Ibiza aux carrosseries mauves et aux jantes bordeaux, des passionnés de chats, de chevaux ou de dauphins, il y avait des déprimés en tous genres se ressourçant dans la lecture compulsive de Paulo Coelho (*Nous avons besoin d'aimer, même si cela nous conduit au pays où les lacs sont faits de larmes*), des fans de foot, des fans de Taylor Swift, des fans de Chanel, des fans de rien du tout se contentant de se signaler laconiquement : « en pleine forme », « malade », « crevé », « vive les vacances », des je-m'en-foutiste complet ne s'affichant que via des selfies éméchés et grimaçants pris dans des chambres lugubres, dont les meubles sans âme soulignaient cruellement le désespoir.

Ce qui se commentait le plus c'étaient les changements de photos de profils, les filles préférant une pose « rigolote » ou « allumeuse » et utilisant (pour améliorer le rendu) un filtre Instagram leur donnant un genre rêveur acidulé pop ou bien « girly ». Pour les garçons, c'étaient les poses « à la cool » (en vacances en Ardèche, pieds nus dans une rivière) ou bien « *rebel* » (mains dans les poches, regard méchant, signe de gang avec les doigts). Une fois postée, la photo en question était alors commentée dans des proportions qui dépendaient du niveau de popularité de son auteur. Les commentaires étaient assez convenus, comme s'ils devaient correspondre à l'étiquette tacite mais néanmoins précise des réseaux sociaux. Pour les filles, il était d'usage de commenter une nouvelle photo de profil par un : « trop belle », « *guapa* », « sexy », ou par une émoticône figurant un cœur ou le désir (un visage tirant la langue, un visage avec des cœurs à la place des yeux…). Pour les garçons, par : « bogoss », « canon », « frimeur » ou (là aussi) les mêmes émoticônes figurant un cœur ou le désir.

De mon côté, conscient de l'importance qu'allait avoir mon choix de photo de profil sur mon image sociale, après avoir un peu hésité, j'avais opté pour un selfie volontairement mal cadré (donc suggestif) et mal éclairé (donnant un aspect dramatique à l'ensemble) : j'étais torse nu (je savais que ça mettrait mon corps en valeur) et j'affectais un regard distant signifiant de manière appuyée que, si j'étais là, sur ce réseau, c'était par hasard, presque à mon corps défendant (il ne fallait jamais, au risque de glisser dans la catégorie des « paumés », paraître trop assoiffé de reconnaissance). Les commentaires et les likes étaient arrivés rapidement : un « trobo » de Jessica, un like d'Anaëlle, un autre d'Arthur, un cœur de Manon, un « autocollant » petit chien qui fait le beau de Chloé, un « canon » de Shana, une appréciation sur la musculature de la part de Lucas et une image de ninja de la part d'Aslan. En une heure, j'eus une bonne vingtaine de like venant de profils totalement inconnus parmi lesquels : une fille en formation d'esthéticienne dans la région de Lille, un tatoueur spécialisé en symbolique tribale et une fille atteinte de fibromyalgie et postant des poèmes déchirants parlant d'amours impossibles.

Grâce à ma présence sur les réseaux, je fus tenu au courant en temps réel de l'organisation de la soirée de Jessica.

Les parents de Jessica ayant modifié la date de leur « week-end en amoureux », il fallut changer la date de la soirée. On eut peur qu'Arthur ne puisse pas être libre, car il avait, de son côté, une compétition de hockey. Mais la compétition tomba à l'eau à cause d'un malentendu entre les fédérations et Arthur eut la certitude d'être là pour « mettre de l'ambiance ». Shana tergiversait, elle avait confirmé sa présence mais ne répondait pas quand Jessica lui demandait si elle pouvait apporter des chips. Finalement, après un long silence, elle déclara avoir un « empêchement ».

Il y eut vexation de Jessica et surtout d'Anaëlle qui se croyait sa meilleure amie et qui ne voulait pas « venir seule ». On n'aimait pas que Shana change d'avis « comme ça », on lui demanda des comptes. Elle n'en donna pas. On insista. Elle se confia à Anaëlle : ses parents refusaient qu'elle sorte, ils invoquaient les astreintes de la tradition et le risque que représentait une réputation salie. Chloé trouva une solution en échafaudant un mensonge à servir aux parents (une histoire où se mêlaient un travail de classe et l'échéance d'une interrogation de trigonométrie). Cela fonctionna. De son côté, Alice estimait que la soirée méritait un « *upgrade* ». On créa un groupe secret sur Facebook pour en discuter ; pour en faire partie, il fallait être invité par un des « administrateurs » (Alice ou Anaëlle). On y lança l'idée de cuisiner des spaghetti bolognaise. L'idée fut rejetée devant l'argument de la vaisselle à faire. On proposa d'inviter des musiciens, mais, à l'exception d'un cousin en deuxième année de solfège, personne ne connaissait de musicien. On proposa d'apporter une boule à facettes (un modèle sur socle et fonctionnant avec des piles). Une cagnotte fut organisée pour récolter les vingt-cinq euros nécessaires à son achat. Lucas mit du temps à payer et puis, finalement, paya. Jessica émit l'idée d'un *dress code* « chic en haut, trash en bas » mais personne ne suivit. Elle abandonna. Venue de Dieu sait où, la rumeur courut que certains dormiraient sur place. Il y eut des jaloux. Jessica tenta de mettre fin à la polémique en disant que « de toute façon personne ne dormirait là, c'était impossible ». Louis proposa une « after » dans le garage de ses parents qui « s'en foutaient ». Jessica prit ça comme un affront. Elle ne lui parla plus trois jours durant, au terme desquels elle déclara que « tous ceux qui le désiraient dormiraient là », et l'idée de l'*after* fut oubliée. La question des boissons se posa: Jessica pouvait apporter du gin, Anaëlle aussi. Manon s'engagea à dérober (« comme la dernière fois ») une ou deux bouteilles de J&B. Chloé avait aperçu chez elle une bouteille de tequila, elle l'apporterait, mais elle ne savait pas exactement combien il en restait. Alice proposa d'apporter du jus d'orange. On se moqua d'elle. Humiliée, elle se prétendit capable d'apporter du coca, mais surtout trois bouteilles de vodka Smirnoff et un carton de six vodkas cranberries en canettes. Sans préciser la quantité, Lucas dit qu'il apporterait de la bière. Aslan, de son côté, se vanta d'avoir un plan pour venir avec une trentaine de Red Bull. On le savait digne de confiance.

Finalement, à deux jours de la soirée, Jessica posta le bilan prévisionnel des boissons qui seraient disponibles: deux bouteilles de gin, deux bouteilles de J&B, une bouteille de tequila, trois bouteilles de vodka, six canettes de vodka cranberries, une douzaine de bières (minimum), une trentaine de Red Bull (minimum). Younes et Lucas trouvèrent que c'était un peu court et, la veille de la soirée, ils parvinrent à voler dans un Carrefour pas moins de six bouteilles de vodka Eristoff de soixante-dix centilitres. Dans le fil de discussion du groupe, ils furent fêtés comme des héros, ce fut une débauche d'émoticônes représentant des pouces tendus vers le haut, de cœurs battants ou de gifs feux d'artifice. Il y eut un léger moment de malaise lorsque Shana, à l'attention des deux garçons, posta un sticker représentant (de manière stylisée) une double-pénétration. Anaëlle la traita publiquement de pute (accompagnant l'insulte d'un visage souriant pour préciser que c'était affectueux). Soudain enthousiaste, Younes sortit de son habituelle réserve pour dire à quel point il appréciait Shana quand elle faisait sa « porn star ». Chloé se fâcha vraiment (absence d'émoticônes) en disant que c'était comme ça qu'à la fin les « garçons ne vous respectaient pas et que le plus important c'était le respect ! » Finalement, invoquant une erreur de manipulation, Shana supprima son sticker après quelques heures pour le remplacer par un autre, plus simple : double cœur rose sur un front de licorne.

Puis, enfin, tout sembla prêt pour la soirée du lendemain.

En classe, faisant suite à l'excitation fiévreuse de l'organisation, une atmosphère proche du recueillement s'était mise à régner.

Et, comme il n'y avait plus rien à dire, sur le fil de discussion du groupe un profond silence numérique finit par s'installer.

## 27.

Madame Carpentier nous avait donné deux semaines pour lire un livre qu'elle qualifiait de « contemporain ». « Contemporain » signifiant qu'il avait été écrit et publié récemment et que son auteur était toujours vivant (une photographie se trouvait à l'intérieur du livre : un homme souriant, la quarantaine, chemise s'entrouvrant sur une poitrine athlétique et, posée sur les joues de l'écrivain, l'ombre coquette d'une barbe de quelques jours). Si elle nous avait fait lire ce livre, c'était parce que, selon elle, il démontrait à quel point la littérature n'était pas qu'une énième déclinaison des activités de loisirs, mais qu'elle pouvait, dans certains cas, s'élever en direction d'une ambition plus noble en répondant par exemple aux problèmes et aux questionnements propres à notre génération. À ses yeux, cette prise de conscience était essentielle et elle ne voulait pas que son programme de « littérature classique » et de poésie nous fasse passer à côté de ça. Soudain grave, elle nous avait expliqué que la « littérature permettait de partager des expériences et donc de se découvrir soi-même ». L'explication était confuse, elle pataugea un peu quand elle chercha des exemples: « Quand vous lisez *Mon bel oranger*, vous devenez un peu Zézé, le petit Brésilien... Et donc vous sortez enrichi de cette lecture! », nous avait-elle dit avec gravité. Personne n'avait vraiment compris ce qu'elle voulait dire, sans doute ne le comprenait-elle, elle-même, que confusément.

Le roman qu'elle nous avait demandé de lire avait été écrit par un certain Mathieu Lecoq et s'intitulait: *Les Égarés de l'automne*. Sa quatrième de couverture annonçait: « Mathilde et Luc se rencontrent dans la jungle de Calais. Elle est idéaliste autant qu'il est cynique et pourtant leur amour sera passionné. Cependant, la jeune femme cache un lourd secret qui transformera Luc pour toujours... Pour le meilleur et peut-être pour le pire. » Sous ce bref résumé, les éditeurs avaient ajouté quelques extraits des critiques élogieuses qu'avait reçues le roman:

« Un auteur unique, une voix singulière qui porte puissamment les échos des drames contemporains », « Un style dru, exigeant, faisant de Mathieu Lecoq un des auteurs les plus doués de sa génération », « La verve de Mathieu Lecoq nous tient en haleine jusqu'au dénouement final! »

J'avais commencé à lire et, passé les premières pages, j'eus la conviction que cet infâme fatras de clichés enfilés bout à bout, à la manière de perles merdeuses sur un fil fait de moisissure, que ce fouillis de banalités prétentieusement présenté sur un plateau en toc, que cet agrégat de poncifs répétés avec une arrogance bouffie, que cette somme de bons sentiments de pacotille représentaient pour mon esprit une matière hautement toxique et donc un réel danger. J'avais donc décidé que, quelles qu'en puissent être les conséquences, je ne le lirais pas.

À l'issue des deux semaines, madame Carpentier nous avait donné un travail portant sur le livre : il fallait d'abord répondre à un certain nombre de questions convenues (« Quelle est l'opinion de Luc sur les demandeurs d'asile ? Celle-ci évolue-t-elle ? De quelle manière ? », « À votre avis, si Mathilde n'avait pas été atteinte d'un lymphome non hodgkinien, aurait-elle été touchée par l'histoire du petit Rayane ? »). En plus de ces questions, elle nous avait imposé une dissertation sur le sujet : « L'engagement est-il une façon de réussir sa vie ? »

Le jour de l'échéance, n'ayant pas lu le livre, j'avais donc remis une feuille blanche. Madame Carpentier n'avait d'abord rien dit mais j'avais vu passer une expression de surprise sur son visage. Elle m'avait retenu à la fin du cours, comme elle l'avait déjà fait quelques semaines plus tôt.

— Charles... Est-ce que c'est le sujet ? Est-ce que c'est trop... proche de toi ? C'est pour ça... ?

Je n'avais pas répondu, mais l'excuse qu'elle me proposait était parfaite. J'avais regardé le sol d'un air blessé, censé lui faire comprendre qu'elle avait vu juste, que ce livre avait soulevé en moi quantité de souvenirs douloureux. Elle avait hoché la tête.

— Écoute... Excuse-moi... Je n'ai pas réfléchi... C'était maladroit de ma part... Ce qu'on va faire, c'est que je vais te donner un autre sujet. Un sujet plus facile... Ce que tu veux... De quoi veux-tu parler...? De quoi aimerais-tu parler?

J'avais haussé les épaules, affectant l'expression de l'homme blessé au plus profond de lui. Elle l'avait vu, elle avait eu l'air navré, elle avait continué :

— Bon, si tu veux, tu pourrais me parler d'un livre que tu as aimé. N'importe lequel. Qu'est-ce que tu en penses?

Pendant un moment, j'observai un silence confus, puis finalement, dans un soupir, j'avais répondu :

— D'accord.

L'arrangement était que je devais lui rendre la nouvelle rédaction pour la semaine suivante. Pendant un moment, je crus réellement que j'allais le faire, je m'étais vu le faire, je l'aurais fait sans difficultés. Mais, comme les jours qui suivirent, mon étude du fonctionnement des réseaux sociaux m'absorba totalement, je ne fis rien. Pire, lorsqu'il m'arrivait de me souvenir de l'échéance de la remise de mon travail de rattrapage, je m'arrangeais pour l'oublier de manière totalement délibérée. C'était bien plus que de n'en avoir rien à foutre, c'était bel et bien du sabotage.

La semaine suivante, lorsqu'elle me demanda si j'avais terminé, la paresse me poussa d'abord à mentir et je prétendis avoir oublié les feuilles chez moi. Une nouvelle fois, elle prit un air contrarié, mon excuse était relativement lamentable, durant sa carrière on devait lui avoir fait le coup des milliers de fois. Comme elle allait se résoudre à me sanctionner, ce que je devais vraiment faire, ce que je voulais vraiment faire m'apparut soudain avec la précision d'une carte d'état-major : avant qu'elle ait eu le temps de parler, je lui proposai de lui déposer mon travail le soir même à son domicile. Elle balbutia, je ne faiblis pas.

— J'ai juste besoin de votre adresse.

Elle me la donna, presque malgré elle.

C'était vraiment facile.

Le soir même, après une journée d'une fadeur sans égale, j'étais devant la porte d'un petit immeuble à appartements construit au-dessus d'une supérette à la grille baissée. J'avais marché une vingtaine de minutes depuis la maison de mon oncle en suivant les indications données par le plan de mon smartphone. L'ouvre-porte se déclencha une fraction de seconde après mon coup de sonnette sous l'étiquette « F. Carpentier », comme si elle avait guetté mon arrivée.

Je traversai le couloir des communs : sale, mal entretenu, symptomatique d'un lieu où les problèmes de copropriété devaient être nombreux et je montai un escalier grinçant au sommet duquel, devant une porte entrouverte, se tenait madame Carpentier. Avec ses traditionnelles tenues appartenant au champ chromatique du safran, elle avait quelque chose d'une bergère du Kerala qui se serait égarée en ces terres occidentales.

Elle me scruta, cherchant dans mes mains les quelques feuilles du travail que je lui avais promis. Ne voyant rien, elle me jeta un regard interrogateur auquel je répondis par un sourire :

— Je voudrais vous parler, je peux ?

Sans attendre sa réponse, la bousculant presque, j'étais rentré dans son appartement.

L'endroit, où planait une odeur d'encens, où régnait une pénombre d'ashram, était encombré de plantes vertes dont les feuilles molles révélaient la mauvaise santé. Discrètes mais néanmoins identifiables derrière le patchouli, on pouvait percevoir les exhalaisons ammoniaquées de l'urine d'un félin. Le responsable était d'ailleurs là : tigré, obèse, assoupi sur les coussins vermeils d'un canapé dont l'usure trahissait une vie longue et douloureuse. Au milieu du salon donnant sur une rue plongée dans la lumière poussiéreuse des réverbères, une table en verre était recouverte de copies à corriger. Sur un coin, en équilibre, un ordinateur portable tenait compagnie à un bol de faïence bleuâtre où refroidissait un mélange de légumes et de riz complet.

Mal à l'aise, madame Carpentier me regardait.

— De quoi voulais-tu parler ?

Je la regardai, plantant mon regard dans la douceur légèrement ambrée de ses yeux. J'essayai d'y lire son passé de femme : sans doute des hommes avaient dû tomber amoureux d'elle, sans doute avait-elle dû en aimer un certain nombre. Pourtant, aujourd'hui elle était seule dans cet appartement, au-dessus d'une supérette, avec pour seule compagnie celle de plantes moribondes et d'un chat léthargique. Il y avait chez elle, juste sous la surface des apparences, la souffrance d'un échec personnel, peut-être un abandon, peut-être une tragédie, peut-être plus simplement l'accumulation d'un trop grand nombre de déceptions. Chez madame Carpentier, il y avait en tout cas quelque chose de brisé, quelque chose d'irréparable, la présence d'une amertume ancestrale qui avait fini par se solidifier à la manière d'une stalactite dans une excavation de son âme.

J'avais fini par parler :

— Je… Je crois que je ne suis pas à ma place… Je veux dire ici. Les gens de ma classe… Ce n'est pas qu'ils sont méchants ou hostiles, vraiment pas, au contraire. Mais je ne les comprends pas. J'ai l'impression d'être si loin d'eux. J'ai essayé, j'ai fait des efforts pour m'adapter, mais je crois que c'est trop tard, je n'y arriverai jamais. Et là, je me sens seul. Si seul. Désespérément seul.

Madame Carpentier, qui était restée juste à côté de sa porte d'entrée entrouverte durant tout le temps où j'avais parlé, la ferma doucement. Une fois la porte fermée, une étrange impression d'intimité se mit à flotter dans son appartement. J'ajoutai sur le ton tragique d'une conclusion :

— Je ne sais pas comment je vais pouvoir continuer à vivre.

Elle hocha la tête.

— Je vais faire du thé, tu en veux ? demanda-t-elle.

J'acceptai le thé, elle disparut un moment dans la petite cuisine. J'entendis les bruits métalliques d'une bouilloire qu'on remplit d'eau, le cliquetis d'un gaz que l'on allume. Elle revint.

— Ce sera prêt dans un instant… (Elle hésita avant de me désigner le vieux canapé.) Tu veux t'asseoir ?

Je m'installai sur le cuir usé et craquant. Le chat soupira, s'étira, en descendit à contrecœur et disparut vers ce que j'imaginais être la chambre à coucher. Elle resta debout face à moi, m'offrant un sourire triste se voulant probablement complice. Elle finit par s'asseoir sur une des chaises en bois qui entouraient la table.

— Tu sais… Tu es en train de découvrir un des paradoxes de ce monde : nous sommes si riches, il y a tant d'argent et de confort et, à la fois, tellement d'égoïsme, tellement d'individualisme. Cette solitude que tu sens, c'est malheureusement normal. Je veux dire, beaucoup de gens la sentent comme toi et beaucoup de gens en souffrent, aussi.

— Vous avez ça aussi ?

Comme elle allait me répondre, le sifflement de la bouilloire s'éleva dans la cuisine. Elle se leva, disparut à nouveau. Un tiroir que l'on ouvre et que l'on ferme, des couverts que l'on prend... Elle revint avec un plateau décoré d'un Ganesh jaune vif et nous servit un thé sombre qui avait infusé dans une théière orientale en fonte. Elle répondit enfin.

— Oui... J'ai ça aussi... Quand j'étais plus jeune, je suis partie en Inde... J'ai passé quelques mois là-bas, dans une communauté. J'ai fait des rencontres merveilleuses, ça m'a ouvert les yeux sur beaucoup de choses. J'ai toujours été idéaliste, j'ai cru pendant longtemps que des relations de confiance pouvaient exister entre les gens, mais il y a toujours un moment où les masques tombent, où il y a une trahison, puis une déception.

Elle s'interrompit pour boire une gorgée de thé.

— Mais comment faites-vous, alors? je lui avais demandé.

Elle soupira.

— J'ai appris à me passer des autres. Je crois d'ailleurs que c'est ce que la plupart des gens font. Ils ont des amis, des maris, des amants, des collègues... Mais tout le monde sent bien, au fond, que c'est du chacun pour soi.

Le moment était venu de passer au niveau suivant.

— Mais... Ne croyez-vous pas que... que dans certains cas... il peut nous arriver de croiser... Comment dire... Des alter ego. Comme dans *Mon rêve familier* de Verlaine:

*Car elle me comprend, et mon cœur, transparent*
*Pour elle seule, hélas! cesse d'être un problème*
*Pour elle seule, et les moiteurs de mon front blême,*
*Elle seule les sait rafraîchir, en pleurant.*

J'étais certain d'avoir vu un peu de rouge monter aux joues de madame Carpentier. Mal à l'aise, elle détourna la conversation :

— Qu'est-ce que tu as fait en Afrique ? Où est-ce que tu as grandi ? On m'a dit que tu avais été… enfant-soldat ?

Je n'avais pu m'empêcher de sourire.

— Je n'ai jamais été « enfant soldat ». Il y avait la guerre. Il y a toujours eu la guerre dans ce coin-là. On devait parfois faire des choses pour survivre… Mais ceux avec qui j'étais n'appartenaient à aucun camp précis. Nous étions comme des mouches après une catastrophe, on se promenait sur les décombres, nous en vivions… nous ramassions ce qu'il restait du monde… C'est tout…

— Mais… Tu étais si jeune…

Je la coupai. Je ne voulais pas que notre discussion aille dans cette direction.

— Je voudrais que tout le monde arrête de croire que je suis complètement traumatisé. Je ne suis pas traumatisé du tout ! Tout ce que je sais, c'est que tout ça (je fis un geste de la main désignant l'appartement), tout ça, ça a l'air calme, ça vous donne l'impression que le monde est un lieu paisible et normal. Mais ce que je sais, moi, parce que je viens d'où je viens, c'est que tout ça ce n'est qu'une espèce d'illusion bizarre : la vérité c'est que la menace est là, elle est toujours là, tout autour de nous ! En permanence ! Et le chaos est là et la mort aussi. Et ça attend et c'est pas loin et ça observe tous les efforts désespérés de votre civilisation pour se donner l'air de quelque chose de solide et ça s'en moque, parce que c'est beaucoup plus fort que vous !

Après mon coup de colère, elle but une gorgée de thé pour masquer son malaise.

Je repris d'une voix plus douce :

— Pourquoi est-ce que vous ne venez pas vous asseoir près de moi ?

Elle posa sa tasse sur la table.

— Pardon ?

— Vous me parlez de solitude, vous me dites que vous en souffrez comme moi et pourtant, regardez, vous n'avez même pas envie qu'on soit plus proches.

— La proximité n'a rien à voir avec ça... On peut très bien...

— La proximité a tout à voir avec ça. Vous restez là, sur votre chaise, parce que dans le fond vous êtes comme tous les autres : vous avez peur de la proximité !

Pendant un très court instant, elle eut le regard perdu, ses yeux firent une série d'allers-retours entre ses pieds chaussés de petits souliers en toile et l'espace vide à côté de moi où le chat avait laissé une empreinte circulaire. Puis, brusquement déterminée, elle se leva et vint s'asseoir sur le canapé me regardant d'un air de défi.

— Voilà ! dit-elle simplement.

Je lui souris. À mesure qu'elle faisait des efforts pour ressembler à une femme douce, gentille et empathique, je sentais grandir en moi une colère terrible. Dans mon esprit se dessinèrent les images douloureuses du pays d'où on m'avait arraché, il me revint toutes ces histoires tragiques de meurtres crapuleux, de pillages aveugles, de viols impunis. Qu'avait-elle fait pour empêcher ça ? Rien. S'indigner à la lecture d'un article ou devant un journal télévisé, participer à une vente au profit de Handicap international ? Au mieux, elle avait signé une pétition pour « la fin des violences en Afrique équatoriale ». Je crois que j'avais moins de haine pour les industriels qui ordonnaient la destruction des villages ou pour les marchands d'armes ou pour l'ONU qui ne se donnait même plus la peine de fermer les yeux et qui s'en foutait juste royalement. Non, pire que tout ça, c'était ce petit peuple d'innocents dont madame Carpentier qui venait de s'asseoir à côté de moi aurait pu, sans difficulté, être une souveraine. Sans en tirer aucune fierté, au contraire peut-être en avais-je même un peu honte (mais je ne pouvais pas lutter contre ce puissant désir), ce qui m'animait depuis que j'avais tout mis en œuvre pour me trouver dans cet appartement, sur ce canapé, c'était tout simplement l'envie de me venger sur quelqu'un que je tenais pour responsable de mes malheurs, de ceux de Septembre, de ceux d'un continent entier.

— Je voudrais savoir, continua-t-elle, le jour où tu es arrivé en classe, quand j'ai demandé à te parler, pourquoi est-ce que tu as eu ce geste ?

— Quel geste ?

— Pourquoi est-ce que tu as touché ma joue ? Qu'est-ce que ça voulait dire ?

— Je ne sais pas... Je me sentais déjà seul. J'étais encore plus perdu qu'aujourd'hui... Je vous avais... je vous avais trouvée très belle... Je suis désolé si ça vous a mis mal à l'aise.

Madame Carpentier replaça une mèche de cheveux imaginaire derrière son oreille. Sa main caressa négligemment l'épiderme de son cou comme pour en apprécier la douceur.

— Non... J'ai été surprise, c'est vrai... Mais je n'ai pas été mal à l'aise.

Le gros chat refit une brève apparition. Sortant de la chambre à coucher il se dirigea vers un recoin obscur de l'appartement où sa litière avait été installée. Avec un plaisir manifeste, il en flaira longuement le contenu nauséabond, puis, du bout d'une patte méfiante il examina le gravier avant de s'y installer pour y chier longuement avec l'air absorbé d'un artisan entamant un nouvel ouvrage. Perdue dans d'indéchiffrables pensées, madame Carpentier ne semblait pas y faire attention. Pendant plusieurs minutes, ni elle ni moi n'avions parlé et le silence chargea l'atmosphère d'une densité agréablement équivoque. À un moment, posant son coude sur le dossier du canapé dans une attitude presque languide, elle me regarda avec une lueur de défi dans les yeux. Comme je l'avais fait des semaines plus tôt, je tendis la main pour caresser son visage. Sa peau était veloutée, presque duveteuse, mais elle était plus fine que celle de Septembre, plus lâche aussi, un peu comme si la structure de son visage était un peu trop petite et que ça ne s'ajustait pas tout à fait bien à la taille de l'épiderme. Cette peau qui se relâchait, ça devait être à cause de son âge. Au contact de ma main, elle avait fermé les yeux et avait légèrement bougé la tête pour accentuer la pression de ma caresse.

Je me penchai vers l'avant et l'embrassai sur la bouche.

Le thé y avait laissé un goût légèrement fumé qui n'était pas sans un certain cousinage avec celui d'une viande maturée. Derrière ce goût qui s'imposait en premier, il y avait aussi le piquant caractéristique d'un dentifrice mentholé. Peut-être s'était-elle brossé les dents juste avant mon arrivée. Une telle chose aurait signifié qu'elle anticipait ce qui était en train de se produire. Ça ne m'aurait pas surpris.

Elle me rendit mon baiser avec une passion fébrile qui m'embarrassa, mais à laquelle je tentai de répondre du mieux que je pus : je me rapprochai d'elle, collant mon corps contre le sien, sentant au travers de son gilet en velours le relief gélatineux de ses seins. Elle soupirait comme un animal à qui l'on donne un peu de nourriture après des jours de privations, elle prit mes mains dans les siennes et les posa sur sa poitrine, puis, m'embrassant toujours, soupirant toujours, passa ses doigts dans mes cheveux. Même si c'était ce que j'avais voulu, j'étais épouvanté par ce qui était en train de se produire et je fermai les yeux. Elle dut prendre ça pour un signal d'abandon à l'ivresse du moment, ses baisers se firent plus nombreux, plus empressés, plus enthousiastes. Mon visage fut inondé par une pluie drue et tiède aux parfums mixés de bergamote et de menthe. Quand j'ouvris les yeux, je la vis à moitié nue me regardant avec une expression de joie extatique. Elle se débarrassa de ce qui lui restait de vêtements, offrant à ma vue un corps accusant ses cinquante-cinq ans, auquel l'opalin de l'épiderme donnait une assez belle allure spectrale. Quelques plis au niveau du ventre, quelques vergetures au niveau des cuisses, des clavicules osseuses lui dessinant comme deux crucifix, des coudes et des genoux pareils à des poignards émoussés : la pâleur s'associant à la mollesse évoquait la grâce rêveuse d'un concombre de mer.

Avec une adresse de prestidigitateur, elle parvint à baisser mon pantalon et mon caleçon, sous la toile du premier et le coton du second, elle trouva un sexe atone, rétréci par l'effroi, acculé dans ses broussailles à la manière d'un petit mammifère condamné par un prédateur. Madame Carpentier ne se vexa pas de ce manque d'enthousiasme : elle le prit dans sa bouche, lui offrant une technique impeccable, imparable, presque professionnelle, l'expérience bienveillante d'années de pratiques sur des amours durables mais disparus ou des hommes de passage. Elle finit par réveiller la piteuse créature qui se terrait entre mes jambes, plus intriguée qu'excitée, plus par réflexe que par désir. Puis, rapidement, par les caresses industrieuses, sous l'expertise de la langue, je jouis en trois secousses brûlantes.

## 28.

À mesure qu'approchait l'échéance de la fête de Jessica, le climat de l'école s'était chargé d'une impression grisante de catastrophe imminente, d'une excitation nihiliste provoquée par la promesse du chaos, d'une fièvre languissante inspirée par la prophétie d'un relâchement des tensions sociales, le présage d'occasions de flirts, d'ivresses, de défonce, de cuite et, surtout, d'opportunités sexuelles.

Le jour précédant la soirée avait passé dans un étrange état d'abandon intellectuel : plus personne ne semblait faire attention aux cours donnés par les professeurs, leurs voix nous semblaient le chuintement continu et monotone d'une rivière à la source inconnue, nous étions présences corporelles mais consciences absentes, personne n'était vraiment là. Pareils à des tournesols hébétés tournés vers le soleil, tous les esprits étaient tendus vers un point unique : vingt heures, chez Jessica.

En début de soirée, chez mon oncle, je restai un long moment à me demander comment il fallait que je m'habille. Finalement, me disant qu'il valait toujours mieux avoir l'apparence de quelqu'un qui s'en fiche un peu, plutôt que celle de quelqu'un qui se serait investi dans le soin désespéré d'une tenue trop sophistiquée, je choisis un sweat à capuche noir barré d'une inscription « Nike » en grandes lettres blanches et d'un jean passe-partout. Avant de partir, je passai par la chambre d'Aurore, elle ne m'ouvrit pas, à travers la porte close elle me dit qu'elle n'était pas encore prête et qu'elle me rejoindrait là-bas. Quant à Frédéric, écarté d'office du fait de son statut de paumé, il n'avait tout simplement pas été invité. La chose paraissait aussi naturelle que l'existence des oiseaux ou la réalité de la pluie, elle ne choquait personne, pas même Frédéric qui, au moment où je finissais de m'habiller, où je descendais les escaliers menant au salon et où je signalais à ma tante que je sortais (elle était posée sur les coussins de cuir du grand canapé et ressemblait, dans sa grâce hautaine, à une Aphrodite chevauchant un cygne asservi), était dans sa chambre à jouer à *Gears of War* sans donner l'impression de souffrir le moins du monde de sa mort sociale.

J'étais sorti avec, sous ma veste, deux bouteilles de vin que j'avais prises dans la cuisine. Je ne savais pas si mon oncle s'en apercevrait. Je m'en fichais.

Dehors, il régnait un froid de fin du monde et une obscurité de caveau. D'un ciel de schiste tombait une pluie gelée aussi sournoise qu'une infection dont les éclats de glace m'écorchaient les joues et s'infiltraient sous mes vêtements. Heureusement, les parents de Jessica n'habitaient pas trop loin de chez mon oncle : une rue à descendre, une autre à monter, prendre sur la droite... Quelques réverbères diffusant leur lumière tragique sur le bitume, quelques maisons aux volets clos derrière lesquelles des familles blotties se préparaient à la nuit qui s'installait.

Finalement, grelottant, j'étais arrivé devant la maison des parents de Jessica.

C'était une petite villa quatre façades plantée dans une impasse en forme de rond-point avec, en son centre, sur une motte de gazon carbonisé par l'hiver, un banc et un minuscule bac à sable servant de cabinet aux chiens des environs. Tournant le dos à la nuit, face à ce banc et à ces toilettes canines, d'autres villas se succédaient en rond, à la manière d'une couvée craintive, incapable de fuir un danger tout proche.

Jessica m'avait ouvert la porte. Elle s'était habillée sexy : un petit short en jean, des bas noirs, un tee-shirt dont le col exagérément large s'ouvrait jusqu'à l'épaule droite. Elle s'était maquillée aussi : noir sur les yeux, paillettes mauves sur les paupières, rose corail sur les lèvres. Je lui avais tendu les deux bouteilles de vin, elle s'en était emparée avec un geste enfantin en disant « Ah super ! » et puis « entre ! ».

J'étais entré.

Dans le grand salon décoré selon une inspiration mixte classique/moderne (buffet de chêne et assiettes murales en cuivre martelé coexistaient avec une table en verre fumé et aux pieds chromés), il y avait déjà pas mal de monde. Affalé sur un grand divan en L, j'avais reconnu la silhouette de « beau gosse » d'Arthur avec, à ses côtés, tétant une canette de vodka cranberries, celle de Lucas. Les autres butinaient tout autour de la table où avaient été posés en vrac bouteilles, canettes, gobelets en plastique translucide, bols contenant des chips et toute une déclinaison de biscuits apéritif. Shana, momentanément libérée de la pression que lui imposait sa famille, de la force de la tradition et de la menace d'être traitée de pute par la harde entière des âmes de ses ancêtres, s'était équipée d'un soutien-gorge *push-up* donnant à ses modestes seins d'adolescente l'allure d'arrogantes mappemondes et elle avait passé une jupe si courte, qu'elle laissait entrevoir l'élastique d'un shorty en coton noir. À côté d'elle, manifestement réconciliée après la brouille, Anaëlle tranchait sur l'apparence sophistiquée de son amie : elle ne s'était pas changée et portait le même jean et le même sweat que ceux qu'elle portait durant la journée et qui étaient, d'ailleurs, les mêmes que ceux qu'elle portait chaque jour depuis que je la connaissais. Il y avait aussi Chloé, longue blonde à lunettes au caractère si évanescent, que je ne connaissais ni son opinion sur les choses, ni le moindre indice sur sa vie, ni d'ailleurs le son de sa voix. Plus loin, mélangeant avec soin du gin et du coca, grande et maigre, bougeant avec la grâce maladive d'un jonc, Manon paraissait déjà ivre. Et puis au-delà, dans l'obscurité d'un petit couloir menant à la cuisine, Aslan, Younes et un garçon que je n'avais jamais vu dans l'école échangeaient, l'air grave et à mi-voix, des propos sur un sujet qui avait l'air d'une importance capitale.

Posé sur le buffet en chêne, relié à un iPhone, un haut-parleur de la taille d'un sucrier diffusait comme il le pouvait la voix stridente de Lana Del Rey dans une reprise pop d'un standard des Rolling Stones.

Jessica m'avait suivi depuis la porte d'entrée. Elle s'était postée à côté de moi et regardait avec fierté sa soirée qui prenait forme.

— Vas-y, sers-toi! elle m'avait dit.

Comme je ne bougeais pas, elle m'avait pris par la manche et m'avait conduit jusqu'à la table, elle s'était servi une vodka pure, à ras bord dans un gobelet. Elle en avait rempli un autre et me l'avait tendu. Elle avait bu d'un trait et m'avait lancé un regard de défi. J'avais vidé le mien. C'était chaud, c'était fort, ça m'avait fait comme un coup de feu dans la tête. C'était bien.

— Ça ne gêne pas tes parents que tu invites du monde quand ils ne sont pas là?

Elle avait haussé les épaules.

— Non... Ici, je suis chez moi aussi, hein! Je fais ce que je veux! Du moment que personne ne monte à l'étage, ils s'en fichent!

J'avais goûté un des biscuits apéritif: il avait un étrange goût synthétique rappelant celui d'un fromage à pâte molle.

— Pourquoi, y a quoi à l'étage ?

— Rien de spécial… Ma mère collectionne les flacons de parfum, elle flippe complètement à l'idée qu'on y touche.

Je lui avais resservi une dose de vodka, je m'étais servi à mon tour. D'un trait, nous avions encore vidé nos gobelets. Il y eut encore un coup de feu dans ma tête. Le froid qui me remplissait le corps commençait doucement à disparaître, remplacé par une agréable impression de combustion interne.

— Tu me montres ?

— Quoi ?

— La collection de ta mère.

Jessica avait semblé hésiter.

— Déconne pas… De toute façon, c'est complètement con comme truc.

— Tu n'oses pas ?

— C'est pas ça… C'est juste que c'est pas intéressant… dit-elle en faisant mine de me resservir un troisième verre. Je pris sa main pour l'en empêcher.

— Tu vas passer ta vie à obéir à tes parents ? Écoute, laisse tomber, c'est pas grave, je me demandais juste à quoi ça pouvait ressembler, c'est tout…

Jessica posa son gobelet sans y avoir touché. Grande comme elle était, avec ses hanches qui semblaient taillées pour abriter des portées entières de porcelets, avec ses seins sans doute capables de les nourrir de torrents de lait et avec ses fesses dont la forme sphérique et les dimensions d'accoudoirs semblaient prêtes à accueillir une troupe entière de scouts, elle était bel et bien sexy.

— Bon, O.K., dit-elle. Je te montre en vitesse... Mais tu vas voir, c'est vraiment nul comme truc.

Elle s'essuya la bouche du revers de la manche et m'entraîna jusqu'à un petit escalier menant aux étages. Arrivés sur un palier décoré d'une microscopique table, un coquillage rempli de copeaux parfumait l'espace d'une odeur artificielle de cardamome. Sur ce palier, une première porte donnait sur un minuscule cabinet de toilette, une seconde était fermée. Jessica souleva le coquillage, saisit la clé qui était dissimulée en dessous et ouvrit la porte.

Quand elle alluma la lumière, la pièce obscure révéla son contenu : tapissé d'un épais papier gaufré couvert de fleurs orange d'inspiration moyen-orientale, l'endroit avait les dimensions d'une chambre d'enfant. Mais ici, nul berceau, nulle penderie ni coffre à jouets. Seulement, du sol au plafond, de fragiles étagères dont les portes comme les tablettes étaient en verre. Des centaines, peut-être des milliers de minuscules flacons de parfums y étaient disposés selon un ordre à la fois mystérieux et appliqué. Posés ainsi sur le verre immaculé des tablettes, on aurait juré que ces flacons étaient en lévitation. Ils semblaient des nuées de papillons bigarrés, précieux et rares, prêts à prendre leur envol à la force de leurs ailes invisibles.

— Voilà, tu as vu, on peut y aller.

— C'est incroyable ! j'avais dit.

— Oui... C'est une des plus grandes collections d'Europe. Il ne manque presque rien, à part quelques pièces ultra rares comme le flacon *Le Narcisse* de chez Caron qui date du début du siècle ou un Lubin Myrtida des années vingt. Sinon, il y a tout, c'est classé par maison : ici tu as les Cacharel... Ici *Amor Amor*, les Armani, les Rochas, Azzaro, Issey Miyake, Givenchy, Dolce & Gabbana...

— Tu t'y connais bien !

— C'est juste qu'elle en parle tout le temps... Qu'est-ce que tu veux, faut vraiment que sa vie soit nulle, hein ?... Je crois que je pourrais crever, ce serait moins grave que si elle perdait un de ces flacons. Bon, on rejoint les autres, maintenant ?

Pendant que nous descendions les escaliers en direction du salon d'où nous provenait l'écho de voix et de rires mêlés aux crachotis du petit haut-parleur s'époumonant à transmettre Katy Perry, je posai une question à Jessica :

— C'est vrai ce qu'on dit : que t'es sortie avec un homme marié ?

Le pied sur la première marche, elle s'arrêta pour me répondre :

— Qu'est-ce que ça peut faire ?

— Rien... Je m'en fous... C'était juste pour apprendre à te connaître.

Elle me dévisagea avec curiosité.

— Je suis pas une pute... Il était amoureux de moi, alors à un moment je suis tombée amoureuse de lui.

— Logique.

— Je sais pas si c'est logique, mais c'est comme ça que ça s'est passé. C'était un client de mon père, il est tombé sur mon profil Facebook, on a commencé à s'écrire, il m'a invitée au resto, un resto cher. Après ça, comme il était amoureux, on s'est vus dans un hôtel, pendant la journée, quand il avait du temps. C'était compliqué à cause de l'école, ça m'a fait des jours d'absence.

— Ça ne te dérangeait pas qu'il soit marié?

— Pourquoi? On n'est pas en Arabie Saoudite, hein!

— Et puis, pourquoi ça n'a pas continué?

— Ça me faisait trop de jours d'absence, j'ai eu des problèmes avec l'école, j'ai dû rompre.

— Mais tu étais amoureuse?

— Oui. Évidemment. Mais avec mes horaires ça n'allait pas, alors voilà.

Et nous étions descendus.

Dans le salon, l'atmosphère s'était légèrement modifiée. Quelques instants plus tôt, lorsque Jessica et moi étions montés pour visiter la chambre des parfums, nous avions laissé quelques enfants joyeux, jouettes, presque innocents. À présent que l'heure avançait, nous tirant tous autant que nous étions à travers les heures occultes de la nuit, conduisant tout le monde vers une destination qui semblait surnaturelle, les voix étaient moins fortes et les regards moins nets. Même s'il était impossible de savoir de quoi il s'agissait exactement, tout le monde semblait attendre que quelque chose se passe. Évidemment, l'heure de plus en plus tardive et la fatigue qui lui était consécutive n'étaient pas les seuls éléments responsables de la métamorphose s'opérant au cœur du salon tiède de la maison de Jessica, l'alcool aussi faisait son effet, engourdissant les esprits, anesthésiant les retenues, libérant des embarras. Shana, d'ordinaire si réservée, tanguait mollement face à Younes, répondant aux plaisanteries du jeune homme par des regards abandonnés où se lisait la disponibilité sexuelle aussi clairement qu'un gyrophare indique une déviation. Arthur et Aslan gisaient sur le canapé, leur tête accompagnant de mouvements syncopés les éructations aigres de la musique. Dans la cuisine, sous la supervision méticuleuse du garçon que je n'avais jamais vu, Lucas roulait une série de joints qu'il avait rangés avec application face à lui, pareils à de précieux nouveau-nés allongés côte à côte par une sage-femme.

Des gens arrivaient encore, seuls ou par petits groupes et, encore frissonnant du froid extérieur qu'on pouvait sentir sur leurs vêtements et sur leurs visages, ils s'immergeaient en souriant dans la tiédeur organique de l'endroit. Aurore arriva à son tour : malgré le temps qu'elle avait passé à se préparer, j'avais l'impression qu'elle était exactement la même adolescente, épaisse, chevaline, mal à l'aise, qu'à l'ordinaire. Elle me fit un rapide signe de la main et fonça se servir à ras bord un gobelet de tequila. Louis arriva seul avec, dans chaque main, une bouteille de liqueur Blue curaçao dont il affirma qu'elle pouvait se boire « nature ». Face aux doutes, il en fit la démonstration, avalant au goulot l'équivalent d'un quart de litre du liquide cobalt, jurant ensuite que c'était aussi bon qu'un verre de lait.

L'heure avança encore, locomotive infinie et obstinée crevant la nuit. Entre la table et le buffet, deux filles, Alice et Anaëlle, avaient entamé une danse si lente, qu'on l'aurait dite immobile. En tailleur sur le sol, Aslan et Younes jouaient sans un mot à lancer dans un gobelet vide des bouts de papier arrachés à une revue d'annonces immobilières.

Les joints avaient commencé à tourner. Dans le couloir obscur, un petit groupe assis en cercle se les passait avec une déférence cléricale, tirant à tour de rôle, inspirant comme on prie, plissant des yeux reptiliens, puis expirant bruyamment, dans un regret douloureux, la fumée blanchâtre.

J'avais trouvé une place sur le canapé en L avec, dans la main, un verre à demi plein de vodka mélangée à de la bière (un mélange dont Anaëlle m'avait juré avoir le secret). Dans un premier temps, Jessica était venue s'asseoir à côté de moi, m'inondant d'une logorrhée où se combinaient en désordre les sujets de ses parents, de l'éducation, du travail, des garçons qui sont tous dégueulasses, en particulier les « mignons » qui, en plus, sont des salauds et des cons. Elle parla des profs, des examens, des pertes blanches, des pétasses, des putes, du permis de conduire, des vacances d'été, d'une formation en marketing, des likes sur Instagram, de Netflix, de *Gossip Girl*, des juifs, d'un régime sans gluten, d'aquagym et surtout, par-dessus tout, de l'insupportable coût de la vie, de l'argent, de comment en obtenir davantage et de comment le dépenser. Je ne l'écoutais pas vraiment, à un moment je m'étais rendu compte qu'elle s'était levée et qu'elle était partie. Pendant quelques minutes, j'étais resté seul à boire à toutes petites gorgées le liquide amer qui avait tiédi dans le fond de mon verre. Le type que je ne connaissais pas était venu se planter devant moi et m'avait demandé si je voulais lui « acheter le shit qui lui restait », il me laissait une barrette pour vingt euros. Je lui avais dit « non ». Il m'avait dit que j'étais un « connard », j'avais haussé les épaules, du bout de sa chaussure, sans aucune raison il m'avait donné un léger coup de pied sur le tibia, je lui avais dit que s'il recommençait je le tuerais, il avait ricané et il avait recommencé, je m'étais levé, j'avais saisi son cou grêle, j'avais repensé à Cul-Nu, j'avais repensé à cette longue nuit de plusieurs années passée dans la forêt en compagnie de la mort, j'avais repensé à la misère noire, à la guerre qui était devenue si ordinaire qu'elle avait fait de nous ses amis, j'avais repensé aux incendies, aux corps de femmes et d'enfants abandonnés à cette terre boueuse et fertile sur laquelle les arbres devenaient invraisemblablement grands, j'avais repensé à l'injustice absurde que représentait ma présence ici, dans ce salon, sur ce canapé en L, dans cette petite villa contre les murs de laquelle venait frapper un vent sardonique à l'haleine chargée de glace, j'avais repensé à la haine que j'éprouvais pour mon oncle et qui grandissait en moi comme une infection, puis j'avais encore et encore pensé à Septembre, j'avais repensé à tout cet amour que j'avais pour elle et à tout l'amour qu'elle avait pour moi, au sucre de sa peau, à la nacre de ses dents, au crépuscule de son regard, au frisson de ses muscles, au réconfort de ses seins, à la passion de ses bras.

Quelqu'un m'avait arrêté en posant une main sur la mienne. J'avais vu Louis, il me disait : « Arrête, arrête... tu vas le tuer... ». Et devant moi, le visage de celui que je ne connaissais pas était bel et bien celui d'une statue de marbre. J'avais lâché, il avait perdu l'équilibre, il avait failli tomber, puis il était revenu à lui, peu à peu, en crachotant comme un chien malade, et sans rien dire il avait rempoché son sachet de shit et il était parti, la tête rentrée dans les épaules et la casquette de travers, comme seul rempart contre son déshonneur et le froid d'acier de l'hiver.

Comme pour s'excuser, Louis me donna une demi-barre de shit, du papier à rouler et du tabac en disant que je pourrais le fumer chez moi, que ça ne faisait jamais de mal de se détendre un peu. Sans réfléchir, j'avais tout mis dans ma poche.

Ce bref épisode avait provoqué un peu d'agitation, mais, dans l'ensemble, tous me donnaient raison. Ce garçon que des parents mégalomanes avaient pompeusement baptisé « Elohim » était connu pour être une « racaille », il traînait une mauvaise réputation de détrousseur de vestiaires, de voleur de cartables, de provocateur de sorties de classe. Il avait été invité on ne savait trop comment, peut-être parce que sa présence était l'assurance d'un approvisionnement en stupéfiants. Anaëlle me servit un nouveau gobelet de son mélange bière-vodka, de loin Jessica me lançait des regards concupiscents signifiant clairement que son corps était à moi pour autant que je le désire, ma cousine dont la voix était couverte par la petite sono parlait avec Shana en me regardant avec ce que je compris être de la fierté familiale.

La mystérieuse chimie de l'âme voulut que la dissipation progressive des éclats d'adrénaline laisse place à une tristesse d'autant plus étrange et profonde qu'elle semblait sans objet. Je m'étais rassis sur le canapé en L. Abattu, accablé par une charge aussi énorme qu'invisible posée sur mes épaules, je m'étais senti incapable de faire face aux épreuves à venir et je m'étais demandé s'il ne valait pas mieux que j'en finisse maintenant, tout de suite. Pendant un instant, je m'étais vu partir à mon tour dans la nuit polaire et marcher droit devant moi, un pied devant l'autre, jusqu'à ce que mort s'ensuive dans une de ces ravines trempées ou une de ces ornières sournoises creusées au fil des années par le passage infatigable des poids lourds. Cette idée se propagea en moi dans un grand frisson narcissique quand j'imaginai les visages et les commentaires de madame Carpentier, de madame Saddiki, de mon oncle, de monsieur Dedecker le directeur, de ma tante, de ma cousine et même de Jessica.

Sans doute aurais-je mis à exécution ce plan idiot, si Louis n'était venu s'asseoir à côté de moi.

— Ça va? il m'avait demandé.

Interrompu dans ma pulsion suicidaire, j'avais simplement hoché la tête. Il avait continué.

— Dis… Je crois que j'ai une possibilité avec Chloé. Je crois que ce soir je pourrais sortir avec elle. En tout cas, ce matin elle m'avait demandé si je serais là. Ça veut dire quelque chose, non?

— C'est possible.

— Mais toi… Tu as de l'expérience… Toi tu ferais quoi, maintenant?

— À propos de quoi?

— Avec Chloé. Tu ferais quoi si tu pensais qu'elle voulait sortir avec toi et que toi tu voulais sortir avec elle?

Je m'étais demandé ce qui pouvait bien faire croire à Louis que j'en savais quelque chose, mais une sorte de pitié à son égard m'avait malgré tout poussé à lui répondre.

— Je lui proposerais de l'emmener quelque part.

— Mais où?… On ne va pas sortir… Il fait super froid!

— Il faut l'emmener dans un endroit qui la fasse rêver. Un endroit où elle se sente bien. Et là, normalement, elle va associer ce bien-être avec ta présence. À ce moment-là, le mieux c'est de l'embrasser et peut-être même de lui faire l'amour.

Un feu crépitant d'espoir embrasa soudain le regard de Louis.

— Lui faire l'amour? Mais... C'est peut-être rapide, non?

— Non... Pas du tout... Si au moment où tu l'embrasses tu sens qu'elle se rapproche de toi, si tu sens comme une chaleur qui lui parcourt le corps, si tu as l'impression qu'elle fait un peu plus de bruit en respirant, tu peux toujours essayer. Délicatement... Tu t'approches d'un mur ou d'une table qui fera office de support et là, si elle est d'accord... c'est très important qu'elle soit d'accord... si elle est d'accord, tu lui fais l'amour... Et même si tu n'as jamais fait l'amour avant, ça n'a pas d'importance... Tu te laisses aller, gentiment, en douceur... Tu lui parles un peu, tu lui dis que tu l'aimes, tu lui dis que le monde peut bien prendre feu demain, tu t'en fous parce que tu l'aimes, que l'endroit où vous vous trouvez peut bien s'effondrer, tu t'en fous aussi parce que tu l'aimes... Tu comprends?

Il n'avait plus rien dit. D'insondables pensées semblaient éclore dans les abysses de sa conscience. Finalement, comme pour lui-même, il avait remarqué:

— Mais je n'ai nulle part où l'emmener...

— Si... Emmène-la à l'étage. Sur le palier, à droite il y a une porte fermée. La clé se trouve sous un coquillage, juste à côté. L'endroit va certainement lui plaire, tu verras.

Louis me regarda comme si j'étais un dieu venu sur terre pour lui venir en aide.

— Vas-y !

— Tu crois ?

— Vas-y ! dis-je encore une fois.

Il prit une profonde inspiration, comme un boxeur qui monte sur le ring et se leva.

— J'y vais !

D'un pas décidé d'officier de marine allant chercher une décoration, il se dirigea droit vers Chloé et lui glissa un mot à l'oreille. De là où je me trouvais, je vis la jeune fille, longue comme un roseau, d'une blancheur crémeuse, au visage angélique comme sorti d'une toile de la Renaissance, frémir d'une convulsion électrique. Il lui prit la main et, délicatement, l'invita à le suivre vers le palier, la porte close et, derrière elle, la chambre aux mille flacons qui servirait de nid à l'éclosion de leur amour.

Je terminai le cocktail d'Anaëlle, dont le goût était si épouvantable qu'il en devenait fascinant. Devant moi, sur le sol, Shana s'était allongée et riait seule sans raison particulière. Je me levai, j'enjambai Shana qui me dit « Reste... Reste au-dessus de moi... » et j'allai me servir un verre dont je décidai qu'il serait le dernier.

La table où se trouvaient les boissons et les chips ne ressemblait plus à rien : gobelets renversés, cadavres de bouteilles, biscuits au paprika étalés dans une flaque de jus de cranberries… Je me servis au hasard et bus comme pour en finir.

Soudain, de l'étage, nous parvint un vacarme immense et mélodieux, un interminable tonnerre cristallin qui fit vibrer les murs de la maison de Jessica. C'était le bruit des centaines d'étagères et des milliers de flacons se fracassant les uns sur les autres, celui des globes de verre précieux percutant les flacons de cristal, c'était le chant d'une avalanche de porcelaine, de capuchons, du quartz des minuscules carafes et des fioles introuvables. Leur fragile équilibre n'ayant pas résisté un instant à la passion joyeuse de Chloé et Louis.

## 29.

Notre première nuit se passa donc dans l'étuve de mon abri surchauffé et crasseux, au milieu des grincements fébriles des créatures nocturnes et des ténèbres brouillées par une lune grisâtre. Encerclé par les piliers végétaux d'arbres dont la taille invraisemblable donnait l'impression d'un ultimatum posé au bonheur qui m'avait envahi, je me sentais à la fois fier et fort : pour la première fois, il me semblait que le monde m'avait réservé une place. Je me foutais complètement de la chaleur et de la crasse, je me foutais des secrets mortels que cachait l'obscurité, de la laideur des insectes, de l'énormité des troncs et de la fragilité objective de notre destin, car je savais qu'au lever du soleil, à mon réveil, Septembre serait à côté de moi, sa tête sur mon épaule, sa peau contre la mienne et que, par simple induction, l'émanation de ses parfums inoculerait à mon sang le syndrome de l'amour éternel.

Et quand le jour se leva, s'accompagnant de cette incandescence extravagante propre aux latitudes équatoriales, ce fut exactement ce qui se produisit. Avec une évidence qui tenait presque du miracle, tout était là : sa présence, sa tête, sa peau, son parfum, la conviction de la force de notre amour l'un pour l'autre et la certitude de son éternité, envers et contre tout ce qui allait pouvoir nous arriver et qui nous arriverait forcément : les peurs et les colères, les absences et les désarrois, les inquiétudes et les désespoirs et aussi tout le long troupeau sans nom d'épreuves perverses, injustes et inéluctables que la vie nous réservait et qui nous arracherait des larmes, évidemment, de tous les modèles, de toutes les formes et en toutes quantités.

Mais ce matin-là, qui était notre premier matin, j'en étais certain : aux larmes aussi on résisterait.

Je ne le savais pas vraiment encore, mais j'en avais l'intuition : les jours qui venaient, peut-être les semaines, sans doute les mois et je l'espérais les années (mais sur ce point je me trompais) allaient être les jours les plus beaux, les semaines les plus luxueuses et les mois les plus éblouissants de tout ce que j'avais pu connaître.

Bien entendu, je savais que le bonheur existait, je pensais même en avoir déjà fait l'expérience, quand soudain le hasard rassemblait les pièces d'un puzzle improbable (une soirée tiède et calme, un repas agréable, un moment de paix inattendue, la course lente d'un satellite dans un ciel d'un noir inexplicable inspirant à l'esprit des considérations poétiques sur la destinée des hommes et la relativité des existences). Mais ce bonheur n'était qu'une émotion fugitive et fragile, il était à peine un reflet à la surface d'une vie cruellement morose, rien d'autre qu'une palpitation involontaire agitant l'épiderme d'un corps sans vie.

Aimer Septembre et me sentir aimé d'elle ne changeait rien ni à la réalité, ni à la nature du quotidien : l'endroit où nous étions et auquel par manque de vocabulaire nous donnions le nom de « village » était toujours cet agglomérat maussade de maisonnettes de terre et de paille, ses habitants étaient toujours ces créatures anémiques, perdues, inconsolables, et nous n'avions toujours pas, pour notre avenir, la moindre perspective.

Mais nous nous aimions aussi simplement et aussi fort qu'il était possible de s'aimer et cet amour établissait, entre la tristesse de l'endroit et son inquiétante absence d'espoir, une distance telle qu'elle nous permettait de n'y attacher aucune importance, comme si nous étions les observateurs intrigués d'un aquarium à l'intérieur duquel une vie sauvage écrirait les scénarios de ses drames sans que ceux-ci puissent nous atteindre.

Portés par cette nonchalance propre aux gens heureux, nous ne faisions pas grand-chose de nos journées. Nous ne nous occupions pas des autres et les autres, qui avaient bien senti qu'il n'y avait rien à attendre de nous, nous laissaient vivre notre vie.

Comme si le temps n'existait pas vraiment pour nous, comme si c'était quelque chose qui ne regardait que les autres, nous nous levions doucement, sans douleur, sans urgence et sans efforts. Après avoir traîné à l'ombre de notre abri, après avoir parlé de nos souvenirs d'enfance, les joyeux comme les tristes, les douloureux comme les amusants, et de comment nous nous aimions, nous laissions passer la journée et nous attendions le soir en ne faisant presque rien.

Nous marchions souvent sans but ou bien, s'il y en avait un, c'était celui de rejoindre un coin de cette colline orientée au nord, sur laquelle les hasards de la topographie, des vents et de l'humidité ascendante venue de la rivière apportaient un peu de fraîcheur et où l'ombre d'un arbre gigantesque, plus grand que les autres arbres gigantesques, nous donnait l'impression d'être un abri contre tout ce qui pouvait se produire dans l'univers.

Nous passions nos journées dans une absolue insouciance enfantine, mangeant ce que nous trouvions et imaginant de la saveur même dans ce qu'il y avait de plus mauvais, buvant ce qu'il y avait et nous désaltérant, même dans ce qu'il y avait de plus croupi, riant souvent, même de ce qui n'était pas drôle.

Et puis, pareil à un cadeau, le soir arrivait chargé de ses parfums fermentés, de son vacarme animal et de son obscurité donnant à toutes choses l'apparence d'un envoûtement. Avec Septembre, nous redescendions alors vers le village, nous écoutions de la musique sur la radio qu'un vieillard ne manquait pas d'allumer et dont le volume bloqué sur maximum couvrait à peine les hurlements des créatures de la nuit.

*Laurent Gbagbo enfant de pauvre, aujourd'hui
é président de la république. (Dynamo)
Alpha Blondy enfant de poignon, artiste
interplanétaire. (Dynamo)
Drogba Didier enfant de pauvre, aujourd'hui
é footballeur international. (Dynamo)*

S'il y avait de l'alcool, nous en buvions, mais son ivresse faisait toujours pâle figure à côté de celle qui était la nôtre jour après jour, émanation éthylique et spontanée de notre propre bonheur. Septembre et moi avions tant parlé durant la journée, que le soir nous restions souvent silencieux, nous observant l'un l'autre, comme nous redécouvrant sous la lumière vivante d'un feu ou à la faveur de la griserie provoquée par l'inhalation de vapeurs s'échappant d'herbes jetées sur les flammes et s'avérant posséder parfois d'inattendues propriétés narcotiques.

Dans cet étrange état se situant quelque part entre la demi-conscience et la perception cristalline de toutes choses, Septembre m'apparaissait comme une personne à la fois familière et inconnue, *ni tout à fait la même, ni tout à fait une autre.* Je la regardais alors avec une surprise émue, bouleversé par sa beauté animale, par la délicatesse sombre de sa peau, la profondeur cosmique de son regard et le mystère absolu de son demi-sourire donnant l'impression qu'elle en savait toujours un peu plus que moi sur les grandes questions de la vie, de la mort et de la destinée. Dans ces moments, porté par une joie sans limite qui me faisait tourner la tête, je me répétais : « C'est elle… C'est elle que j'aime. C'est elle que j'aimerai toujours. »

Quelques mois après notre retour, Cul-Nu était venu me trouver pour me dire qu'il avait à nouveau envie d'aventures, de guerres et de fortunes improbables. Il ne m'avait pas demandé de l'accompagner, au contraire, il refusait que cette fois je vienne avec lui. Posant sur mes épaules ses grandes mains aux paumes si dures qu'on les aurait dites en plâtre, c'était un geste quasi paternel, il m'avait dit que, s'il y avait une seule chose qu'il respectait dans ce monde sans rime ni raison, c'était l'amour. Que, quand ce serait terminé pour lui, quand il serait en train de mourir, il ne voulait en aucun cas se dire, en voyant défiler le film de son existence, qu'il avait un jour empêché un amour d'exister. Et puis ses yeux de voleur et d'assassin s'étant remplis de larmes, il m'avait dit qu'il était fier de ce que j'étais devenu, que j'étais ce qu'il avait le mieux réussi dans toute son épouvantable vie, qu'il était si heureux de ne pas m'avoir abandonné aux charognards lorsque je n'étais qu'un bébé, qu'il savait qu'il avait bien fait de me donner l'éducation qui avait été la mienne, de m'avoir rempli, comme un petit Blanc qui va à l'École normale supérieure, de Baudelaire, d'Apollinaire, de Rimbaud et de tous les autres, de m'avoir fait rentrer leurs textes à coups de bâton dans la tête, de me les avoir mis sous la peau et finalement, en me donnant la possibilité d'aimer, de m'avoir armé mieux que n'importe lequel de ses hommes aux rigueurs d'un monde sans pitié. Il m'avait ensuite serré contre lui, un geste si surprenant de sa part que je n'avais réalisé que beaucoup plus tard ce qui s'était passé, il m'avait gardé un moment comme ça, mon visage plaqué contre sa chemisette qui sentait la transpiration et la cendre chaude, un mélange d'odeurs qui serait à jamais pour moi celui de l'enfance, des parfums profonds qui me ramenaient aux premières heures de ma conscience, lorsqu'il me portait collé à lui dans un pagne noué sur son ventre ou son dos, à l'africaine, en me chuchotant des fables de La Fontaine car il voulait que l'élégance des rimes et la finesse de l'esprit agissent sur la structure de mon cerveau en formation :

> *La raison du plus fort est toujours la meilleure :*
> *Nous l'allons montrer tout à l'heure.*
> *Un agneau se désaltérait*
> *Dans le courant d'une onde pure.*
> *Un loup survient à jeun, qui cherchait aventure*
> *Et que la faim en ces lieux attirait...*

Puis, quand quelques jours plus tard il avait quitté le village, suivi d'une dizaine d'hommes, mal armés, mal vêtus, pareils à des clochards s'en allant faire une guerre désespérée à d'autres clochards, j'avais regardé sa grande silhouette ployant légèrement sous le poids de son sac rempli de vivres immangeables et de ses éternels livres aux pages froissées. Alors, sentant ma gorge se serrer, j'avais murmuré pour moi-même un mot que de toute ma vie je n'avais jamais dit: « papa » et j'étais parti pleurer à l'abri des murs de paille de ma case.

Et les larmes que j'y versai furent celles d'un tout petit enfant se sentant, pour la première fois, comme un orphelin.

C'était la dernière fois que je le voyais.

Je n'avais pas eu besoin d'expliquer à Septembre l'origine de ma douleur et elle n'avait pas eu besoin de mots pour me consoler. Il lui avait suffi de passer sa main dans mes cheveux, de me regarder avec tendresse pour me faire comprendre et surtout sentir que toutes les tristesses du monde pouvaient bien venir nous ravager le cœur et nous labourer l'esprit, nous serions toujours là l'un avec l'autre, pour nous rafistoler les blessures, éponger nos hémorragies, apaiser nos douleurs. La promesse de cette présence indéfectible n'était bien entendu pas la garantie d'une vie sans drames, mais elle était l'assurance qu'au moment de ces drames il y aurait toujours la voix de l'autre, le regard de l'autre, les bras de l'autre, la peau de l'autre et que tout ça, contre le malheur, ça ferait comme un toit, ce serait comme un lit, ce serait comme une île.

Septembre et moi passâmes encore plusieurs semaines de parfaite insouciance, et puis un matin tout changea.

## 30.

Après ma première entrevue avec elle, madame Saddiki avait rendu à monsieur Dedecker, le directeur, un rapport bref mais enthousiaste sur ma capacité de résilience et mes chances de parvenir à trouver une place dans la grande fête de la civilisation. Bien entendu, m'avait assuré le directeur en feuilletant le rapport devant moi, madame Saddiki, observant en cela le secret que lui imposait l'exercice de la psychologie, n'avait rien révélé de ce que j'avais pu lui raconter. Le directeur estimait que cette discrétion dont elle avait fait preuve était la manifestation claire et incontestable des grandes qualités humaines de la psychologue attachée à son établissement.

Monsieur Dedecker m'avait donc dit que, compte tenu de cette première entrevue très encourageante, il souhaitait que je revoie madame Saddiki à quelques reprises encore, sans préciser combien exactement, parce que mon « bien-être » était son objectif numéro un, à lui bien entendu, mais aussi au système scolaire, au ministère et, plus généralement, au système démocratique inclusif basé sur les valeurs positives du « vivre ensemble ».

Et c'est ainsi que la semaine suivante, quelques jours à peine après la soirée de Jessica, je m'étais retrouvé une nouvelle fois dans l'ancien placard à balais faisant office de cabinet d'analyse, qu'une nouvelle fois j'attendais immobile, en proie à un irrépressible cafard se mêlant à une tout aussi irrépressible rage, assis sur la petite chaise en bois, le regard perdu sur la photographie des deux enfants qu'elle exposait sur son bureau comme on exposerait un label garantissant aux yeux des visiteurs que sa vie était une vie saine, normale, intégrée et harmonieuse. Sans doute, au seuil de sa conscience, madame Saddiki percevait-elle que cette photographie et les affirmations qu'elle crachait comme de l'huile bouillante à la figure des visiteurs, était d'une violence absolue faite à ceux qui venaient en ce lieu. Et sans doute cette perception lui donnait en retour la sensation discrète mais bien réelle d'un plaisir qui était d'une absolue perversion. Le plaisir de la normalité, c'était une des portes préférées du fascisme.

Comme la dernière fois, madame Saddiki rentra dans son bureau accompagnée par un courant d'assurance professionnelle, de bienveillance, des émanations astringentes d'un parfum citronné et, comme la dernière fois, suivant la procédure classique recommandée par son manuel consacré aux « entretiens thérapeutiques », elle m'avait tendu sa petite main, que j'avais serrée avec l'impression que j'aurais pu l'écraser aussi facilement que s'il s'était agi d'un oisillon. Elle s'assit, examina son bureau pour vérifier que tout était en place, sortit un bloc de feuilles sur lequel elle nota mon nom et la date, puis me regarda en souriant, la tête légèrement inclinée, comme une reine à qui l'on présente un enfant déficient lors de sa visite d'un institut.

— Alors Charles, comment ça va depuis la dernière fois ?

Mon rendez-vous de la semaine précédente avec madame Carpentier m'avait donné confiance.

— Ça va, j'avais dit.

Je n'avais pas dit ça n'importe comment, j'avais dit ça en prenant soin de mettre dans ce « ça va » une respiration de désespoir, un courant glacé chargé d'une lourde amertume, j'avais mis dans ce « ça va » l'impression diffuse mais bien réelle que quelque chose était sur le point de se briser et une autre impression, profondément triste celle-là, d'un cœur empli d'une violente désillusion. Bref, j'avais mis dans ce « ça va » toute l'atmosphère tragique d'un monde approchant de sa fin.

Elle me regarda avec le sourire empathique de quelqu'un qui s'imagine être capable de voir la réalité derrière les apparences.

— S'il te plaît, dit-elle, tu sais, avec le temps, j'ai développé une certaine sensibilité aux gens. Je sens bien que quelque chose ne va pas.

Je lui lançai un regard douloureux.

— Je ne sais pas… dis-je hésitant.

— Prends ton temps. Respire. Je suis ton amie.

— Je crois… Je crois que je ne veux pas en parler.

Elle soupira. Certainement gardait-elle le souvenir du plaisir qu'elle avait éprouvé lors de notre premier entretien et certainement vibrait-elle d'impatience à l'idée de pouvoir sentir de nouveau l'odeur putride de mes histoires. Elle garda son calme et tenta une stratégie assez grossière de détournement d'attention. Elle ouvrit un tiroir et en sortit un Bounty.

— J'ai envie d'un petit quatre-heures, dit-elle en le déballant, pas toi ?

— Je veux bien, dis-je, en acceptant la moitié qu'elle me tendait.

Je mordis. Le mélange coco et chocolat au lait était vraiment bon. La chimie du sucre me fit même un léger effet et ma colère diminua de quelques points sur son échelle infinie.

Je laissai passer un moment, de manière à ce que, dans ce bureau, le silence qui régnait entre madame Saddiki et moi se transforme progressivement en malaise, puis, jugeant que le moment était venu, je commençai à parler :

— Je fais un rêve, je veux dire… Il y a un rêve que j'ai déjà fait plusieurs fois.

Une lueur fauve s'alluma dans le regard de madame Saddiki :

— Oui ? dit-elle.

— Mais je ne crois pas que…

— Françoise Dolto disait que les rêves étaient « la porte qui ouvre sur la fenêtre de la signification de l'âme… c'est… heuuu... » (elle hésita, comme si elle ne retrouvait plus la citation exacte), « la porte de l'âme n'a qu'une seule clé et les rêves en sont la fenêtre »… (elle hésita encore)… Enfin, les rêves c'est bien… Tu serais d'accord de me le raconter ?

Je pris une inspiration déchirante et je me lançai :

— Dans mon rêve… Dans mon rêve, il faisait nuit. Il faisait nuit et j'étais couché dans mon lit. Et puis, d'un seul coup, dans ce rêve, la fenêtre s'ouvre toute seule et cette fenêtre donne sur le jardin et dans le jardin il y a un arbre, un grand noyer et sur les branches de cet arbre, de ce grand noyer je vois qu'il y a plusieurs loups blancs. Enfin, ces loups ressemblent un peu à des renards, parce qu'ils avaient de grandes queues comme des queues de renard… Mais ils avaient aussi des oreilles dressées comme des oreilles de chiens de berger quand ils sont attentifs à quelque chose. Enfin… Tous ces loups me regardent fixement avec leurs yeux terribles et moi, forcément, je suis soudain en proie à une grande terreur, car j'ai peur qu'ils me dévorent…

Tout en m'écoutant, madame Saddiki hochait la tête pour signifier que j'avais toute son attention et que me confier comme je le faisais était quelque chose d'immensément positif. Durant une seconde, je pris peur en me disant qu'il n'était pas possible qu'une professionnelle de la psychologie, dont le diplôme attestait sinon le talent, en tout cas le temps passé à avaler ses cours de « neuropsychologie cognitive », « éthologie humaine », « psychologie des organisations », « psychologie clinique » et toutes les déclinaisons possibles des sujets et des thématiques tournant autour des torsions étranges que s'acharnait à prendre l'âme humaine, n'ait pas reconnu dans mon récit celui, repris point par point, de « L'homme aux loups », le cas du jeune Sergueï Pankejeff décrit par Freud dans son livre *Cinq Psychanalyses*. Sans doute le souvenir de ce texte (dont elle avait forcément dû lire des passages dans le syllabus du cours d'introduction aux « grands courants de la psychanalyse ») s'était-il perdu sous tout un fatras de choses encombrant l'espace exigu de son esprit. Quelle avait été sa vie ? Commencer ses études, y rencontrer un garçon, il se serait appelé Gaétan. Puis hésiter entre Gaétan et Marco. Se dire que Marco, avec ses épaules larges, ses yeux émeraude, était plus sexy que Gaétan, mais que Gaétan, avec son père qui était doyen de la faculté, avec sa vw Golf cabriolet reçue pour ses dix-neuf ans, avec les vacances chaque été au Club Med Punta Cana (voile, tennis, kitesurf), avec son duplex de cent dix mètres carrés et avec la villa de vacances du côté d'Uzès était un choix de raison pour une fille comme elle, issue d'une modeste famille ayant fui la misère tunisienne une demi-génération plus tôt. Briser le cœur de Marco, s'offrir le cœur de Gaétan, sucer Gaétan autant de fois que nécessaire pour qu'il lui fasse (enfin) une demande en mariage, finir la psycho, préparer le mariage, acheter la maison, décorer la maison (exiger la terrasse en tek et la cuisine américaine, ne pas céder sur le dressing). Vouloir un enfant, avoir un enfant, vouloir un autre enfant, avoir un autre enfant. Trouver un travail à mi-temps pour se « réaliser dans quelque chose ». Commencer le yoga, arrêter le yoga. Commencer le tai-chi, arrêter le tai-chi. Commencer des cours de cuisine libanaise, arrêter les cours de cuisine libanaise, commencer le reiki, l'ikebana, le feng shui, l'aquagym, arrêter tout, à chaque fois. Trouver que son couple bat de l'aile, emmener Gaétan voir une thérapeute pratiquant l'analyse systémique, une autre l'EMDR et puis une sexologue chez qui elle reconnaîtra que sucer lui apparaît comme quelque chose de dégradant pour son image de femme. Avoir l'impression d'aimer moins Gaétan mais rester avec lui malgré tout, trouver un « modus vivendi », rêver de Marco dont l'image et l'odeur lui reviennent certaines nuits d'orage, le « stalker » sur Facebook, découvrir sa vie de rêve sur une plage du Venezuela, en vouloir à Gaétan pour « quelque chose », sentir sa jeunesse qui s'éloigne, sa peau qui se fane, son teint qui se voile, son regard qui se creuse. Signer les bulletins des enfants, acheter le matériel scolaire, préparer les pique-niques sur le coin de la cuisine américaine, déposer l'une au cours de danse, déposer l'autre au judo, attendre que ça se termine dans la voiture, sous la pluie, en « likant » des photographies de petits gâteaux postées par des copines du yoga, du reiki ou du tai-chi, pleurer parfois toute seule, sans raison, en rangeant des sacs de courses dans le coffre d'une Touran flambant neuve, préparer des vacances dans cette maison d'Uzès qu'elle ne supporte plus, partir avec Gaétan en week-end sur la côte d'Opale pour « se retrouver », y affronter un vent froid comme la mort, le sable dans les yeux, un ciel hostile et maladif, des silences embarrassants. Récupérer les enfants chez les beaux-parents, retrouver la maison, sa terrasse, sa cuisine, son dressing. Retrouver le lit conjugal avec son couvre-lit en coton bio à trois cents euros, ses draps en tergal parfaitement repassés par la femme de ménage et ses deux oreillers en duvet alignés côte à côte, pareils à des pierres tombales, et le voir pendant un instant, avec une effroyable clairvoyance, tel qu'il est: non pas un lit mais un de ces rochers noirs et gluants auxquels les naufragés s'agrippent en attendant la mort.

Alors forcément, Freud, ses *Cinq Psychanalyses*, le cas du jeune Sergueï Pankejeff et de ses loups posés sur les branches d'un arbre, les interprétations de Jung sur la place de la sexualité infantile dans le développement de l'individu ou celles de Lacan sur la « forclusion du nom du père », madame Saddiki ne s'en souvenait plus vraiment, tout ça pourrissait lentement dans un recoin humide de sa mémoire aux côtés de l'immense bric-à-brac des choses sans utilité quotidienne.

— Et à ton réveil, comment te sens-tu? demanda-t-elle.

— Je me sens d'abord effrayé. Tellement effrayé que je me sens incapable de bouger. Et ça, ça dure longtemps et...

— Et ?

— Une fois j'avais... j'avais uriné dans mon lit.

— Je vois, dit-elle.

— C'est grave ? lui avais-je demandé pour l'encourager à réfléchir.

Elle eut un petit rire.

— Non... Je crois que le fait d'avoir fait pipi dans ton lit n'est pas grave. Je crois que ton subconscient essaye de te dire quelque chose et que le fait de faire pipi dans ton lit est un signal qui te relie à ton enfance, à ta petite enfance...

— Ça ne veut pas dire que je suis fou, alors ? j'avais demandé naïvement.

Encore une fois, elle eut son petit rire.

— Oh non... Ça veut juste dire qu'il faut défaire un nœud et je suis là pour ça.

— Un nœud ? j'avais dit naïvement, un nœud ? Je ne comprends pas...

— Ce que je veux dire, dit-elle avec gravité, c'est que ce que tu es en train de traverser pour le moment s'appelle une « décompensation ».

Je ne répondis pas. Je me contentai de baisser la tête en signe de total abandon au puissant savoir de la psychologue. Elle me sourit. Et dans son sourire je compris à quel point elle m'aimait, elle m'aimait comme le reflet déformant de son accomplissement professionnel, elle m'aimait comme on peut aimer la clé de son bonheur, la confirmation de sa réussite et de son pouvoir, sa raison d'être. Ma haine pour elle atteignit de fabuleux sommets, elle y trouva une émotion négative d'envergure cyclopéenne, engendrant des désirs de destruction de son visage dignes de l'apocalypse, je fis un effort surhumain pour ne pas me jeter sur le petit cadre photo, celui où ses deux enfants souriaient sur la plage, et m'en servir comme d'une arme capable de lui labourer le sourire sophistiqué qu'elle m'offrit en prononçant avec une lenteur pédagogique le mot « décompensation ».

Elle continua.

— Tu as traversé tant d'épreuves, tu as vécu des choses si difficiles qu'aujourd'hui, dans cette situation totalement nouvelle, ton esprit n'est plus capable de mettre en place les mécanismes de défense dont nous avons tous besoin pour vivre normalement au quotidien. Comme tu n'arrives pas à comprendre ta nouvelle réalité, tu ne la supportes tout simplement plus et ton inconscient évacue comme il peut ce trop-plein d'angoisse sous forme symbolique dans tes rêves ou bien en laissant s'échapper de manière explicite, je veux dire organique, ce qu'il ressent comme une pression. C'est ce qui explique que tu aies fait pipi au lit.

Elle avait employé le mot « pipi ». Elle me prenait encore pour un enfant. Il était hors de question qu'elle me prenne pour un enfant, on ne fait pas à un enfant ce que je voulais qu'elle fasse et il fallait qu'elle le fasse pour que le plan simple et idiot que j'avais imaginé réussisse.

— Vous croyez que je pourrais… que j'ai une chance d'être normal… que je pourrai m'intégrer… un jour.

Son petit rire fut comme trois petits éclats de cristal tranchants dans un ciel gelé.

— Bien entendu. Il faudra peut-être du temps, mais je crois que tu en as tout à fait les capacités. Il existe aussi des techniques simples pour dissocier tes souvenirs des émotions qui leur sont liées. Tu pourrais, par exemple, essayer de te souvenir de choses agréables qui auraient eu lieu dans ton passé et tu pourrais alors reconstruire tes émotions à partir de ces souvenirs-là.

Je fis mine de réfléchir.

— Je me souviens que, quand j'étais tout petit, les femmes me portaient, elles me portaient contre elles. J'avais ma peau contre leur peau. Là-bas, le contact est quelque chose de très important : quand quelqu'un est triste ou bien malade ou bien quand un vieux va mourir, on vient se mettre contre lui. Peau contre peau. Et ça apaise ses souffrances.

— Oui… Ça c'est un souvenir positif, tu pourrais t'en servir pour…

Je ne voulais plus la laisser parler, un mot de plus de son charabia diplômé et je lui crevais les yeux !

— Un jour, je devais avoir une dizaine d'années, une vieille femme s'était ouvert le pied en marchant sur un tesson de bouteille. Le pied s'était infecté, et puis la jambe aussi, et puis l'infection était remontée et tout son corps s'était mis à pourrir. Elle était dans sa case toute la journée et sa case sentait la mort. Le nuage de mouches qui lui volait tout autour était si dense qu'il faisait comme un rideau de carbone... Les vers blancs qui s'avançaient en une file ininterrompue vers sa blessure ressemblaient à un ruisseau de nacre. Elle gémissait des mots de toute petite fille, on savait qu'il n'y avait plus rien à faire. Alors j'avais été me coucher contre elle, j'étais nu et elle était nue. Et être nu contre son vieux corps mourant c'était un peu comme être couché sur les pierres froides et gluantes qu'il y a au bord de la rivière. Je suis resté là trois jours et trois nuits, son cœur était devenu si lent que les chats du village avaient le temps de rentrer, de renifler l'odeur d'hydrogène sulfurée et de sortir entre deux battements. Quand elle est morte, j'avais la marque de ses côtes imprimée sur ma poitrine et celle de ses mains sur mes épaules. Il a fallu plusieurs semaines pour que l'odeur s'en aille, mais ça ne me gênait pas : cette pestilence maladive, je la portais comme une décoration !

Madame Saddiki voulut dire quelque chose :

— Oui... heu... c'est un beau... c'est un souvenir intéressant et...

Encore une fois, je l'interrompis brutalement :

— Ici, quand on va mal, on vous parle, on vous parle sans arrêt, mais personne ne vous touche !

— Les mots sont de merveilleux…

— Je n'en peux plus des mots !

— Écoute... dit-elle sur le ton de quelqu'un qui essaye de garder le contrôle.

D'un geste brusque, presque violent, pendant qu'elle masquait son malaise naissant en faisant mine de prendre des notes, je lui pris la main. Elle tenta de la retirer, mais je serrais trop fort. Peut-être même que je lui faisais mal. J'articulai lentement, d'une manière presque menaçante :

— Je n'en peux plus des mots !

Je lui lançai un regard d'une assurance sans faille, encore une fois elle voulut retirer sa main, mais je la serrai encore plus fort. Sans doute l'idée d'appeler à l'aide lui traversa-t-elle l'esprit, mais cela aurait été un tel aveu d'échec qu'elle ne le fit pas. Cela aurait été un renoncement à toute cette foi qu'elle avait en la puissance de la psychologie, cela aurait été le constat terrifiant que tout ce qu'elle avait appris, que tout ce qu'elle croyait ne pesait finalement pas bien lourd face à la détermination d'un adolescent.

Le masque de la psychologue se fissura et dévoila le visage d'une femme perdue dans les faux-semblants de sa vie, terrorisée à l'idée de n'être finalement qu'elle-même, c'est-à-dire comme tout le monde : un paquet de chair fragile additionné à un peu de conscience floue destinée à souffrir beaucoup, à aimer un peu et puis à disparaître, forcément. Je sentis que le moment était venu de changer de niveau.

— Je veux que vous me preniez contre vous. Je veux être couché nu contre vous. C'est la seule chose dont j'ai vraiment besoin.

Je finis par lâcher la main de madame Saddiki. Pareille à un petit animal apeuré par le tonnerre, elle la cacha sous la table. La psychologue, dans une ultime convulsion, tenta de reprendre le contrôle.

— Écoute, Charles, ce que tu éprouves là est très fréquent en psychothérapie, ça porte même un nom, ça s'appelle le « transfert ». Tu projettes sur moi des émotions, des affects...

— Sándor Ferenczi laissait ses patientes l'embrasser !

— Ferenczi... Comment connais-tu Ferenczi ?

— J'ai lu ! Je n'ai pas arrêté de lire. J'ai tout lu !

— Bon mais...

— Jung a été l'amant de Sabina quand elle était en traitement dans une clinique de Zurich !

— Écoute...

— Putain, Erich Fromm a épousé Frieda qui était son analyste. Et Fritz Perls s'est envoyé la petite Marty à qui il demandait en plus de faire sa lessive. Et Wilhelm Reich caressait les femmes qu'il avait mises dans sa « machine à orgone » ! Et vous... Vous allez juste être ça : une obscure psychologue dans une obscure école... Mais est-ce que vous n'avez jamais eu envie d'être autre chose, quelque chose de mieux que vous-même, quelque chose de plus grand que vous-même ?

— Ça n'a aucun rapport !

— Pourquoi faites-vous ce métier? lui avais-je demandé en me levant pour quitter le local. Elle me regarda les yeux égarés, elle n'avait plus aucune autorité sur moi.

— Je fais ça... (elle hésita)... je fais ça pour aider les gens...

Je lui lançai un dernier regard que je chargeai à la fois de défi, de mise en garde, de douceur, de la sombre supplique d'un homme qui se noie et de la promesse d'une mention de son nom dans l'histoire de la psychothérapie.

# 31.

Et donc un matin tout avait changé.

J'avais perçu ce changement dès mon réveil.

Septembre, déjà éveillée, se tenait à genoux et me regardait d'un air grave. Une expression soucieuse que je ne lui connaissais pas s'était installée sur son visage. Je m'étais redressé, avant de parler elle avait pris une profonde inspiration. Elle était consciente que ce qu'elle allait dire changerait nos vies pour toujours. Qu'il y aurait un avant et un après.

— Je sais comment quitter cet endroit, avait-elle dit.

Nous n'en avions jamais parlé, mais tous les deux nous savions qu'à terme rester là, dans cette jungle toxique, dans ce pays de mort, sous ce ciel bleuâtre, les pieds dans cette terre collante, l'esprit enferré dans les soucis quotidiens de la survie, finirait par nous anéantir comme cela anéantissait toute chose, les hommes comme les idées. Jusque-là nous avions tenu bon et nous aurions pu encore tenir, quelques années sans doute, mais tôt ou tard, la misère aurait eu raison de nous, comme elle a toujours raison de tout.

— Tu veux dire partir ?

— Oui, quitter cet endroit, partir. Ne plus jamais revenir.

C'était tellement incongru que je ne parvenais pas à comprendre ce qu'elle me disait.

— Quitter quoi, quitter le village ?

— Non, quitter tout. Quitter le village, c'est pas compliqué. Il suffirait qu'on marche droit devant nous et le village serait quitté. Quitter la forêt, c'est pas compliqué non plus, il suffirait qu'on marche assez longtemps et qu'on arrive dans un autre village qui serait exactement comme le nôtre, un autre tombeau, un tombeau qu'on referme doucement sans qu'on le remarque. Non, ce qu'il faut, c'est quitter ce pays. Ce qu'il nous faut, c'est un autre pays avec une vraie maison pour nous, une maison propre et neuve avec une salle de bain parfumée, des robinets étincelants, une maison avec des fenêtres, un grand lit pour dormir et faire l'amour, des armoires pour ranger nos affaires, une maison avec une porte solide qu'on peut fermer à double tour ou bien ouvrir toute grande, une maison où il ferait chaud en hiver et frais en été, une maison avec un frigo et du jus d'orange à l'intérieur et de la viande fraîche et de la bière et de la glace à la vanille. Une maison avec une télé devant laquelle on pourrait s'endormir, une table sur laquelle nous pourrions manger dans de vraies assiettes, une maison avec un jardin dans lequel on s'installerait pour regarder passer le printemps. Une maison dans laquelle on pourrait se foutre de la pluie ou de la nuit. Une maison qu'on pourrait quitter pour aller se promener, mais qu'on serait contents de retrouver. Une maison dans laquelle on mettrait des plantes qu'il faudrait arroser, un chat qu'il faudrait caresser et aussi, dans longtemps, quand on en aura envie, des enfants qu'il faudra aimer.

Les premiers photons du matin, rentrant par les interstices de notre affligeante cabane, venaient terminer leur course de cent cinquante millions de kilomètres sur le visage de Septembre. Cette lumière sur cet épiderme, c'était beau comme une catastrophe à l'échelle universelle.

— Mais comment? Il faudrait des milliers et des milliers de dollars... Juste pour quitter le pays... Il faut payer les faux papiers, les passeurs, tout ça. Et puis, une fois partis, tu sais comment c'est... c'est encore la misère.

— J'ai l'argent. J'ai tout l'argent qu'il nous faut.
— Tu as des milliers de dollars?
— J'ai des millions de dollars!

La toux d'une vieille femme nous parvint, puis le frottement sec d'un poulet grattant la terre, puis le vol métallique d'un insecte, puis, venu de très haut, descendu du feuillage sombre et dense des arbres, le cri dément d'un singe. C'était un nouveau jour qui commençait.

— Mais… Tu as cet argent depuis quand ?
— Depuis toujours… Depuis presque toujours.
— Il est où ?
— Il est caché. Très bien caché.
— Il vient d'où ?
— D'un peu partout : des États-Unis, d'Angleterre, d'Allemagne, de Russie, du Japon, de Chine. Un peu partout.
— Je… je ne comprends pas.

Elle sourit.

— J'ai tellement peur que ça nous change… Et d'un autre côté, on ne peut pas continuer comme ça.

Je l'avais prise dans mes bras. Elle tremblait un peu.

— Explique-moi. Tout ira bien, mais explique-moi.
— Ça part d'un truc tout simple… Un simple e-mail. En réalité, des millions d'e-mails envoyés chaque jour à des millions d'adresses différentes. Depuis des petits bureaux situés un peu partout sur tout le continent africain, des petits bureaux de toutes les tailles : avec un seul employé ou plusieurs dizaines. Et chacun de ces employés collecte des adresses dans des listings achetés pour quelques centimes à des hackers asiatiques ou d'Europe de l'Est. Alors, il existe tout un tas de techniques : du message d'un ami disparu demandant une aide sous la forme d'un virement Western Union à l'« arnaque 419 » où on va promettre à un pauvre type une somme colossale à condition qu'il paye quelques « frais techniques ».

— Et puis ?

— Et puis... la plupart de ces e-mails restent sans réponse... Mais il y a toujours une poignée de naïfs qui répondent et qui finissent par payer quelque chose. Cet argent est récupéré dans les différents bureaux et partagé avec les mafias locales qui supervisent la bonne gestion du truc. Ensuite, les mafias locales partagent elles-mêmes avec une structure plus importante... l'armée. Voilà.

— O.K. Mais quel rapport avec toi ? Avec l'argent ?

— Tu te souviens quand tu m'as trouvée ?

— Je ne l'oublierai jamais !

— L'armée était venue et elle était repartie.

— Oui. Je me souviens. Ils n'avaient rien laissé ! Des ruines. Des morts.

— Est-ce que tu t'es demandé pourquoi ils étaient partis ?

— Ils avaient pris tout ce qu'il y avait à prendre, non ?

— À ce moment-là, c'était vraiment la merde à l'ouest. L'armée avait reçu une raclée et mon village était une parfaite petite base arrière où les hommes comptaient passer quelques mois avant d'essayer de repartir. Ils sont partis après dix jours, parce qu'on les y a forcés.

— Qui ? Qui les y a forcés ?

— C'est moi. C'est moi qui les ai forcés à partir.

Septembre ne m'avait jamais raconté l'histoire de l'attaque de son village, ni comment elle s'y était retrouvée seule survivante alors qu'elle n'était encore qu'une toute petite fille.

— Viens, dit-elle en me prenant la main pour m'entraîner à l'extérieur.

On marcha un peu sur ce chemin que nous connaissions bien. On arriva au sommet de la colline qui donnait une vue dégagée sur la forêt. On s'assit au pied de notre grand arbre, Septembre sortit de sa robe un morceau de cette pâte sèche et sans goût que par manque de vocabulaire nous appelions du « pain ». Elle mordit un bout, m'en proposa un et commença à raconter :

— Ce que tu dois savoir, pour comprendre l'histoire, c'est que ma mère est morte à ma naissance.

— Désolé.

— Non… c'est rien. C'est comme ça. Comme je ne l'ai jamais connue, ma mère, ça reste plutôt un concept. Une idée. Bref, comme personne ne savait qui était mon père, que ma grand-mère était vraiment trop vieille et trop malade, que mon oncle passait ses jours et ses nuits dans la forêt à chasser, on a demandé au sorcier de s'occuper de moi.

— Le sorcier ?

— Ouais… Bon, c'était surtout un vieux type qui habitait à l'écart du village et qui taillait des fétiches dans des morceaux de bois mort, puis qui crachait dessus en disant que ça leur donnait du pouvoir. Il était plutôt doux et gentil, il n'était pas très malin, sa maison était toujours dégueulasse et encombrée de vieux trucs qu'il ramassait partout, des vieux pneus, des bassines trouées, des sandales en plastique, n'importe quoi… qu'il gardait parce qu'il pensait que ça pouvait servir. Évidemment, il n'avait aucun pouvoir. Mais les gens du village pensaient qu'il en avait et lui, il le pensait aussi, alors c'était comme s'il en avait. Du coup, quand quelqu'un était malade ou quand quelqu'un avait perdu quelque chose ou bien dormait mal ou bien ne bandait plus… on allait le voir. Et là, c'était toujours la même chose, il sortait tout un discours en disant que c'était un coup des « esprits » qui vivaient très très loin au sommet d'une montagne et que le fétiche taillé sur lequel il avait craché allait régler le problème. Dans la plupart des cas, ça marchait… Et quand ça ne marchait pas, il disait que les esprits de la montagne étaient vraiment puissants et qu'il fallait être patient. Au début, je lui faisais un peu le ménage, je lui faisais un peu la cuisine, puis il m'avait dit qu'il allait m'apprendre des trucs pour devenir ce qu'il appelait son « assistante ». Il m'a appris à tailler des fétiches, il m'a appris à me concentrer très fort quand je leur crachais dessus et à fermer les yeux pour imaginer le sommet d'une montagne sur laquelle vivaient des esprits. C'était pas grand-chose, c'était pas très compliqué, il m'avait dit que l'important c'était pas la quantité de choses qu'on connaît, mais la profondeur de la connaissance, que même si tout ce qu'on connaît c'est juste une poignée de cailloux, une poignée de cailloux ça résume toutes les forces de l'univers, toute l'histoire de la terre, la terre, l'eau, le feu.

On en était là, le village, le sorcier et moi, et puis un jour l'armée est arrivée.

Septembre se tut un moment, le temps que quelques très sombres souvenirs obscurcissent sa mémoire, à la manière d'une marée noire. Elle inspira et reprit :

— Ça s'est passé comme ça se passe à chaque fois. Tu sais comment ça se passe, hein ?

— Oui, je sais.

— On tue les hommes, quel que soit leur âge, on viole les femmes, quel que soit leur âge. On garde les filles les plus jeunes pour qu'elles puissent servir longtemps.

Elle inspira encore une fois. Une petite bouffée de cet air du fond de l'Afrique, aussi parfumé qu'une infusion. Je ne lui posai pas de question.

— Bref, ils s'étaient installés et ils comptaient rester quelques semaines, peut-être plus. Ils étaient une cinquantaine, tous camés, tous ivres, du matin au soir. À la dizaine de filles qui restaient, ils avaient demandé de faire brûler les cadavres et de les enterrer un peu à l'écart du village. Les filles pleuraient tout le temps. Pas moi. Même pas quand j'ai enterré mon vieux sorcier. J'étais certaine que j'allais mourir. Qu'on allait toutes mourir. C'était simplement une question de temps. Du coup, dans ma tête, c'était comme si j'étais déjà morte… Mais attends, il y a des choses importantes que tu dois savoir pour comprendre la suite, la première chose, c'est qu'à la tête de ces soldats il y avait un homme un peu plus âgé, une espèce de colosse d'une cinquantaine d'années, qui se faisait appeler « colonel » ou bien « révérend ». Il avait réquisitionné une petite maison devant laquelle il avait installé une chaise longue et il passait ses journées allongé à fumer et à boire en se donnant des airs d'empereur romain. De temps en temps, il fallait qu'une fille aille le rejoindre, il s'amusait un peu avec elle… Comme il était vieux et alcoolo, il ne se passait pas grand-chose… Ce qu'il aimait surtout faire, c'est se vanter. Il se vantait, il se vantait… Il se vantait qu'il avait rencontré le président, qu'il avait rencontré le pape, que Dieu lui parlait parfois la nuit, qu'il était comme un ange envoyé sur terre, qu'il connaissait je ne sais pas quel général, qu'il avait des amis en Amérique, en France, en Russie, qu'un jour on l'inviterait à l'ONU pour négocier la paix. Un jour, je ne sais pas pourquoi, comme pour donner un peu de crédit à toutes ces conneries, il m'avait dit qu'il allait me montrer quelque chose. On avait marché un peu, vers l'extérieur du village, puis il m'avait montré un rocher. Un simple rocher qui affleurait à une dizaine de centimètres du sol et il m'avait dit : « Tu vois, petite, là en dessous mes hommes ont enterré tout l'argent qu'on doit aux gouvernements. Il est enterré, comme ça il est à l'abri pendant qu'on est ici, c'est tout l'argent que tous nos « garçons Yahoo-Yahoo » ont reçu d'Europe, d'Amérique, de Russie, de Chine pendant toute une année… Tout est converti en billets de cent dollars. Tu sais qu'il y en a tellement, emballés dans un gros tonneau, que personne n'arrive à les compter. Alors tu sais comment on fait ? Non ? Eh bien on les pèse. Et tu sais combien pèse un billet de cent dollars ? Non ? Un gramme ! Et tu sais combien pèse le tonneau ? Non ? il pèse cent kilos ! Est-ce que tu sais calculer ? Non ? Moi je sais ! Un tonneau qui pèse cent kilos, même plus que cent kilos, mais j'arrondis, si les billets pèsent un gramme, ça fait cent mille billets de cent dollars, si tu multiplies (tu sais multiplier ? non ?) eh bien ça fait dix millions de dollars. Et moi, comme le gouvernement me fait confiance, je suis mandaté par le ministère de l'Économie pour les lui apporter et à chaque fois que je lui apporte un tonneau fermé, scellé, qui pèse ses cent kilos on me donne cinq pour cent. Tu sais calculer des pourcentages ? Non ? Ça fait cinq cent mille dollars. Cinq cent mille dollars ! Tu vois comme je suis riche ! Tu vois ! »

Bon, moi comme je savais que j'allais mourir, ses cinq cent mille dollars et ses dix millions enterrés dans ce tonneau, d'abord je m'en fichais un peu. Et puis, pendant la nuit, j'ai rêvé de mon sorcier. Le genre de rêve très bizarre, très fort, très réaliste, tu vois ? J'étais au sommet d'une montagne et je savais que c'était la montagne sur laquelle se trouvaient tous les esprits dont il m'avait parlé si souvent. Et cette fois-ci, il était parmi eux. Il n'avait pas l'air triste, il avait même plutôt l'air cool, car il souriait en buvant une bière. Et en buvant sa bière, il s'était approché de moi et il s'était mis à m'engueuler, tu vois ? Il m'avait dit : « Qu'est-ce que c'est que cette histoire ? Tu vas te laisser mourir ? Après tout ce que je t'ai appris ? Tu sais que la mort c'est vraiment con, alors tu ne vas pas te laisser mourir. Tu vas rester en vie. Tu vas rester en vie grâce à tout ce que je t'ai appris, tu comprends ? » Dans mon rêve, j'avais dit que j'avais compris et quand je m'étais réveillée je n'avais plus du tout envie de mourir, j'avais même carrément envie de vivre et j'étais carrément prête à tout pour y arriver. Alors, comme dans mon rêve mon vieux sorcier m'avait dit d'utiliser tout ce qu'il m'avait appris, j'avais été récupérer quelques fétiches qui traînaient dans les cendres de sa maison, je les avais frottés, je les avais serrés contre mon cœur, je leur avais parlé tout bas, je leur avais dit des choses gentilles que seule une petite fille est capable de dire, je leur avais craché dessus en me concentrant très fort et j'avais été les enterrer aux quatre coins du village. Et puis j'avais attendu... J'avais attendu toute la journée, mais il ne s'était rien passé et la nuit était arrivée. J'étais allongée avec les autres filles, dans la petite maison qu'on nous avait laissée. Elles dormaient, mais moi je ne dormais pas. Moi j'attendais... J'attendais le cœur battant... Et le temps passait et il ne se passait rien. Et comme il ne se passait rien, je sentais que la tristesse et le désespoir m'envahissaient petit à petit et puis, quand j'avais été bien remplie de ce désespoir et de cette tristesse, j'avais fini par m'endormir. Plus tard, je ne sais pas combien de temps après, c'est une des filles qui m'avait réveillée. Une grande maigre qui plaisait bien aux hommes. J'avais dit « Quoi ? », elle m'avait dit « Écoute ! ». Alors, dans un demi-sommeil, j'avais écouté. D'abord j'avais rien entendu. J'avais dit : « J'entends rien. » La grande maigre m'avait dit : « Mais si, écoute encore ! » Alors, j'avais encore écouté et j'avais entendu. J'avais entendu quelqu'un qui pleurait. Un petit pleur de petit enfant. Avec les autres filles, on était sorties voir qui pleurait comme ça et on était tombées sur le révérend. Il était tout nu, énorme, debout, et c'était lui qui pleurait. Son visage était tout ruisselant et tout luisant de larmes. En pleurant, il marmonnait des choses incohérentes. Il disait : « C'est terrible, terrible… Ouinnn, ouinnn, terrible… » Les autres filles qui étaient venues voir ne comprenaient pas. Moi, je comprenais ! C'étaient les esprits qui étaient venus le chercher et qui avaient emmené sa raison sur la montagne.

À un moment, il s'était tourné vers nous et la lumière de la lune avait éclairé son visage et là, avec cette lumière, j'avais vu que ce qui ruisselait sur son visage ce n'étaient pas des larmes mais c'était du sang. Du sang qui coulait de ses yeux. Il s'était crevé les yeux avec son couteau pour faire sortir les voix des esprits qui lui hurlaient des insultes dans la tête.

À ce moment-là, ses hommes étaient arrivés aussi et ils le regardaient d'un air terrifié. Pour eux, ça devait être comme de voir ton père en train de mourir. Lui, il continuait à crier, en les montrant du doigt : « C'est de votre faute, c'est de votre faute ! » Et ça, c'était vraiment bizarre, parce que je me demandais comment il faisait pour voir avec ses yeux crevés. Mais qu'il voie comme ça, ça prouvait bien qu'on était en pleine sorcellerie, tu comprends. D'ailleurs, comme s'il voyait, il avait couru jusque dans sa maison et il en était ressorti avec son AK-47. Avec les filles, on s'est couchées par terre. Mais c'était pas nous qu'il visait, c'était ses hommes. Et il s'était mis à tirer. Et ses hommes se sont mis à fuir vers la forêt.

Et puis, quand il n'y a plus eu que lui et nous, il nous a regardées avec ses yeux crevés. Il nous a dit : « Pardon, pardon. » Et puis il a tourné son arme vers son visage. Et *pang*, il s'est tiré une rafale et il est mort.

— Et après ? j'avais demandé.

— Après, les autres filles en avaient profité pour filer dans la forêt. Je ne sais pas ce qu'elles sont devenues.

— Et toi ?

— Moi... Je sentais qu'il allait se passer quelque chose... Quelque chose de bien. Et c'est là que t'étais arrivée. Je suis certaine que ce sont les esprits qui vous ont conduits jusqu'à nous.

— Et puis ?

— Et puis rien... Juste que je suis la seule personne qui se souvient encore qu'il y a dix millions de dollars enterrés à côté d'un rocher, à deux pas de mon village.

— Ah oui.

Voilà, c'était ça l'histoire de Septembre.

Après ça, on avait commencé à réfléchir. Comment transporter ces billets, où les déposer, comment s'y prendre ?

Je cherchais, je réfléchissais, mais je ne trouvais pas. Septembre non plus n'avait pas de solution. Deux enfants avec dix millions de dollars au plus profond du continent le plus pauvre du monde n'auraient pas fait long feu.

Mais après ça, on était venu me chercher.

Et on m'avait conduit à des milliers de kilomètres de là, dans ce nouvel enfer qu'était le monde de mon oncle.

La veille de mon départ, quand la voiture du consulat était déjà arrivée, j'avais imaginé m'enfuir. L'idée d'être séparé de Septembre, d'être arraché à ma vie, me dévastait.

Et puis c'était Septembre qui avait eu l'idée.

Profiter de mon exil forcé dans ces pays aussi riches que lointains et trouver un moyen d'y financer une expédition pour récupérer le tonneau.

C'était risqué.

C'était pas certain que ça fonctionne.

Mais c'était une idée.

Et c'était notre seule chance.

# 32.

Après mon rendez-vous avec madame Saddiki, il s'était passé quelques semaines aussi molles que de la boue, aussi dénuées d'intérêt que la bruine hypocrite qui nous trempait du matin au soir et à la structure si insidieuse, qu'on ne savait s'il s'agissait de brouillard ou de pluie.

À l'école, depuis la soirée de Jessica, j'étais auréolé de la réputation d'un garçon puissant et mystérieux, et cette réputation me valait le respect des garçons et les sourires des filles. Au moment des récréations ou sur l'heure de midi, quand le règlement nous autorisait à sortir durant cinquante minutes pour acheter un sandwich que nous mangions appuyés contre un mur d'une de ces rues sombres aux trottoirs étroits, j'étais fréquemment suivi par Arthur, Lucas, Aslan ou Louis. J'écoutais leur conversation tourner inlassablement et avec gravité autour des mêmes sujets : les filles, l'argent, une performance dans un jeu vidéo. Ces discussions étaient régulièrement ponctuées de gestes, de sons ou d'attitudes rappelant, selon eux, leur appartenance au genre masculin : un rot sonore et profond, un reniflement suivi d'un crachat, un regard farouche lancé à une silhouette encapuchonnée passant de l'autre côté de la rue. Leur plus grande terreur étant qu'on puisse les confondre ou les assimiler à une quelconque forme de féminité, ils ne ménageaient pas leurs efforts pour adopter tous les stéréotypes de la virilité : hygiène lapidaire, défiance à l'égard de toute forme d'autorité (ne jamais attendre que le feu soit vert pour traverser, ne jamais remercier quiconque, jeter la canette sur le trottoir…), adopter une démarche un peu boiteuse comme s'ils ne s'étaient pas remis de la blessure imaginaire infligée lors d'une guerre imaginaire. Ils accordaient aussi énormément d'importance à des valeurs relativement mal définies, mais perçues comme fondamentalement positives : le « respect » (toute impression d'avoir été l'objet d'un manque de respect pouvait déboucher sur une rupture définitive, voire une agression physique), la « parole donnée » (parce que, dans sa rigueur aveugle, elle contenait quelque chose de militaire et donc de viril), le « sacrifice » par amitié et la « confiance » (qui se devait d'être régulièrement mise à l'épreuve).

Je ne leur parlais presque pas, ils ne me parlaient presque pas. À vrai dire, ils me rendaient triste. Derrière leur morgue de mâles, derrière leur vanité, derrière leurs valeurs en carton, se cachait le désespoir de savoir que leur vie serait vouée à une misérable déconfiture, que tôt au tard il leur faudrait payer le prix de la nonchalance, que, quoi qu'ils fassent et quels que soient leurs mérites, leurs efforts, leur détermination, leur ambition, la réalité les attendait au tournant et que, comme toujours, elle serait sans pitié, elle ferait d'eux des chômeurs miséreux, des employés terrorisés, des petits patrons rongés par l'angoisse, des époux oppresseurs ou opprimés, des parents dépassés, qu'ils vieilliraient, qu'ils s'affaibliraient et puis que ce serait la mort, inévitable, incompréhensible, anonyme.

Aurore, ma cousine, m'avait dit que les filles parlaient de moi. Je le savais, je l'avais senti. Il y avait les sourires, il y avait les regards. Il y avait cette tension si particulière composée d'électricité humide, de chaleur dense, de pression tenace, de parfum fait d'alcool et de musc. Parfois, je surprenais quelque chose venu d'un groupe ou l'autre, (Jessica, Anaëlle, Chloé ou bien Shana, Alice, Manon). Paquets de filles regroupées, concentrées sur les impénétrables mystères d'une discussion d'adolescentes, qui me regardaient soudain, puis, à la fois honteuses et émerveillées de ce qu'elles avaient pensé, qui pouffaient en rougissant.

De toutes ces filles, c'était Jessica la plus déterminée. Après la soirée passée chez elle, il y avait eu quelque chose de plus affirmé dans son approche. En classe, elle n'hésitait pas à s'asseoir à côté de moi, à me parler de choses et d'autres (les garçons de la classe, les filles de la classe, la qualité de l'encre d'une nouvelle cartouche). Elle tournait vers moi son visage poudré, elle me regardait bien en face en posant sur mon avant-bras sa main aux ongles rose pâle, en me disant qu'elle était seule tel ou tel soir et que si j'étais seul aussi je pourrais passer chez elle, qu'on trouverait bien un truc à faire, qu'on regarderait des épisodes de séries sur Netflix. Comment, je ne connaissais pas *Little Doctor*? Ni *Mysteries*? Ni *Musical Theory*? Putain mais c'est trop bien, tu verras, la saison 1 est géniale. Après, la saison 2 est moins bien mais la saison 3 est bien aussi sauf que Lydie McCain a quitté le casting.

Un jour, au cours de français, pendant que Jessica me parlait, j'avais surpris un regard de madame Carpentier posé sur nous. Un regard fixe, un regard granitique, impénétrable. Un regard nu et sombre. Un regard parfaitement lugubre où j'avais cru lire quelque chose se situant entre la menace et la supplique. Sur le moment, je n'avais pas attaché trop d'importance à ce regard, et puis, de retour à la maison de mon oncle, j'avais compris que j'avais eu tort et que la menace était sérieuse.

## 33.

C'était un soir où mon oncle était là. Ça faisait plusieurs semaines que ce n'était plus arrivé : il avait eu un dîner avec un entrepreneur de la région, un autre avec une société néerlandaise s'occupant d'incinérateurs de déchets, un autre avec des syndicats représentant des ouvriers communaux, un autre pour la fête des secrétaires. Il était parti trois jours dans un hôtel italien pour une sorte de congrès de représentants des pouvoirs locaux européens et il s'était absenté trois autres jours avec le président du parti et quelques autres, pour « faire le point sur les prochaines échéances électorales ».

Bref, ce soir-là, aussi désœuvré qu'une vieille vache après la traite, un peu ivre, un peu débraillé avec un pan de chemise bleu ciel hors de son pantalon de costume, il avait déclaré qu'il avait besoin d'une soirée au calme et qu'il était fatigué. Il s'était installé devant une de ces émissions où un public hébété écoutait des chroniqueurs se contredire avec arrogance et méchanceté. Il regardait ça avec des yeux morts, du vin tachant ses lèvres, respirant comme quelqu'un de tout juste conscient.

— (...) Et c'est ce genre de positions qui, très précisément, font que les électeurs adoptent une attitude de défiance par rapport au politique et ne croient plus aux valeurs de la République! lance une femme blonde, parfaitement bien habillée d'un pull clair fait d'une matière manifestement terriblement douce et chère.

— Absolument pas. J'ai été à la rencontre des Français et vous n'imaginez pas le nombre de travailleurs, de jeunes et même de chômeurs qui ont tout simplement besoin d'espoir. C'est ce qu'ils me disent et je les entends! répond un homme en costume.

Soudain, un homme plus jeune, brun, souriant, habillé plus relax, plus casual, arrive sous les applaudissements et commence un billet humoristique à l'intention de l'homme en costume :

— Alors, moi j'ai lu votre livre, oui, c'est moi votre lecteur, vous pouvez me dire merci (le jeune homme brun marque un temps, c'est un signe à l'adresse du public lui signalant qu'il doit rire, et le public embraye en riant docilement). Et bon, j'ai pas tout compris, par exemple, à un moment, vous nous parlez de l'erreur qu'aura été le passage aux trente-cinq heures qui ont rendu, je vous cite, « la France molle ». Alors moi, je sais pas... Mais faudrait peut-être plutôt demander conseil à Rocco Siffredi (rires et applaudissements)...

Je sentais une tristesse tentaculaire s'enrouler autour de mon diaphragme, étendant son ombre maladive à tous mes intérieurs. À mi-voix, une phrase de Jean-Jacques Rousseau m'était revenue et je l'avais murmurée pour moi-même : *Les peines du temps présent seraient bien peu de chose, si elles ne nous rappelaient pas le souvenir des plaisirs du temps passé. Nous ne nous plaignons de ce qui est, que parce que nous regrettons ce qui n'est plus.*

Cette phrase qui me revenait était le symptôme évident que je glissais lentement sur la pente du désespoir. Ce que je mettais en place depuis que j'étais arrivé ici, cette stratégie fragile et incertaine progressait à un rythme qui me paraissait soudain insupportablement lent.

Désœuvré, j'avais été dans la chambre de ma cousine Aurore. Je l'avais trouvée voûtée sur son iPhone, dans une position qui aurait pu être celle d'une prière un peu pénible, la luminescence bleutée de l'écran donnait à la texture de son gros visage l'apparence de celle d'un de ces mollusques vivant dans des abysses obscurs et silencieux. Les sourcils froncés, les pouces tapotant vivement l'écran tactile, elle était absorbée par les enjeux minuscules des intrigues se nouant sur Snapchat ou Messenger. Je lui avais dit :

— Ça va ?

Elle avait brièvement levé la tête et m'avait dit :

— Ça va.

J'avais senti que je la dérangeais. Alors, comme je faisais mine de partir, elle me regarda :

— Un jour, tu m'apprendras à tuer ?

Je lui avais souri. Une bouffée de tendresse et de pitié m'avait envahi. En d'autres temps, en d'autres lieux, elle aurait pu devenir quelqu'un de formidable, ça se sentait, elle le savait, je le savais. Elle aurait pu mener des armées, régner sur des empires, fomenter des émeutes, punir des traîtres, récompenser des sacrifices. Mais de là où elle était, avec ce que cette vie molle et désespérante avait fait d'elle, elle ne mènerait jamais rien d'autre qu'un ou deux enfants pâles et laids et elle ne régnerait jamais que sur un peu d'électroménager. C'était incroyablement tragique.

— Oui, je lui avais dit, je t'apprendrai.

Quand je lui avais dit ça, j'avais vu passer un peu d'espoir dans son regard. Pour elle, finalement, tout n'était peut-être pas perdu.

Depuis le rez-de-chaussée, se mêlant à la bouillie sonore du talk-show que regardait mon oncle, me parvenait la voix de ma tante dont les intonations froides et sèches m'évoquaient le bruit de l'acier que l'on racle.

— (…) alors j'ai été voir dans cette boutique, s'ils avaient encore ma taille. Et la vendeuse ne vérifie même pas ! Alors moi, je lui dis gentiment : « Vous ne voulez quand même pas vérifier ? » Et elle dit : « Madame, je connais mon stock. » Alors moi, je lui ai dit : « Eh bien, bravo l'esprit commerçant ! » Et du coup, je suis partie. Franchement ! Et puis on s'étonne que le commerce n'aille pas bien ! Mais qu'ils fassent un effort ! »

J'avais été dans la chambre de mon cousin. Il était comme toujours assis, cou tendu vers l'avant, les yeux absorbés par l'écran de son PC. Il regardait un film d'action. Un truc de super-héros. Ça explosait d'un peu partout, ça bougeait vite. L'image était mauvaise et granuleuse et le son saturait dans les aigus.

— C'est un *screener*, dit mon cousin.

— Je ne sais pas ce que c'est, j'avais dit.

— C'est quelqu'un qui a été au cinéma et qui a filmé le film avec son téléphone. Au début, ça fait bizarre, mais après on s'habitue.

En quittant la chambre, je m'étais demandé si moi aussi, comme un spectateur ahuri devant l'image d'un *screener*, je m'habituerais à cette maison et à cette vie dégradée. Pendant un moment, j'eus envie de pleurer et puis je me repris. Je m'étais souvenu que je n'aurais pas à le faire. Prenant une profonde inspiration, j'avais ravalé une partie de ma douleur.

C'est à ce moment-là que j'avais décidé d'aller fouiller la chambre de mon oncle et de ma tante.

Cette chambre se trouvait au bout du couloir, juste après la salle de bain. Jusqu'à ce soir, je ne m'étais jamais demandé à quoi elle pouvait ressembler, et puis, à cet instant, il avait fallu que je sache. Sans doute avais-je l'intuition que ça me permettrait d'achever ma cartographie de ce que j'allais être amené à détruire.

Quand j'avais poussé la porte, j'avais été surpris par la tiédeur de l'endroit. Si la maison était en permanence un peu trop chauffée (chauffage par le sol, mon oncle en était très fier), la température de la chambre était franchement tropicale. Une chaleur malsaine qui m'évoquait un peu celle de l'Afrique. À la manière d'un pelage, une épaisse moquette grise recouvrait le sol et absorbait les bruits. Dans la pénombre des volets fermés, à la faveur de la luminescence des radios-réveils, je devinais la masse inerte et imposante d'un lit occupant une bonne partie de l'espace. Contre le mur du fond, deux portes coulissantes donnaient l'une sur une petite salle de bain et l'autre sur un dressing. J'avais été voir la salle de bain : une cabine de douche high-tech, deux lavabos d'une blancheur agressive. Sur des étagères à la propreté clinique, une quantité de crèmes et d'huiles conditionnées dans des pots et des flacons d'une arrogance sans limite attendaient servilement les mains de ma tante.

Dans le dressing où planait le parfum chimique de l'adoucissant, éclairés depuis le plafond par la lumière froide d'une rangée de LED alignés les uns à côté des autres comme des pendus victimes d'une punition collective, il y avait les costumes de mon oncle et les robes, tailleurs, cachemires et chemisiers de ma tante qui m'apparurent comme tous les uniformes des kapos de cet univers de cauchemar.

Je fouillai les tiroirs des tables de nuit. Du côté de mon oncle, je trouvai un roman policier en format poche, il avait l'air d'un livre jamais ouvert. Il y avait également, dans une petite boîte capitonnée, une grosse montre Breitling Superocean et quelques numéros de la revue *Yachting* (à ma connaissance, il ne possédait aucun bateau).

Une surprise m'attendait du côté de ma tante. Là, à côté d'un livre de Guillaume Musso (lui non plus, jamais ouvert), entre un numéro du magazine *Côté Sud* et d'un *Elle Déco*, il y avait, oblong et rosâtre, ressemblant à un animal endormi, un vibromasseur de bonne taille. Je le pris et, intrigué, je le palpai.

C'était étrange, pendant une seconde j'avais eu l'impression que son contact aurait pu me révéler les sombres secrets du corps de ma tante. Le silicone était souple, soyeux, presque tiède et dégageait une odeur qui était sans aucun doute celle du luxe. À la base de l'objet, un renflement faisait office d'interrupteur. Quand je le pressai, je déclenchai un mouvement à l'élégance hypnotique évoquant la danse lascive d'une créature bel et bien vivante.

— Qu'est-ce que tu fais là ?

La voix de ma tante avait claqué sèchement. Je l'avais regardée, elle avait la pâleur caractéristique de l'humiliation. Sa voix vibrait de rage.

— Qu'est-ce que tu fais là ? avait-elle répété.

J'avais posé sur elle un regard chargé de toute la douceur dont j'étais capable. Dans ma main, le silicone continuait ses contorsions suggestives. Je l'éteignis, il se figea. Je le remis à sa place, dans la loge obscure du tiroir. Je me levai et m'approchai de ma tante.

— Ne lui dis rien... dis-je. S'il te plaît. Ne lui dis rien. Il sera furieux...

— Tu n'as pas à fouiller comme ça! Ni à toucher à... à mes affaires!

Je me penchai sur elle. Derrière la mince paroi des os de son crâne, je pouvais sans difficultés imaginer fonctionner les mécanismes cérébraux: des pensées très simples plongeant leurs racines courtes dans la terre complètement stérile d'une imagination desséchée et d'une connaissance du monde qu'elle ne tenait que de quelques discussions avec des copines de l'aquagym, de la lecture en diagonale d'un article du *Elle* intitulé « Briser la routine: nos pistes, nos conseils, cinq femmes témoignent » et de quelques statuts Facebook.

— Tu es si belle... lui avais-je murmuré à l'oreille. Tu as tant de choses en toi, tu as tant de choses à découvrir sur toi-même. Depuis des semaines je te regarde et je les vois, cette lumière intérieure, ces trésors enfouis. Et je vois bien qu'ici personne ne s'y intéresse... Personne...

— Arrête! tenta-t-elle de dire en reculant d'un pas vers la porte.

— Tu n'as qu'une vie et tu dois simplement savoir en prendre les commandes.

Elle arrêta son geste. Elle me regardait droit dans les yeux, un regard de rongeur pris dans la lumière des phares, un regard dans lequel se mêlait de l'épouvante et de la fascination. Je continuai:

— Ta vie t'appartient. Tu es la liberté. Il y a en toi cette superbe femme sauvage des temps anciens, cette personnalité légendaire... Tu dois juste l'accepter... De là où je viens, on m'a appris à voir ce genre de choses. Tu ne peux pas continuer à jouer ce rôle qui n'est pas le tien. Tu dois te redécouvrir toi-même, tu dois lâcher prise. Je suis certain que tu le sais, que tu l'as déjà senti, que tu as déjà entendu cet appel qui résonnait au fond de toi, pareil à l'écho d'un monde inexploré... Je suis persuadé, je le vois dans ces ombres qui passent dans ton regard, que tu te sens souvent comme étrangère à toi-même. Tu sens que la vie ne t'a pas offert tout ce qu'elle avait à t'offrir et parfois, comme un éclair qui jaillit en toi, tu ressens une sensation d'étrangeté, parfois tu es saisie par l'impression d'être extérieure à ton environnement et tu te demandes alors qui tu es, ce qui te rend semblable à toi-même, ce qui te rend différente des autres. Eh bien, je vais te le dire, toi et moi nous sommes pareils, nous sommes comme deux aigles noirs, nous sommes faits pour la liberté, nous haïssons les limites et nous sommes rivés au sol par le poids de nos responsabilités imaginaires, par l'image que nous renvoient les autres, par la peur du changement. Alors que nous sommes le changement, tu le sais, ça fait longtemps que tu l'as compris, rien n'est éternel. Les choses n'ont que l'importance que tu leur donnes et si nous le décidions, nous pourrions devenir de simples citoyens du présent...

Ma tante fondait littéralement sous ce torrent de paroles remplies de clichés et de mensonges. Lui faire croire qu'elle était quelqu'un d'unique était la chose la plus simple qui soit : c'était exactement l'histoire que tous les professionnels du marketing lui racontaient depuis la plus haute antiquité de sa vie. Toutes les minuscules forces de son esprit étaient programmées pour y croire et même si, tout au fond d'elle, subsistait peut-être la microscopique intuition d'être profondément inutile, cette intuition était si insupportable qu'elle était prête à croire à n'importe quel discours lui disant le contraire. Je me sentais vaguement coupable, évidemment, mais je me disais que mes mensonges valaient bien tous ceux auxquels elle s'agrippait depuis toujours : quand elle était une petite fille et qu'on lui avait affirmé que le bonheur c'était une maison, un chien, des enfants et un mari qui bat la mesure et quand elle s'était mariée avec un homme dont l'ambition et l'autorité cristallisaient à ses yeux la plupart des caractéristiques du mâle dominant tel que défini par le libéralisme économique. Puis quand elle avait accouché de Frédéric et d'Aurore et qu'on lui avait dit : « Ils sont si beaux, tu verras, les enfants c'est le bonheur. » Et quand elle dépensait deux cent quatre-vingts euros pour une crème antiride à l'ADN de caviar et à la poudre de nacre parce qu'elle « le valait bien », et quand elle partait faire un « stage de jeûne » en Provence et quand elle déballait le scénario chétif de sa vie à son psychanalyste et quand elle recueillait une poignée de likes pour une photo de profil la représentant posant sur une plage des Seychelles. Elle se voyait au centre de chaque chose, soleil d'un univers étroit mais d'un univers malgré tout, point focal du monde et de ses soubresauts. Ces mensonges s'étaient accumulés dans les canalisations de sa conscience à la manière d'une boue immonde, et aujourd'hui plus rien n'était susceptible de rentrer ou de sortir et tout ça stagnait dans la puanteur caractéristique de la putréfaction. Je continuais à lui parler sans m'arrêter, la noyant sous un discours sans queue ni tête :

— Je ne voulais pas te blesser. Excuse-moi. La vie peut être si grande si on s'accepte tel que l'on est. Il y a une telle force en toi, un tel éclat, un feu brûlant. Donne-toi la chance de te révéler à toi-même. Peu importe les conséquences. Qu'est-ce qui t'en empêche, hein ?

Je posai ma main sur son bras.

— Arrête, dit-elle pour la forme.

— C'est toi qui écris tes propres règles. Et peut-être que je pourrais être à côté de toi. Peut-être que je pourrais être *avec* toi, peut-être qu'on a des choses à vivre, des choses fortes et secrètes...

— Tu es fou...

Ma main remonta jusqu'à sa joue que je caressais avec déférence, comme s'il s'agissait d'une relique incroyablement précieuse. Elle ferma les yeux et mit sa main sur la mienne.

— Arrête, dit-elle encore.

— C'est vraiment ce que tu veux ? Tu veux que j'arrête ? C'est ce que tu choisis ?

Des rafales émotionnelles balayaient son visage dans tous les sens. À la manière d'un hamster dans un labyrinthe, son minuscule esprit envisageait fiévreusement toutes les possibilités s'offrant à lui sans parvenir à décider d'une direction à suivre.

Puis elle me regarda.

— Il ne devra jamais l'apprendre ! dit-elle avec gravité. Et, pour appuyer ce qu'elle venait de dire, elle répéta : « Jamais ! »

Je répondis sur le même ton définitif de serment que l'on scelle :

— Il ne le saura jamais.

À ce moment-là, venu de l'étage du dessous, on entendit que l'on sonnait à la porte de la maison.

Elle sursauta.

Le « ding » et le « dong » électriques l'arrachèrent à mon hypnose. Elle ôta vivement sa main qu'elle avait posée sur la mienne.

Nous étions un lundi soir, il était vingt heures, ce ne pouvait être ni un livreur, ni un coursier, personne n'avait commandé de pizza ou de sushis. Personne n'était invité, personne n'était attendu et, de toute façon, personne ne passait jamais à l'improviste. Ce coup de sonnette, un lundi soir à vingt heures, n'avait absolument aucune raison d'être.

Ma tante avait déjà fait quelques pas en arrière, elle avait passé le seuil de la chambre et se trouvait dans le couloir et la voix de mon oncle résonnait, agacée, graisseuse, dans la cage d'escalier :

— Charles ! C'est quelqu'un pour toi !

Ma tante disparut dans la salle de bain, sans doute pour mettre de l'ordre dans son âme si peu habituée aux tourments ; je descendis à la rencontre du mystérieux visiteur.

Je croisai mon oncle qui m'indiqua la porte d'entrée laissée entrouverte avant de retourner à son talk-show. Là, dans l'encadrement de chêne et d'aluminium, affichant l'air blême d'une Marie face à la crucifixion, madame Carpentier m'attendait en grelottant dans l'obscurité glacée de la nuit. Immédiatement je compris qu'il y avait potentiellement un problème et que je devais à tout prix éviter de l'inviter à entrer.

— Bonjour, dis-je de la manière la plus neutre possible.

— Je te dérange ? Je suis désolée. J'aurais dû prévenir. Je n'ai pas réfléchi. Je n'aurais pas dû venir.

— Non. Ne vous inquiétez pas. Ça me fait plaisir. Tout va bien ?

— C'est tout ce que tu as à me dire ? me demanda-t-elle.

— Écoutez... Oui... C'est tout.

Il y eut un silence pendant lequel elle me regarda avec détresse, puis elle se reprit et dit brusquement :

— Je suis une idiote ! Je me déteste.

Elle tourna brusquement les talons et s'éloigna. Arrivée à mi-distance de la grande grille en fer forgé du portail, elle trébucha, manqua de tomber, retrouva de justesse son équilibre. Elle se retourna, son regard croisa le mien, elle reprit son chemin en boitant un peu, elle devait s'être fait mal.

## 34.

L'effrayante visite de madame Carpentier avait été le signal : il y avait urgence, il allait falloir que j'accélère, il allait falloir que je me dirige sans tarder vers la conclusion. Tout devait être réglé avant que quelque chose d'inattendu, un accident, un imprévu, la rancœur d'un professeur de français ne vienne tout foutre en l'air.

Mon travail avec madame Carpentier avait été plus efficace que je ne l'avais cru, mon passage chez elle avait activé dans son esprit une petite mécanique entropique et toutes les pièces qui la protégeaient tant bien que mal du désespoir étaient en train de tomber, les unes après les autres, comme des dominos.

Sa fragilité était une menace.

Depuis mon arrivée ici, dans cette maison maudite, dans ce pays maudit, j'avais commencé à mettre en place tous les éléments d'un plan incertain et fragile. Il m'aurait sans doute fallu plus de temps pour être certain que tout fonctionne, mais je ne pouvais plus attendre. J'allais devoir apporter les derniers éléments le plus rapidement possible.

J'allais devoir faire ça dès ce soir.

J'étais monté dans ma chambre. J'avais trouvé Frédéric assis devant son ordinateur, voûté, muet, concentré. Quand il m'avait vu, il m'avait fait un signe de tête m'invitant à m'approcher.

— Regarde ça, il m'avait dit.

Sur l'écran, passait un film qui semblait avoir été tourné dans une sorte d'arène en plein air. Au centre de cette arène, dans une cage en fer, un homme habillé en tenue orange se tenait debout. C'était vraiment bien filmé. La qualité de l'image était impeccable, il y avait un bel effort dans le choix des plans et du montage. Sous un ciel d'un bleu métallique, quatre silhouettes masquées, torche à la main, semblaient attendre un ordre. Portant un lourd jerricane, vint une cinquième silhouette. Cette silhouette versa le contenu du jerricane sur l'homme enfermé dans la cage. L'homme semblait abattu, il acceptait son destin avec un flegme tragique. Le réalisateur avait fait quelques plans de coupe : les torches, les visages masqués des silhouettes, le bleu du ciel, l'homme résigné dans sa cage de fer.

Puis, comme répondant à un signal, les silhouettes masquées jetèrent leurs torches vers la cage mettant aussitôt le feu au combustible. L'homme prit feu, son flegme se transforma en panique, il se jeta en vain contre les barreaux de sa cage, il mit ses mains en feu contre son visage en feu, une fumée opaque s'éleva droit dans le ciel de quartz. L'homme finit par tomber au sol.

C'était affreux, c'était déchirant. Je m'étais souvenu de Gérard de Nerval :

> *L'été, l'oiseau cherche l'oiselle ;*
> *Il aime – et n'aime qu'une fois !*
> *Qu'il est doux, paisible et fidèle,*
> *Le nid de l'oiseau – dans les bois !*
> *Puis quand vient l'automne brumeuse,*
> *Il se tait… avant les temps froids.*
> *Hélas ! qu'elle doit être heureuse*
> *La mort de l'oiseau – dans les bois !*

— C'est les gars de Daech, dit mon cousin, ils postent des trucs de fous ! Il y a un film où ils écrasent un type avec un char, après il n'en reste qu'une traînée sur le bitume. Y a un autre film où ils noient des gens dans une piscine. C'est filmé sous l'eau avec une GoPro !

— Pourquoi tu regardes ça ?

Frédéric avait haussé les épaules.

— Je sais pas. Je trouve ça intéressant. On voit ce qu'il se passe vraiment !

Je l'avais laissé à ses cauchemars en me disant que toute cette brutalité dont il se nourrissait avec indifférence devait être la cause ou la conséquence de son statut de paumé. En fait, je m'en foutais de comprendre ce qui lui plaisait dans ces horreurs, je ne voulais rien savoir de l'épouvantable petit monde de son imaginaire.

J'avais été chercher le sac de toile dans lequel je cachais toutes les armes que Septembre m'avait données la veille de mon départ : ces éclats de bois, ces pincées de terre, ces cailloux et ces brindilles sur lesquels, comme le lui avait appris le vieux sorcier, elle s'était livrée à toutes sortes d'envoûtements.

Jusqu'ici, ils m'avaient peut-être protégé. C'était peut-être leur mystérieuse puissance qui m'avait permis de connaître de si grands et de si rapides succès avec madame Carpentier, madame Saddiki et Murielle, ma tante. Ou bien ces succès étaient-ils simplement le fait de ma détermination ? Il était impossible de le savoir. Mais ce que je savais, c'était que ces fétiches, dans certaines circonstances et entre certaines mains, étaient capables de bien des choses. Les événements dont Septembre avait été témoin des années plus tôt, cette folie qui avait conduit ce colonel à se tirer une rafale en plein visage, en étaient la preuve.

Je les avais rangés dans leur sac de toile et, le serrant dans ma main droite, j'avais été dans la chambre de ma cousine.

Je l'avais trouvée comme à chaque fois : baignant dans la lumière interlope de l'abat-jour amarante de son plafonnier, entourée de ses bibelots, assise en tailleur sur son lit, se mordillant l'intérieur de la joue et penchée sur l'écran de son smartphone.

— Qu'est-ce que tu veux ? elle m'avait demandé.

Je lui avais montré le sac en toile.

— Un jour, tu m'as demandé si j'étais d'accord pour t'apprendre à tuer.

Une lueur grise s'alluma dans son regard.

— Je me souviens.

— Si tu savais tuer, tu tuerais qui ?

— Je tuerais mon père. Je tuerais peut-être ma mère aussi, mais je tuerais mon père. Ça c'est certain.

— Pourquoi ?

— J'ai déjà bien réfléchi… Le monde se porterait mieux avec un connard en moins. Si tu savais toutes les merdes qu'il fait… Toutes ces magouilles… Tout le monde le déteste, mais il tient tout le monde, il a des dossiers sur tout le monde. Il a placé des gens partout, dans tous les comités de direction, dans tous les conseils d'administration, ceux des hôpitaux, ceux des transports, ceux de la gestion des déchets… Tout le monde touche un peu, tout le monde en profite et lui, de son petit bureau, il dirige tout. Ce mec, c'est une vraie saloperie : il s'en fout des gens, il bouffe comme un porc, il baise des putes en leur crachant à la gueule, il ne comprend que le fric et le pouvoir. Ce genre de type, c'est un pur parasite, c'est un cancer, tu vois ?

— Ouais, mais y en a plein comme lui.

— Évidemment, je sais, je suis pas débile ! Mais un connard qui disparaît, c'est déjà ça, non ? C'est comme un service que tu rends au monde, c'est comme enlever un peu de pourri sur un bout de fromage où y a encore du bon. En tout cas, moi, ça me donnerait l'impression d'avoir été utile. Pour une fois.

— Je comprends.

— Je sais pas si tu comprends vraiment. Si tu te rends compte à quel point c'est un pourri. Par exemple, juste avant que t'arrives ici, il a commencé par flipper grave avec des histoires d'héritage, il avait peur de devoir te donner de l'argent. Il a foncé chez son crétin de notaire pour tout verrouiller et quand il a été certain que tout était verrouillé, il a bien réfléchi à l'avantage que tu représentais pour son image. Ton arrivée ici, pour lui, c'est l'occasion de se donner un visage humain : « Il accueille son neveu orphelin... » Il te voit comme quelques points de pourcentage de plus aux élections.

J'avais hoché la tête, je savais qu'elle avait raison, je le savais depuis le premier jour.

— Tiens, avec ça tu pourras sans doute le tuer, j'avais dit en lui tendant mon sac.

Elle m'avait regardé d'un air méfiant, elle avait regardé mon sac, elle l'avait pris, elle avait jeté un coup d'œil à l'intérieur, elle en avait sorti un morceau de bois sombre où les mains du sorcier avaient grossièrement sculpté l'image d'un visage : deux traits pour les yeux, un pour le nez, un pour la bouche.

— Qu'est-ce que tu veux que je fasse avec ça ? elle m'avait demandé à deux doigts de la colère.

— C'est facile : tu les prends contre toi et tu leur chuchotes ce que tu veux.

— C'est n'importe quoi!

— Tu ne verras peut-être pas de résultats tout de suite, il faut un peu de temps. Si tu craches dessus, ça peut aider.

— Cracher?

— Oui.

— Pourquoi?

— Je ne sais pas.

— Tu te fous de moi!

— Non.

— Et pourquoi tu me les donnerais?

— Je m'en suis déjà servi, j'en aurai plus besoin. Et aussi...

J'avais hésité.

— Quoi?

— Parce que je t'aime bien. À l'intérieur de toi, il y a des choses que j'aime bien. Je crois que t'es quelqu'un qui pourrait faire quelque chose de sa vie.

Elle s'était gratté pensivement la croûte d'un bouton qu'elle avait sur le coin de la bouche.

— Bon... Je vais essayer.

— Commence ce soir, je lui avais dit en quittant sa chambre.

## 35

Le lendemain, nous avions eu un cours de gymnastique aussi pénible et interminable qu'une poussée de malaria. Dans l'odeur de mycose de la salle de sport, les garçons de la classe avaient été divisés en deux équipes, le professeur en training sale nous avait donné un ballon et nous avait ordonné de jouer au volley. Le ballon était mal gonflé, le filet mal tendu et les garçons complètement démotivés. Nous avions joué sans y croire pendant que des flocons de neige fondante glissaient sur les fenêtres, y laissant des traînées humides, comme l'auraient fait des escargots.

Après ça, nous devions avoir cours avec madame Carpentier. Lorsque nous étions arrivés, petit troupeau puant la transpiration et le vieux linge, nous avions instantanément compris que quelque chose n'allait pas : monsieur Dedecker nous attendait devant la classe, son teint rose d'amateur de salade de viande avait laissé place à un teint gris asphalte, une ride soucieuse lui barrait le front à la manière d'un horizon chargé de mauvais temps.

— Madame Carpentier n'est… euuh… pas bien. Elle sera absente quelque temps. Nous devrons sans doute la remplacer. En attendant, vous devez aller à l'étude.

Il y avait eu des « wéééé », il y avait eu des « cooool », la plupart des élèves avaient l'air contents, certains avaient l'air de s'en foutre, certains n'avaient même pas compris et s'étaient contentés de suivre le mouvement.

De mon côté, ça m'avait terrorisé. J'avais besoin de madame Carpentier. J'avais réfléchi pendant que nous nous dirigions vers la salle d'étude, une des salles les plus sinistres de toute l'école avec ses ordinateurs en panne et ses affiches nous encourageant à étudier la comptabilité *(révèle ton talent, deviens comptable)* ou « l'administration en base de données » *(ton avenir au cœur de l'entreprise)*. Puis, comme monsieur Dedecker nous avait fait rentrer en nous donnant pour consigne d'être « calmes », je m'étais approché de lui.

— Madame Carpentier, qu'est-ce qu'elle a? Je veux dire: c'est grave?

Monsieur Dedecker avait pincé ses vieilles lèvres, on aurait dit deux tranches de saucisson de jambon. L'espace d'un instant, je m'étais demandé à quand remontait son dernier baiser, s'il lui était arrivé d'aimer, s'il était arrivé qu'on l'aime, qu'on l'aime à devenir fou, qu'il manque à quelqu'un, que quelqu'un lui manque, que ça l'empêche de s'endormir et qu'une fois endormi ça le réveille en pleine nuit, le cœur battant, qu'il gratte le linge à la recherche de l'odeur tant aimée, qu'il la trouve cette odeur, au creux d'une chemise, sur une taie d'oreiller, que ça lui remonte dans la tête comme un coup de feu, qu'il pleure d'amour, qu'il pleure de désespoir, qu'il pleure d'espoir, qu'il coure sous la pluie, sur des kilomètres, jusqu'à se faire exploser le cœur, juste pour la revoir, qu'il soit prêt à tout donner, ses yeux, son honneur, ses vertèbres, juste pour pouvoir la toucher encore une fois, une seule minute.

— Je ne peux rien dire. C'est privé, tu comprends.
— Mais j'ai *besoin* de madame Carpentier!

Il avait hoché la tête, comme le premier jour, il avait pris cet air de pédagogue compatissant et, comme le premier jour, il m'avait encore donné envie de lui défoncer le crâne avec le clavier de son PC. Je m'étais dit que finalement ça devait faire bien longtemps qu'on ne l'avait plus aimé. Qu'il devait être marié depuis des siècles à une femme qui ne supportait plus son corps mou, ni son odeur d'encre, ni son haleine de potage.

— Je sais que le français est une matière que tu aimes beaucoup. Mais ne t'inquiète pas, nous trouverons quelqu'un de très bien pour la remplacer... Je veux dire, pour la remplacer le temps qu'il faudra.

J'avais compris que je n'en tirerais rien, ce type avait le cerveau complètement obstrué par des tonnes de vieux principes idiots. Il était aussi buté que l'infect

Ernest Pinard, dit le « petit Pinard », ce procureur à « l'éloquence de vinaigrier » qui avait fait condamner Baudelaire pour ses *Fleurs du mal* et qui en avait fait retirer six poèmes dont *Les Bijoux* :

> *Les yeux fixés sur moi comme un tigre dompté,*
> *D'un air vague et rêveur elle essayait des poses,*
> *Et la candeur unie à la lubricité*
> *Donnait un charme neuf à ses métamorphoses ;*
> *Et son bras et sa jambe, et sa cuisse et ses reins,*
> *Polis comme de l'huile, onduleux comme un*
>    *cygne,*
> *Passaient devant mes yeux clairvoyants et se*
>    *reins ;*
> *Et son ventre et ses seins, ces grappes de ma*
>    *vigne,*
> *S'avançaient, plus câlins que les Anges du mal,*
> *Pour troubler le repos où mon âme était mise,*
> *Et pour la déranger du rocher de cristal*
> *Où, calme et solitaire, elle s'était assise.*

J'avais été m'asseoir à côté de Jessica. J'avais l'impression que tout était perdu. Je tremblais, j'étais à deux doigts de pleurer devant le désastre qui s'annonçait. Les vers de Charles Cros résonnaient en moi comme un glas sinistre :

> *Un immense désespoir*
> *Noir*

*M'atteint
Désormais, je ne pourrais
M'égayer au rose et frais
Matin.
Et je tombe dans un trou
Fou.
Pourquoi
Tout ce que j'ai fait d'efforts
Dans l'Idéal m'a mis hors
La Loi ?*

À côté de moi, Jessica me demanda :
— Ça va ? Tu veux parler ? Parfois, c'est bon de parler, tu sais.

Soudain, en entendant la question que la jeune fille m'avait posée avec sa voix rauque de fumeuse de récréation, mon désespoir et mes larmes s'étaient envolés.

« C'est bon de parler », c'était exactement le genre de connerie qu'aurait pu dire madame Saddiki.

Madame Saddiki, elle, j'en étais certain, pourrait m'aider !

# 36.

Je m'étais levé d'un seul coup, Jessica m'avait demandé où j'allais :

— J'ai besoin de parler à quelqu'un ! j'avais dit avant de quitter la salle d'étude.

Nous étions en pleine heure de cours, les couloirs de l'école étaient vides, seuls résonnaient quelques éclats de voix venus de l'intérieur des classes.

La porte du bureau de madame Saddiki était fermée, j'avais frappé un coup bref suivi d'un autre, plus fort, avec le poing. Cette psy n'était pas là quand on avait besoin d'elle.

Elle ne pouvait pas être loin, c'était la journée, c'était la semaine, elle avait un horaire à plein temps. J'avais essayé de me calmer pour réfléchir et je m'étais dit qu'elle ne pouvait être que dans un seul autre endroit.

Porté par la rage, par un mélange bizarre d'espoir et de désespoir, par l'ivresse de n'avoir plus rien à perdre, je m'étais dirigé vers cet endroit où jamais un élève sain d'esprit ne se rend de son plein gré, ce repoussoir ultime : la salle des professeurs.

Je m'étais retrouvé au rez-de-chaussée, à quelques mètres du bureau capitonné de monsieur Dedecker, devant la porte en bois massif de la salle des professeurs. Cette porte était une frontière aussi infranchissable pour un élève que l'entrée d'un temple maudit pour un profane. À peine poussée, des effluves de percolateur, d'eau de toilette de supermarché, de lessive au parfum de lavande artificiel m'avaient sauté au visage. J'y reconnus mon prof de maths, mon prof de gym et toute la petite faune épuisée par les élèves démotivés, les règlements contradictoires, les horaires hachés, les programmes absurdes et un salaire suffisant à peine à la survie.

Au fond, à côté d'une série de casiers portant, sur des étiquettes, les noms des professeurs, assise devant une longue table en plastique gris clair, parlant à un prof que je ne connaissais pas, il y avait madame Saddiki. Le type à qui elle parlait était un grand type brun d'une trentaine d'années qui affectait le look parfait du prof de lettres persuadé de « magnétiser » ses élèves : des lunettes à fine monture, un veston brun en velours côtelé avec des pièces aux coudes, un cartable en cuir patiné. J'étais certain qu'il passait chaque matin de longs moments à réfléchir aux vêtements qu'il allait porter, avec dans la tête les modèles des héros qu'il adorait : Bernard-Henri Lévy (jeune), Alain Finkielkraut (jeune), Didier van Cauwelaert (jeune) et que, le soir, au moment de s'endormir, il se branlait en fantasmant sur une aventure avec une étudiante, un scénario toujours identique dans lequel la jeune fille fascinée par l'éclat de son esprit le supplierait de bien vouloir lire les quelques lignes d'une nouvelle qu'elle aurait écrite dans un cahier d'écolière. Malheureusement pour lui, je l'entendis en m'approchant, il avait une voix légèrement aiguë, comme quelqu'un qui a un sérieux problème hormonal. Sans qu'il ne l'ait jamais compris, ça devait être pour cette raison que ses efforts de drague minables avaient toujours été vains.

Par contre, madame Saddiki avait l'air de le trouver à son goût : au moment où je m'approchais, il terminait une phrase et elle riait d'un rire dont les nuances traduisaient la disponibilité sexuelle. Il disait :

— … Et il n'a rien répondu. Alors je lui ai dit : « Vous avez encore perdu votre langue… Ne cherchez pas dans votre poche, d'habitude elle ne s'y trouve jamais… »

— Ha ha ha ha ha !

Cette petite parade nuptiale avait pris fin quand ils m'avaient vu. Le prof à la voix aiguë m'avait fusillé du regard, sans doute avais-je interrompu une approche qui lui avait pris des mois.

Quand elle me vit, madame Saddiki eut un léger froncement de sourcils. La fin de notre dernier rendez-vous devait lui avoir laissé un souvenir bizarre où l'inquiétude se mêlait à l'excitation.

— Charles, qu'est-ce que tu fais là ?
— Je dois… j'ai besoin de vous parler…

— Oui... euuuh... bien entendu, dit-elle en faisant mine de prendre un agenda dans son sac, j'ajoutai :

— Je voudrais vous parler maintenant.

— Écoute, là j'ai des choses à terminer et...

Je la coupai :

—Vous m'aviez dit que je pouvais vous parler n'importe quand !

— Oui, mais...

— C'est ce que vous aviez dit !

C'était à sa crédibilité professionnelle que je faisais appel ici. Avec le prof de lettres en velours côtelé comme témoin, elle devait montrer à quel point l'exercice de la psychologie était une vocation. Elle avait hoché la tête.

— Bon, viens dans mon bureau... On sera plus à l'aise.

Je l'avais suivie. Elle marchait devant moi. Un pas court et rapide, comme certains oiseaux aquatiques lorsqu'ils cherchent de la nourriture dans des eaux peu profondes, elle semblait parfaitement indifférente au chuintement caoutchouteux que ses baskets fashion faisaient sur le carrelage humide du couloir. Autour de son cou, son collier de perles en bois se balançait de gauche à droite comme un pendule.

Elle me fit rentrer dans son bureau minuscule, elle s'installa en évacuant un minuscule soupir, elle orna son visage de son insupportable sourire de professionnelle de la « santé mentale » et plongea ses yeux dans les miens.

— Je t'écoute.

Je fermai les yeux un instant, il fallait que je reste concentré sur mon objectif. Je les rouvris, je pris une brève inspiration et je commençai :

— Je voudrais savoir ce qu'il s'est passé avec madame Carpentier.

— Écoute... je ne peux rien te...

Je l'interrompis :

— Je sais, « rien me dire », le directeur m'a dit la même chose... Tout le monde me dira la même chose... Je croyais... je sais... je pensais que vous étiez... différente... alors...

— Dis-moi, qu'est-ce qu'il y a entre toi et madame Carpentier ?

— Rien... Enfin si : elle est importante pour moi. Quand je suis arrivé ici, au tout début, avant de vous rencontrer, elle a été la première à me faire sentir que... que peut-être j'avais ma place dans... dans ce monde. Elle a été la première à m'écouter... Elle a été la seule à me donner l'impression qu'elle était plus qu'un prof. Je veux dire qu'elle m'avait donné l'impression qu'elle était une amie. Avec elle... grâce à elle, je m'étais senti moins seul. Ça m'avait aidé à tenir.

— Oui... C'est quelqu'un de très bien... Une belle personne... dit madame Saddiki, sans doute un peu vexée de ne pas avoir été la première à « me faire sentir moins seul ».

J'avais continué mon histoire :

— Un soir, elle m'a invité chez elle.

— Ah oui?

— Oui... Personne ne m'avait jamais invité ici. De là où je viens, quand quelqu'un arrive quelque part, tout le monde veut l'inviter, on l'accueille... L'accueil, c'est ce qui me manque le plus... Est-ce que c'est grave? Dites-moi ça au moins!

Elle croisa les bras sur sa poitrine, elle sembla hésiter, puis se lança:

— Écoute, ce que je vais te dire doit rester absolument entre nous!

J'avais hoché la tête.

— Madame Carpentier a fait une tentative de suicide.

Un courant glacé comme la mort me traversa de part en part. Une tentative de suicide! C'était de ma faute. C'était évident que c'était de ma faute. Dans mon plan, j'avais complètement sous-estimé la fragilité de mon professeur de français. Pour arriver à mes fins, je devais être sans scrupules, mais là, ça avait été trop loin, c'était comme si je perdais le contrôle. L'esprit de madame Saddiki, aussi subtil qu'une charrue, prit mon trouble pour de la tristesse. En réponse, elle eut un air affligé alors que j'étais certain qu'elle n'en avait absolument rien à foutre.

— Elle devait donner cours ce matin en première heure. Elle a téléphoné à monsieur Dedecker dans un état vraiment bizarre, c'est ce qu'il m'a raconté, il sait que j'ai une bonne écoute... Elle lui a dit qu'elle était fatiguée, qu'elle était à bout, qu'elle avait commis des erreurs. Il s'est inquiété, il a été jusque chez elle, il a sonné et, comme personne ne répondait, il a appelé une ambulance. Ils ont forcé la porte et ils l'ont trouvée... Elle avait pris des médicaments. C'était vraiment tout juste, c'est ce qu'ils ont dit, une demi-heure plus tard, elle serait morte.

— Et maintenant, où est-elle ?

— À la clinique de la région. Henri... Monsieur Dedecker a téléphoné il y a une heure. Elle a repris connaissance, mais elle est aux soins intensifs. Ils vont la garder quelques jours.

— C'est terrible...

— Oui... Le burn-out, c'est malheureusement le revers de la médaille de notre société. Ça touche tout le monde : les chefs d'entreprise, les mères de famille et bien entendu les profs... Il y a cette image idéale qu'on nous impose, cette perfection qu'on nous demande d'atteindre tous les jours et...

J'interrompis son laïus débile qui semblait tout droit sorti d'un forum de discussion sur un site dédié au « mieux-être ».

— Comment je vais faire ? j'avais demandé dans un cri exagérément plaintif.

— Ça ira. Tu trouveras les ressources en toi-même...

Je continuai sur le même ton, chargeant ma voix vibrante d'une panique sombre, d'une urgence déchirante, d'une supplique absolument tragique.

— Non. Je n'ai plus de ressources, je n'ai plus rien. Ça fait des mois que je suis ici, j'ai fait tous les efforts que j'ai pu, je me suis vidé de toute mon énergie pour donner le change, pour m'adapter. Là, j'ai l'impression que je vais craquer, c'est comme si on m'avait poussé dans le vide et que j'étais en train de tomber, c'est exactement ça que je ressens : je tombe !

J'avais employé des mots simples, que son esprit pétri de clichés pouvait comprendre. Pour souligner à quel point mon psychisme était aux abois, je m'étais mis à pleurer. À pleurer à gros bouillons, à hoqueter comme un malheureux qui perd complètement les pédales. D'un geste ultra professionnel, comme si elle l'avait répété mille fois dans son fantasme d'être une psychologue « d'une grande sensibilité », elle sortit un mouchoir d'une petite boîte fleurie et me le tendit. Je m'y accrochai comme un naufragé s'accroche à un canot de sauvetage, j'y plongeai mon visage ruisselant comme si ce mouchoir avait été la promesse d'un monde meilleur et j'y mouchai une pleine casserole de morve écumante. Mais ça ne suffisait pas, je tremblais, je balbutiais :

— Mais vous… mais vous… vous m'aviez dit que… vous m'aviez dit que vous seriez toujours là… que… que je pouvais compter sur vous…

— Mais tu peux compter sur moi ! Je suis là… Je suis à l'écoute.

Je m'épongeai le visage du revers de la manche.

— Prenez-moi dans vos bras.

— Écoute... la dernière fois qu'on s'est vus, tu as dit des choses que je ne peux pas accepter... Je veux dire en tant que professionnelle...

Elle faisait référence à la fin de notre dernier entretien, quand je lui avais pris la main.

— J'avais demandé à être couché nu contre vous.

— Oui... euh... écoute... je crois que tu ne comprends pas bien...

— Au contraire, j'avais dit d'une voix caverneuse, je comprends très bien. Vous n'êtes rien d'autre qu'une professionnelle. Vous êtes comme tous les autres, absolument comme tous les autres... Pour vous, je suis juste un sujet.

J'avais mis le mouchoir dans ma poche, j'en avais pris un autre, je m'étais essuyé le visage.

— Ce n'est pas vrai !

— Dites-moi ce que je suis pour vous... ce que je suis vraiment pour vous.

— Tu es... quelqu'un qui a besoin d'aide.

— Non, je veux savoir ce que je suis *pour vous* !

— Je...

Elle baissa les yeux, hésitante. Je me levai. Elle me regarda, manifestement inquiète.

— Levez-vous...

Elle ne bougea pas. Je demandai encore, d'une voix plus douce :

— S'il vous plaît. Levez-vous. J'en ai vraiment besoin.

Elle restait obstinément assise. Elle me regardait à peine. Ses bras étaient croisés sur sa poitrine.

— Arrête ça ou alors je vais te demander de sortir, dit-elle.

Je ne bougeai pas. J'étais toujours debout.

— Edith Jacobson, dis-je.

Elle leva vers moi un regard interrogatif. Ce nom semblait évoquer quelque chose au fin fond de sa mémoire.

— Quoi, Edith Jacobson ?

— Vous la connaissez certainement, c'est une des fondatrices de la psychanalyse. Elle a défriché tout le terrain théorique autour du sujet de la dépression… Vous voyez ?

— Euh oui… mais…

Ça se voyait que ça ne lui disait rien ou presque.

— L'histoire d'Edith Jacobson est assez incroyable : elle exerce la psychanalyse dans l'Allemagne des années trente. Comme tous les psychanalystes, chaque matin elle se lève, elle va à son bureau et elle y reçoit des patients. Mais elle est juive, et communiste en plus. Autant dire que, quand les nazis arrivent au pouvoir, elle doit fuir. Elle se retrouve aux États-Unis. Là-bas, elle n'a rien, c'est juste une réfugiée. C'est un monde qu'elle ne connaît pas. Elle a dû quitter sa ville, son pays, son bureau, sa famille mais surtout, le plus difficile pour elle, le plus déchirant c'est qu'elle a dû abandonner ses patients. C'est difficile mais elle est en sécurité. Et voilà qu'en 1935 un courrier lui apprend qu'un de ses patients ne va pas bien… Pas bien du tout… Il a replongé au fond d'une profonde dépression. Et là, Edith Jacobson, qui est tranquillement en train de faire carrière à Los Angeles, elle revient en Allemagne. Elle est juive, elle est communiste et elle revient à Berlin! À ce moment-là, les nazis ont déjà commencé à mettre en place les premiers camps de concentration... La « solution finale » n'est pas encore à l'ordre du jour... Ni l'extermination systématique des juifs et des Tziganes... Mais ils sont déjà des milliers à être arrêtés et enfermés. Mais Edith Jacobson n'en a rien à foutre du danger, de la menace nazie... Elle a une vocation! Elle revient, elle retrouve son patient, elle prend soin de lui, elle l'écoute, elle lui parle et il va mieux! Probablement que, sans elle, ce type se serait foutu en l'air! Mais dans le même temps, la Gestapo met la main sur elle et l'enferme dans un de ces camps. Les jours, les semaines, les mois et les années passent... Dans le camp, Edith Jacobson n'est plus une des grandes figures de la psychanalyse mondiale, elle n'est plus médecin, elle est juste un *Untermensch*! Mais ça ne l'arrête pas, avec un bout de crayon et sur du vieux papier elle continue à travailler et elle écrit deux livres fondamentaux: *Les Moyens de la formation du surmoi féminin* et *Le Soi et le Monde objectal*. Et puis, en 1938, l'année de la nuit de cristal et de l'Anschluss, autant dire que ça commençait à sentir vraiment mauvais en Allemagne, en 1938, donc, Edith Jacobson, dont la santé commence à dérailler à cause de la mauvaise alimentation du camp et de toutes ces nuits passées dans des dortoirs crasseux, parvient à s'enfuir. Elle traverse l'Europe qui est au bord de la guerre et elle retourne finir son travail à New York !

Quand j'avais eu fini mon histoire, sans quitter madame Saddiki des yeux, je m'étais appuyé contre le mur.

— Qu'est-ce que tu veux dire ? demanda-t-elle.

— Je veux dire qu'il y a deux sortes de psychologues… Il y a ceux qui rentrent dans l'histoire et il y a ceux qui respectent les règlements d'ordre intérieurs…

— Tu ne crois pas que tu exagères un peu ?

— Anna Freud et Melanie Klein !

— Quoi encore ?

— Vous connaissez ?

— Oui… Elles ont écrit sur les enfants ? C'est ça ?

— Exactement… Mais surtout elles se sont fait la guerre. Enfin, disons qu'Anna Freud a fait la guerre à Melanie Klein entre 1942 et 1944. Deux femmes, deux juives réfugiées en Angleterre. Le monde est à feu et à sang. Cette fois, les camps d'extermination tournent à plein régime. C'est l'horreur absolue et personne n'en connaît l'issue, le Troisième Reich pourrait très bien gagner la guerre. Mais Anna Freud, Anna « Antigone » comme la surnommait son père, n'en a rien à foutre de cette guerre et de ces massacres. Cette vieille névrosée qui s'est fait analyser par son père Sigmund et qui a si bien refoulé son homosexualité qu'elle estime que les homosexuels ne devraient pas pratiquer la psychanalyse, cette vieille névrosée ne supporte pas qu'une autre femme vienne sur son terrain à elle : la technique de l'analyse des enfants. Elle considère que, parce qu'elle s'appelle Freud, qu'elle est la fille de son père, elle a le droit d'empêcher le développement d'une théorie et d'une pratique psychanalytiques qui ne vont pas dans le sens de la doxa ! C'est une pure réactionnaire et, si Melanie Klein n'avait pas eu le courage de lui tenir tête, on serait passé à côté de tout ce qu'elle a pu découvrir sur l'importance du jeu, du monde fantasmatique de l'enfance…

— Très bien, mais…

— En fait, la question, ce n'est pas « qui je suis pour vous », mais « qui voulez-vous être » ? Anna Freud ou Melanie Klein ? Une psy de collège qui refuse de prendre un élève dans ses bras ou bien Edith Jacobson qui risque sa vie pour un patient et qui rentre dans la légende ?

Madame Saddiki se leva brusquement. Sa peau avait blêmi. Ses yeux noirs étaient encore plus noirs et ressemblaient à deux trous creusés dans du charbon.

— Ça va ! J'ai compris ! Tu peux arrêter ton numéro, maintenant ! Je veux que tu foutes le camp d'ici ! elle avait dit en criant presque.

Je m'étais approché et je l'avais prise dans mes bras. Son corps était tendu et tremblant comme une corde prête à rompre. Sous sa peau, je pouvais sentir ses muscles et ses nerfs se contracter sous l'effet d'émotions contradictoires. Elle me repoussa :

— Arrête. Va-t-en !

Je la lâchai.

— Je suis désolé, dis-je en me dirigeant vers la porte. Comme je mettais la main sur la poignée, elle me rattrapa en deux pas et agrippa mon bras.

— Attends !

Je me retournai pour me retrouver face à elle. Son regard avait encore changé. De la peur à la colère, de la colère à l'indécision, il était à présent passé à l'expression de la détermination. Elle avait le visage de quelqu'un qui a enfin pris la décision de sauter d'une falaise. D'un geste presque brutal, elle me prit dans ses bras.

— C'est ça que tu veux ? elle demanda avec exaspération.

— Oui.

Je caressai ses cheveux, son visage et puis son cou. Elle me laissa faire, me regardant droit dans les yeux afin de clairement me signifier que c'était elle, à présent, qui allait écrire les règles du jeu. Un moment passa, durant lequel nous étions restés enlacés, puis elle avait fait un pas en arrière.

— Déshabille-toi ! m'ordonna-t-elle.

J'obéis. Elle me regarda faire et quand j'eus terminé, elle prit une clé dans son sac et la tourna dans la serrure comme pour sceller son destin. Puis, sans me quitter des yeux, elle se déshabilla à son tour. Son corps était joli. Une taille fine, des épaules bien définies, elle devait faire de la natation plusieurs fois par semaine. Elle se colla à moi et me demanda encore :

— C'est ça que tu veux ?

Elle sentait bon, quelque chose de sucré et de fleuri. L'odeur musicale de l'Afrique du Nord, des tempêtes de sable et de la menthe. Elle m'embrassa. Sa bouche goûtait le café de la salle des profs, il me vint l'image du type en velours côtelé dont j'avais interrompu la parade amoureuse un quart d'heure plus tôt, je m'étais demandé ce qu'il penserait s'il savait ce qui était en train de se passer à cet instant même dans ce bureau. Mon regard croisa la photo des enfants sur la plage et la phrase « pour la meilleure des mamans ! » gribouillée par l'un d'eux. Je pensai à Edith Jacobson, à Anna Freud et à Melanie Klein et je me demandai ce qu'elles auraient pu écrire au sujet de cette situation, elles y auraient certainement vu les reflets de Dieu sait quelle perversion bizarre autant chez moi que chez madame Saddiki. Je pris les fesses de la psychologue à pleines mains. La peau était douce, la consistance onctueuse. Elle laissa échapper un soupir.

— C'est ça que tu veux ? demanda-t-elle encore.
— Oui.

Elle se retourna, dos à moi, face au mur.

— C'est ça que tu veux ?
— Oui.

## 37.

Quand j'avais quitté le bureau de la psychologue, je n'avais pu empêcher un désagréable sentiment de culpabilité de venir s'installer dans mon esprit. Ce que j'étais en train de faire, c'était bel et bien quelque chose de dégueulasse. Je me sentais comme Verlaine tentant d'étrangler sa femme, dévalisant sa mère, abandonnant son fils, je me sentais comme cette petite crapule de Rimbaud, ce gamin à *« la beauté paysanne et rusée »* avec un *« visage d'ange en exil »* qui, invité chez Charles Cros, chie dans ses casseroles et puis tente de l'assassiner en versant de l'acide sulfurique dans son verre.

Mais je n'avais pas le choix. Je devais être ce salaud-là si je voulais pouvoir retrouver la vie à laquelle on m'avait arraché.

Sur le chemin de la salle d'étude, j'avais croisé le jeune professeur de lettres avec ses lunettes à fine monture et son veston en velours côtelé. Il m'avait jeté un vilain regard, comme s'il savait ce que j'avais fait, ce que je venais de faire, ce que j'étais en train de faire. J'avais eu pitié de lui, j'avais eu pitié de madame Saddiki que j'avais laissée se rhabillant dans le silence de son bureau, pitié aussi de madame Carpentier qui, dans sa chambre d'hôpital, devait se rendre compte avec effroi qu'elle s'était ratée et qu'à présent, marquée par le stigmate de la suicidée, sa vie serait encore pire que ce qu'elle avait été et enfin, par avance, j'avais eu pitié de Murielle, ma tante, qui ne s'attendait pas du tout à ce qui allait lui arriver. Les vers d'Alfred de Musset étaient parfaits pour la circonstance :

*Quand j'ai connu la Vérité,*
*J'ai cru que c'était une amie ;*
*Quand je l'ai comprise et sentie,*
*J'en étais déjà dégoûté.*

En arrivant dans la salle de permanence, je retrouvai toute ma classe, Mikaël, Jessica, Laetitia, Anaëlle, Shana, Arthur, Lucas et tout ce petit cheptel égaré, perdu dans un monde sans rime ni raison et d'une laideur absolue. J'avais trouvé que ce qu'on leur faisait, à ces enfants, leur contraindre l'âme, leur distordre l'esprit pour n'en faire que des travailleurs soumis et des clients fidèles, était d'une violence inouïe. Une infime minorité d'entre eux parviendrait à se sauver de la guerre invisible qui leur était menée, ma cousine peut-être... Et encore.

Je ne pouvais rien pour eux. Je ne pouvais qu'essayer de me sauver moi-même et de sauver Septembre.

Et si j'y arrivais, ce serait déjà beaucoup.

La journée s'était terminée sans en avoir l'air et, en fin d'après-midi, alors qu'une trouée bleue apparaissait miraculeusement dans un ciel presque noir, ma tante était venue nous chercher comme elle le faisait chaque jour.

# 38.

Quand j'étais monté dans la voiture, ma tante avait évité de me regarder. Il devait lui rester en tête le souvenir de la veille et de ce moment de malaise, lorsqu'elle m'avait surpris fouillant sa chambre.

Sur un ton purement informatif, elle nous dit que durant la journée, Alain (mon oncle) ne s'était pas senti bien, qu'il était rentré et qu'il s'était mis au lit dans l'après-midi. Le médecin était passé, il avait trouvé que sa tension était un peu basse, il l'avait mis en garde contre le stress et le surmenage, il lui avait dit de rester deux jours à la maison pour se reposer et de lever le pied sur la consommation d'alcool.

Quand nous étions arrivés à la maison, nos conversations s'étaient faites à mi-voix comme on le fait dans la chambre d'un enfant malade, ma tante nous avait dit qu'« avec tout ça, elle n'avait pas eu le temps de faire des courses » et qu'on allait se débrouiller « avec ce qu'il y avait au surgélateur ». On le fouilla, on y trouva un plein tupperware d'un riz au poulet et au curry. On réchauffa le tout dans une poêle antiadhésive. Bingo, le petit chien, semblait se foutre de l'atmosphère pesante de la soirée et nous observait en se léchant les couilles.

Mon oncle ne s'était pas montré. Ma tante était allée le voir dans sa chambre et était revenue en disant qu'il dormait. Nous avions mangé en regardant les journaux télévisés d'un œil distrait : des migrants se noyaient par centaines en Méditerranée, on nous montrait des images de corps s'échouant sur des plages de Grèce.

— Mais pourquoi font-ils ça ? avait demandé ma tante.

Je n'eus pas le courage de lui expliquer l'enfer que fuyaient ces gens et que je connaissais si bien. On nous parla de banques en faillite, de Paris aux prises avec des émeutes, de gouvernements d'extrême droite, de violences religieuses, il y eut des interviews de manifestants antimariage gay, antiavortement, pour la peine de mort. Il y eut des images d'un attentat au Moyen-Orient, d'une réplique israélienne à Gaza. À Berlin, un camion conduit par un jeune Irakien avait foncé dans la foule. La nuit suivante, des groupes d'hommes habillés en noir étaient allés tabasser tout ce qui ressemblait à un Arabe. Au Nord, sous l'effet du réchauffement climatique, la calotte glaciaire fondait. Un ours famélique attendait la mort devant une mer stérile. Au Salon de l'automobile, Peugeot présentait une nouvelle 208 et Bugatti annonçait à un million d'euros le prix de sa Veyron, le carnet de commandes était plein.

Le goût rance du curry acheva de me convaincre que je devais m'éloigner au plus vite de cet enfer.

À la fin du repas, personne n'eut envie de s'attarder : Aurore regagna sa chambre, ma tante lança sur Netflix une série dont lui avait parlé une amie rencontrée dans un centre de cryothérapie. Tel un mollusque se mettant à couvert dans la vase, mon cousin alla se nicher dans sa chambre.

Désœuvré, percevant le malaise qu'éprouvait ma tante en ma présence, je le suivis.

Comme en écho à la morosité ambiante, il était d'humeur renfermée. Il semblait moins enclin que d'habitude à me montrer sur son ordinateur ses découvertes morbides. Sans un mot, il mit ses écouteurs et se lança dans une partie d'Overwatch. Je l'observai pendant un moment massacrer des personnages numériques, ça allait vite, je ne comprenais pas grand-chose, il avait un regard impassible, il respirait fort. Son personnage tomba dans une embuscade et se fit massacrer, il grimaça, il était vraiment très laid. Je m'approchai.

— Quand tu auras terminé, est-ce que je pourrai me servir de ton ordinateur ? je lui avais demandé.

— Euuh... oui... Tu veux faire quoi ?

— C'est privé... Je voudrais régler quelque chose de privé.

Il fronça les sourcils. Ça avait l'air de l'emmerder. J'ajoutai :

— S'il te plaît.

— C'est en rapport avec une fille ? dit-il avec un soudain intérêt.

— Oui.

— Bon... Je termine ma partie et puis je te laisse l'ordi. T'en as besoin longtemps ?

— Ça devrait aller vite.

(Je l'espérais.)

— Tu me raconteras ? il demanda avec un sourire salace qui me donna la nausée.

— Oui.

(Je mentais, évidemment.)

## 39.

Et puis, toujours sans que mon oncle malade reparaisse, la nuit était venue. Depuis la chambre de Frédéric que je n'avais pas quittée, j'avais entendu les pas de ma tante dans le couloir, le bruit de l'eau coulant dans le lavabo de la salle de bain, la mélodie claire d'un jet d'urine dans la cuvette, la cascade d'une chasse que l'on tire. Et puis j'entendis ma cousine qui se brossait énergiquement les dents, qui se mouchait et qui fermait derrière elle la porte de sa chambre.

Mon cousin avait fini par abandonner sa session d'*Overwatch* et, me laissant l'usage de l'ordinateur, il était parti à la recherche d'un « truc sucré » dans la cuisine.

J'avais fait ce que j'avais à faire.

Ça avait été plus simple que je ne le pensais. Après avoir cherché quelques minutes, j'étais rapidement parvenu à mes fins et je m'étais couché dans mon coin, sur ce matelas qu'on m'avait installé à mon arrivée, il y avait plus de deux mois à présent. Je m'étais demandé ce qui se serait passé, si j'avais accepté mon sort. Sans doute aurais-je passé là, dans cette maison, dans cette chambre, sur ce matelas de fortune, les quelques années à venir.

J'aurais terminé l'école, on m'aurait inscrit dans une école de gestion, j'y aurais fait ce que l'on appelait pompeusement un « master », j'y aurais suivi quelques cours en finances, en marketing, en gestion et surtout, le pire de tout, à la fois par le contenu et par la dénomination : en « ressources humaines ».

Sans gloire, j'aurais décroché un diplôme et mon oncle, en faisant jouer ses connaissances, aurait fini par me trouver une ou l'autre place, à la commune ou à la région ou à l'office de gestion des déchets ou de l'eau, ou de l'aménagement du territoire. J'y aurais occupé un bureau sans âme, j'y aurais compté mes heures, mes jours de congé, j'y aurais regardé sur internet des films avec des petits chats qui font des bêtises, j'y aurais entamé une relation avec Jessica, j'aurais eu des enfants que je n'aurais pas vraiment aimés, j'aurais trompé Jessica avec Alice, Jessica m'aurait trompé avec Arthur, ça n'aurait pas fait de drame, ça aurait fait partie de nos « petits accommodements », j'aurais observé mes collègues sombrer dans la dépression, j'aurais fait une scène quand on aurait déménagé mon bureau, j'aurais été au Salon de l'auto, je me serais réjoui d'une promotion sur les accessoires de la Peugeot 308, j'aurais commencé à avoir des problèmes de dos et puis de tension. Un jour, je me serais regardé dans la glace et j'y aurais vu un visage de vieux, j'aurais repensé à Septembre, j'aurais essayé de me souvenir de son regard, de son odeur, de son amour, de nos promesses. Je me serais aperçu que le temps aurait dilué l'intensité et la précision de ma mémoire, mon cœur se serait serré et ce serrement de cœur aurait fait un peu mal, alors, pour ne plus le sentir, ce cœur se serrant, je l'aurais recouvert d'une grosse couche de pierre et comme ça, apaisé, j'aurais pu attendre la fin.

Avant de m'endormir, j'avais pris un livre. Le petit recueil d'Alfred de Musset *Les Nuits,* qu'il avait écrit juste après sa rupture avec George Sand. J'avais relu le texte *La Nuit d'octobre* :

*Non, – c'est à mes malheurs que je prétends*
   *sourire.*
*Muse, je te l'ai dit : je veux, sans passion,*
*Te conter mes ennuis, mes rêves, mon délire,*
*Et t'en dire le temps, l'heure et l'occasion.*
*C'était, il m'en souvient, par une nuit*
   *d'automne,*
*Triste et froide, à peu près semblable à celle-ci ;*
*Le murmure du vent, de son bruit monotone,*
*Dans mon cerveau lassé berçait mon noir souci.*

La poésie avait fait son office : ces vers nostalgiques rentrant en écho avec mon humeur m'avaient soulagé et je m'étais endormi, l'esprit serein, prêt à accueillir les rêves que m'enverrait mon sommeil.

Ces rêves arrivèrent, puissants, confus, parfumés. Des rêves à la douceur de peau de bête et au goût de viande. Des rêves à la couleur de l'encre et à l'odeur de terreau.

J'en avais été tiré brutalement. J'en avais été tiré par un cri terrifiant. J'avais d'abord cru qu'il s'agissait d'un écho fantaisiste venant de mon imagination, mais il avait cette qualité dure et franche que seules peuvent avoir les choses réelles.

J'avais ouvert les yeux, le cri s'était répété encore une fois, puissant, aigu, déchirant le calme de la nuit comme une lame déchire de la soie.

Frédéric avait allumé la lumière, il s'était redressé, les yeux gonflés, les cheveux ébouriffés. Au moment où il me lançait un regard incrédule, venant du rez-de-chaussée, le cri retentit une nouvelle fois.

— Putain mais c'est quoi cette merde ? avait demandé mon cousin.

Dans le couloir, j'entendis les pas précipités de ma tante et de ma cousine. Tandis que le cri se transformait en un sanglot déchirant, désespéré, misérable, je me levai et je sortis à mon tour.

Suivi par les pas craintifs de Frédéric, je descendis vers le salon.

Les lumières avaient été allumées. Paniqué par cette agitation totalement inhabituelle, Bingo aboyait avec indignation en direction de la cuisine. La voix de ma tante me parvint, tremblante :

— Mais qu'est-ce qu'il y a ? Qu'est-ce qu'il y a ? Qu'est-ce qu'il y a ? elle répétait.

Sa voix était couverte par les sanglots d'un homme. Toujours suivi par mon cousin, j'étais rentré dans la cuisine.

Là, dans la lumière glaciale des halogènes se réfléchissant sur les surfaces nacrées des meubles, je vis Aurore et ma tante entourant mon oncle.

Mon oncle était nu et, de le voir nu comme ça, énorme masse laiteuse faite de graisse et de muscles, debout au milieu de la cuisine, c'était vraiment étrange. J'eus la vision fugace d'un sexe minuscule perdu dans les fourrés d'une pilosité grisonnante. Puis je vis que, au sol, le carrelage en dalles de ciment gris tourterelle, que ma tante avait dû mettre des mois à choisir sur catalogue, était en partie couvert par une grande flaque de sang frais.

C'est en voyant le visage de mon oncle que je compris ce qu'il se passait : à la place de ses yeux, il n'y avait plus que deux grandes plaies sanglantes. Dans sa main, il tenait le couteau de cuisine qualité « premium » (manche en noyer), dont il s'était servi pour les crever.

Mon oncle était pris de la même folie que celle qui avait emporté le « révérend » des années plus tôt, dans le village de Septembre. Et comme l'avait fait le « révérend » avant lui, il gémissait comme un enfant, il tremblait de terreur, implorant les voix qu'il avait dans la tête de se taire.

J'avais regardé ma cousine, elle avait l'air fascinée par le spectacle qui s'offrait à elle, captivée par les souffrances de son père dont elle comprenait être la cause. Elle avait vu que je la regardais, l'espace d'un très bref instant, un sourire de reconnaissance éclaira son visage. Dans son regard, je devinai l'ivresse qui était la sienne d'avoir découvert l'étendue et la puissance d'un pouvoir dont elle n'avait jamais, jusque-là, soupçonné l'existence.

Dans l'embrasure de la porte, apeuré par le sang, par les suppliques, par la nudité grotesque, par le drame qui se jouait, par la vue de l'effondrement du monde qui était le sien, mon cousin vêtu d'un caleçon et d'un tee-shirt ramené de vacances au Club Med, était tétanisé. Il était blême, sa bouche tremblait. Toutes les horreurs dont il se délectait au quotidien sur l'écran de son ordinateur ne semblaient pas l'avoir immunisé contre l'effet que lui ferait l'horreur en face à face.

— Mais qu'est-ce qu'il y a? Qu'est-ce qu'il y a? Qu'est-ce qu'il y a? continuait ma tante dont la voix montait très haut, vers les sommets d'improbables aigus.

Elle fit un pas en direction de mon oncle et tenta de lui saisir le bras. Quand il sentit sur son bras le contact de la main de ma tante, il poussa un cri de terreur, un cri fou, un cri de bête. Ma tante cria à son tour, de terreur aussi. Avec le couteau qu'il tenait devant lui, il fit un grand geste circulaire pour écarter ce que, sans doute, son délire lui désignait comme une menace. La lame passa à quelques millimètres du visage de ma tante.

Mon cousin ouvrit la bouche, mais aucun son ne s'en échappa. Juste un soupir. Avec prudence, mais toujours enchantée par le chaos, ma cousine recula de quelques pas pour éviter de se prendre un mauvais coup.

J'intervins. Je saisis fermement le bras de mon oncle. Il avait de la force, une force sauvage et dangereuse. Une force de bête blessée. De mon poing fermé, je frappai de toutes mes forces son visage. Il lâcha le couteau, il perdit l'équilibre et tomba au sol. Je l'accompagnai et tentai d'immobiliser comme je pus cet hippopotame furieux aux muscles nourris depuis tant d'années avec la viande rouge des déjeuners d'affaires et le vin des réunions du Parti. Je frappai encore une fois, mon poing arriva dans un de ses yeux crevés, le contact chaud et collant était affreux.

— Appelle une ambulance, maintenant! je criai à ma tante.

## 40.

Mon oncle avait été emmené à l'hôpital de la Région. Les hommes s'y étaient mis à trois pour le maîtriser, il y avait eu une injection d'un calmant et puis une autre. On l'avait attaché sur une civière et on l'avait chargé dans l'ambulance.

Vers la fin de la nuit, alors que le soleil se levait derrière une couche nuageuse aussi compacte que du ciment, la police était venue. Une femme en uniforme bleu marine, impressionnée d'être dans le domicile d'un homme qui était, selon la loi, le « chef de la police locale », avait, sur un ton de vassal s'adressant à son seigneur, posé quelques questions purement formelles à ma tante, puis elle était repartie en disant que « des dépressions comme ça, on en voyait de plus en plus, surtout chez les hommes à hautes responsabilités ».

Ensuite, nous étions restés entre nous : ma cousine, mon cousin, ma tante et moi.

Avec opportunisme, ma cousine avait dit qu'elle ne « se sentait pas trop d'aller à l'école aujourd'hui ».

Mon cousin avec grommelé que « lui non plus ». Ma tante avait hoché la tête, elle avait l'air de s'en foutre complètement de ce qu'on pourrait faire de la journée et elle était partie à l'hôpital.

Mon cousin avait été se terrer dans sa chambre. Ma cousine m'avait dit :

— C'est énorme, non, ce qu'il vient de se passer ? Ça fonctionne, alors ?

Je lui avais dit que je ne savais pas. Que peut-être ça avait vraiment fonctionné. Que peut-être c'était simplement une espèce de bouffée délirante d'un type en plein burn-out, que, de toute façon, il valait mieux ne parler à personne de cette histoire de fétiches. Elle avait hoché la tête.

— Évidemment que je ne vais pas en parler... Faudrait que je teste sur quelqu'un d'autre... ma mère... ou bien mon frère...

— Attends un peu... Laisse passer du temps... Si ça fonctionne encore, ça aura l'air bizarre.

Elle m'avait embrassé sur la joue.

— Tu m'as sauvé la vie ! elle m'avait dit.

Je n'avais pas répondu. J'avais juste dit qu'il fallait qu'on se repose un peu, que les jours qui arrivaient risquaient d'être un peu compliqués. Elle était montée dans sa chambre et le silence s'était installé dans la maison.

Dehors, le jour installait son éternelle lumière blanchâtre. Au loin, faiblement, j'entendais le chuintement de la circulation sur la nationale. Tout un petit monde qui partait au travail sans se douter du drame qui se jouait ici, dans la maison.

Dans la cuisine, de longues traînées sombres de sang séchaient sur le sol, un plat en céramique contenant des pommes et des citrons avait été renversé ainsi que toute une rangée de tasses, d'assiettes et un tiroir à couverts qui, Dieu sait comment, s'était retrouvé sur le sol.

Comme je n'avais rien d'autre à faire, j'avais commencé à ranger.

Une chose après l'autre.

Ensuite, à quatre pattes sur le ciment, j'avais méthodiquement nettoyé le sang de mon oncle. Une éponge à récurer, un produit au parfum d'océan élaboré en laboratoire. Ça marchait bien, les chercheurs avaient bien bossé sur l'efficacité de la formule.

Ma tante était arrivée à ce moment-là. J'entendis sa voix me dire :

— On va appeler la femme de ménage. Elle va s'en occuper.

Je ne l'avais pas entendue arriver. Peut-être était-elle restée là un moment à m'observer. Je m'étais relevé. Dans la main, je tenais l'éponge rougie par le sang de mon oncle.

— Ça m'aide à me détendre.

Elle n'avait rien dit. Elle, d'habitude si apprêtée, si bien coiffée, si tirée à quatre épingles était devant moi comme une épave : le teint pâle, les yeux cernés, les cheveux ternes et défaits. Elle avait hésité sur ce qu'il y avait à dire et avait fini par lâcher :

— Merci...

Elle avait dit ça sans que je sache si cela concernait le ménage que je venais de faire ou mon intervention de la nuit quand j'avais maîtrisé mon oncle.

J'avais fait un geste de la main signifiant que ce n'était rien. Elle dit encore :

— Il est sous sédatifs. Ils vont devoir l'opérer... Mais il restera aveugle...

Elle se tut. Des pensées aussi sombres que la mort semblèrent passer lentement dans son esprit. Elle ajouta :

— C'est fini pour lui... Sa carrière... Tout ça, c'est fini.

J'essayai de trouver quelque chose à dire. J'articulai un :

— Je suis certain que... Mais je ne trouvai rien à ajouter.

— Je vais dormir un peu. Ils m'ont donné des Xanax. Tu en veux un ?

J'avais décliné son offre. Avant de monter dans sa chambre, elle ajouta :

— Je retournerai à l'hôpital cet après-midi.

J'étais resté seul un moment, j'avais rincé l'éponge dans l'évier. Quand on regardait bien le joint en silicone qui longeait le plan de travail en pierre de lave, on pouvait deviner quelques taches plus sombres de sang séché. Il aurait fallu que je frotte ça avec une brosse à dents. Je m'étais dit que je n'aurais sans doute plus l'occasion de le faire, si tout se déroulait comme prévu je ne serais bientôt plus là.

J'étais monté. À travers la porte de sa chambre, j'entendis pleurer ma tante. Une petite musique déchirante ponctuée de reniflements humides. Je poussai la porte, elle était assise en tailleur sur son lit, elle avait passé un grand peignoir en soie couleur crème qui avait l'air hors de prix. Quand elle m'avait vu, elle en avait instinctivement fermé les pans sur sa poitrine.

— Laisse-moi ! elle avait dit.

J'avais regardé la plaquette de Xanax entamée sur la table de nuit.

— Ça ne marche pas ?

Elle avait haussé les épaules.

— Je ne sais pas. J'en ai pris à l'hôpital... Il y a une heure... Je vais peut-être en reprendre...

— Attends, j'ai quelque chose de mieux.

J'avais été dans la chambre de mon cousin. Il s'était endormi tout habillé, un petit mouchoir froissé au pied de son lit me fit conclure qu'il s'était branlé. Sous la pile de mes vêtements, j'avais récupéré le tabac, le papier à rouler et la demi-barre de shit que j'avais ramenés de la soirée de Jessica. J'étais retourné dans la chambre de ma tante, je m'étais assis à côté d'elle sur le lit.

— Qu'est-ce que c'est ? elle avait demandé en me voyant rouler un joint parfaitement compact.

— C'est un joint, j'avais dit, du cannabis...

— Je ne touche pas à ça... C'est de la drogue !

— Ça te fera du bien... Ça nous fera du bien à tous les deux, j'avais dit en l'allumant.

J'en avais pris une grande bouffée. Le goût épicé de l'herbe me remplit le corps de sa chaleur et, en un instant, réveilla des souvenirs de ma vie d'avant : les longues nuits de veilles, les longues journées de marche, le souvenir de l'épuisement qui donnait des vertiges, des jambes tremblantes qui n'en pouvaient plus, de la forêt boueuse et sombre, du poids d'un fusil sur l'épaule, de la soif dans la gorge, de la lassitude de devoir se remettre en route, de la tristesse fondamentale de la guerre, de la conviction de ne pas compter, de ne rien valoir, de n'être vivant que par accident.

Ma tante avait fini par prendre le joint qu'elle regarda d'un air soupçonneux. Puis, elle avait haussé les épaules pour signaler qu'elle n'en avait plus rien à foutre de rien et elle avait aspiré à son tour.

— Garde bien la fumée dans les poumons avant de recracher, j'avais dit.

Elle garda bien la fumée dans ses poumons. Elle recracha, elle toussa un peu.

— C'est bien, je dis pour l'encourager. Elle tira encore une fois, plus profondément que la première, en fermant les yeux, et encore une fois elle garda la fumée longuement dans ses poumons. Elle me tendit le joint.

— J'ai un peu la tête qui tourne, dit-elle.

— C'est normal… C'est rien… C'est juste parce que tu as retenu ta respiration.

S'allongeant sur le dos, elle se laissa aller dans les oreillers en coton bleu ciel.

— Qu'est-ce qu'on va faire maintenant ? Qu'est-ce qu'on va devenir ? elle avait demandé en regardant fixement le plafond.

— Il y aura certainement un moment pour se poser toutes ces questions. Mais maintenant, il faut que tu parviennes à te reposer.

Elle laissa échapper un petit rire qui dévoila l'émail parfaitement blanchi de ses dents. Du beau travail d'orthodontiste, je m'étais dit. Elle parla comme pour elle-même :

— La vie peut être si belle. Comme quand on est des petits enfants. Tout va bien. Ça glisse. Ça brille. Et puis un jour, t'es un adulte et tu as des problèmes. Pourquoi ça arrive ? On ne sait pas…

Elle rit encore une fois. Elle me demanda d'aller lui chercher un verre d'eau dans la salle de bain. Elle but.

— J'avais soif… Tu as soif aussi ? dit-elle en me tendant le verre d'eau. Je bus à mon tour. Elle me regarda boire en souriant. Elle tira sur le joint encore une fois.

— T'es marrant quand tu bois… Ta gorge fait un mouvement trop bizarre.

Cette fois son rire fut plus franc, ses modulations cristallines s'élevèrent dans la chambre à coucher en un trille haute et claire qu'elle interrompit en devenant soudain grave :

— T'aimes bien Aurore ? J'ai bien vu que tu l'aimais bien !

— C'est vrai, je l'aime bien. Elle a une personnalité intéressante...

— Une « personnalité intéressante », répéta ma tante en imitant les inflexions de ma voix.

Cette fois, elle éclata de rire au point de cacher son visage dans le couvre-lit. Elle en sortit rougie, des cheveux lui collant au front. Elle reprit sa respiration et dit :

— C'est vrai que, sinon, elle est moche. Je ne comprends pas comment j'ai fait une fille aussi moche. Parce qu'enfin, merde, t'as vu comment je suis foutue ?

Elle se mit debout sur le lit et ôta d'un geste son peignoir en soie. Debout comme ça sur son lit, son visage de Vénus moderne culminait à deux bons mètres de haut. Son corps ressemblait à une publicité pour un centre de bien-être : des années d'applications soigneuses de crème au collagène avaient donné à sa peau l'apparence soyeuse et dorée de la gelée royale, l'intervention chirurgicale au niveau des seins avait été menée avec une rigueur qui forçait le respect, ils avaient une symétrie de temple égyptien et l'arrondi diabolique de deux pâtisseries. Son sexe intégralement épilé par les soins méticuleux d'une esthéticienne était aussi lisse qu'un éclat de faïence. En tournant sur elle-même, offrant ainsi à mon regard des fesses taillées comme des pierres par la pratique intensive d'un cours de « taille-abdos-fessier », elle continuait à parler de ma cousine :

— En fait, elle est molle… Molle, molle, molle… Elle me dégoûte… Comme si c'était un fruit pourri. Et sa peau… Elle est incapable de prendre soin d'elle…

Toujours nue, elle se laissa retomber sur le lit, me prit le joint des mains et inspira encore, si longuement qu'elle sembla défier les lois physiologiques de la capacité pulmonaire.

Je tirai à mon tour, il ne restait pas grand-chose. J'avais écrasé le mégot dans le verre d'eau et je m'étais allongé à côté de ma tante dont le regard se perdait une nouvelle fois sur le plafond.

— Regarde comme c'est beau ! dit-elle en désignant le reflet que faisait la fenêtre.

— Oui, c'est très beau, dis-je.

Elle étendit le bras en arrière, ouvrit le tiroir de sa table de nuit et en tira le vibromasseur rose que j'y avais trouvé la veille. Elle le mit en marche. Émettant une maigre stridulation électrique, il entama sa danse circulaire. Elle le glissa entre ses jambes et soupira. Elle ne parlait plus d'Aurore mais de Frédéric, mon cousin.

— … Je sais bien que les gens ne l'aiment pas… Il est terriblement sensible et singulier… Il a cette fragilité qu'ont les artistes… Les gens n'aiment pas la différence…. Le monde est tellement dur et il a tellement à lui offrir… C'était un bébé très attentif, il regardait tout… C'est pour ça qu'il a marché tard…

Tout en parlant, elle imprimait un léger mouvement de va-et-vient au vibromasseur. Finalement, absorbée par le plaisir qui montait en elle, elle se tut. À un moment, les muscles de ses jambes se tendirent aussi durement que des câbles, j'eus l'impression qu'elle jouissait. Elle resta immobile un moment, elle éteignit l'engin, il s'immobilisa, le silence se fit.

J'étais toujours allongé à côté d'elle, je la regardais : la perfection des traits de son visage et de ceux de son corps avait quelque chose de morbide. Il y avait derrière eux trop de souffrance, trop d'effort, trop de contrainte, trop d'interventions extérieures. Elle me regarda, un regard sans fond, un regard sans pitié, un regard à la surface duquel flottaient tous les sombres objets de son âme. Elle parla :

— Fais-moi l'amour, Charles. Maintenant, j'ai envie.

Le cœur battant au rythme d'une terreur sans nom, je m'exécutai.

## 41.

Vers midi, dans la maison de mon oncle et comme sur un signal, tout le monde s'était réveillé. Nous étions un peu sonnés, groggy de cette nuit de folie, encore étourdis par les cris et le sang.

Dehors, indifférente à nos misères, la vie continuait. Pour la première fois depuis mon arrivée, il y avait des trouées dans la purée opaque des nuages, à travers lesquelles apparaissait un ciel bleu saphir. Le long de l'allée qui conduisait jusqu'à la grille de l'entrée, des fleurs d'un jaune si vif qu'il paraissait synthétique faisaient une soudaine apparition.

Une saison prenait fin, une autre prenait le relais et d'assister à ce spectacle, ça avait apaisé mon angoisse. Finalement, je n'étais rien de plus qu'un grain de pollen, que j'échoue ou non, ça ne changerait rien au grand cours des choses, pas une ligne dans le grand livre de l'histoire de l'univers, ni dans celui de l'histoire des hommes.

Aurore s'était levée la première. Je l'avais trouvée dans la cuisine, penchée sur un bol de céréales au chocolat qu'elle mangeait à la cuillère d'une main, pendant que de l'autre elle tapotait sur son téléphone, passant avec virtuosité d'Instagram à Snapchat. Ensuite, Frédéric était arrivé, le teint blême, la physionomie malade, les cheveux gras, des croûtes d'un vert sableux au coin des yeux. Il avait pris un paquet d'Oreo dans un tiroir et il les avait mangés en silence, regardant par la fenêtre le spectacle de cette première journée de printemps.

Ma tante était la dernière. Elle avait passé un long moment dans sa salle de bain, j'avais entendu le tumulte d'un bain qui coule, le réacteur d'un sèche-cheveux, le cliquetis des armoires à crèmes et, quand elle apparut enfin, elle était comme je l'avais toujours connue : parfaite, glaciale, l'expression du poil et du derme maîtrisée et soumise à la violence des cosmétiques.

Elle parla en mettant en route la luxueuse machine à expresso.

— J'ai appelé l'hôpital. Il est sous sédatifs. Physiquement ça ira. Il est passé en chirurgie et...

— Ses yeux ? l'interrompit mon cousin.

Elle hocha négativement la tête.

— On pourrait faire des greffes ? demanda-t-il encore.

— On n'est pas dans *Star Trek* ! dit ma cousine.

— J'ai rendez-vous avec un médecin à treize heures. Et je dois parler à un psychiatre.

— Il est pas fou ! cria mon cousin en crachant des miettes d'Oreo.

Ma cousine le coupa :

— T'as vu ce qui s'est passé ? Évidemment qu'il est fou ! On ne se crève pas les yeux quand on va bien !

Ma tante les interrompit :

— Apparemment il y a un article dans le journal de ce matin. Il parle d'un accident domestique. J'ai appelé notre avocat, il m'a dit de ne répondre à aucune interview. Même chose pour vous, c'est important. Ses amis du Parti vont commencer à appeler... On ne dit rien... Pour l'instant... Il faudra trouver quelque chose à raconter, mais je ne sais pas encore quoi...

— Comment est-ce qu'on va faire ? gémit mon cousin.

— Je ne sais pas... Il y a sans doute une assurance-vie, faut que je voie ça avec le notaire... hésita ma tante.

Aurore ricana.

— Une assurance-vie, c'est pour quand on est mort !

Ma tante lui lança un regard exaspéré, elle voulut dire quelque chose, j'avais parlé avant elle :

— J'aimerais t'accompagner à l'hôpital.

Elle me regarda. Sur son visage, j'avais lu un peu de dégoût. Elle se souvenait bien entendu de ce qui s'était produit quelques heures plus tôt, à la faveur du mélange de cannabis et de Xanax. Elle ne devait pas très bien comprendre ce qui lui avait pris, elle devait me tenir pour le responsable de ce qu'elle avait fait, elle devait me détester. Je savais aussi que, dans son esprit, c'était un sujet sur lequel on ne reviendrait jamais, duquel on ne parlerait jamais, qu'elle rangerait au fond de sa mémoire, dans la zone dédiée aux événements honteux, aux erreurs de parcours, aux dérapages coupables.

— Ça ne servira à rien... elle avait répondu, je dois juste voir les médecins et faire un peu d'administration....

— Ce n'est pas pour Alain... J'ai quelqu'un d'autre à voir. Ce sera l'occasion.

— Quelqu'un d'autre ? fit ma tante.

— Mon professeur de français... Je crois que ça lui ferait plaisir, si je lui rends visite.

Aurore eut un petit rire complice.

Cette fille était d'une intelligence redoutable, elle comprenait tout ce que j'étais en train de faire.

— On part dans vingt minutes, dit ma tante que ça faisait manifestement chier.

## 42.

Je m'étais préparé en vitesse. Sur mon téléphone, j'avais composé le numéro de l'école. J'étais tombé sur le secrétariat, j'avais demandé qu'on me passe madame Saddiki, j'avais dit que c'était « urgent, important et grave ». On m'avait fait attendre, j'imaginais qu'on la cherchait dans son bureau, qu'elle n'y était pas, qu'on la cherchait encore et qu'on finissait par la trouver dans la salle des profs, buvant un café dégueulasse avec le prof de lettres en velours côtelé.

Finalement, on me l'avait passée.

— Mon oncle a fait une tentative de suicide ! je lui avais dit.

— Quoi ?

— Il s'est crevé les yeux avec un couteau, cette nuit, dans la cuisine. Je suis parvenu à l'arrêter, mais…

Elle m'avait coupé :

— Ton oncle ?

— Oui… C'est de la folie, de la folie… Je vais lui rendre visite à l'hôpital dans une demi-heure… Je… je me sens vraiment très mal… Je crois qu'après ce qui s'est produit avec madame Carpentier... je crois que je n'aurai pas la force d'y aller seul... je voudrais que vous.... que si ça ne vous dérange pas vous veniez aussi... avec moi...

Il y avait eu un long silence. Elle réfléchissait. Elle n'avait probablement pas du tout envie de venir. Pour forcer sa décision, j'avais donné une petite impulsion supplémentaire à son processus mental :

— Je crois que tout ça... je crois que c'est de ma faute...

— Mais non, enfin !

— Avant que j'arrive, tout allait bien ! Où que j'aille, c'est la mort et le chaos. Peut-être que moi aussi je devrais essayer d'en finir ! Peut-être que ce serait rendre service à tout le monde !

Elle marqua encore un silence pendant lequel elle se demandait sans doute si sa responsabilité de psychologue serait engagée, si je faisais une tentative de suicide. Finalement, elle dit :

— Bon, écoute... Ne fais rien d'idiot... Je serai là... Je me mets en route maintenant.

Avant de descendre rejoindre ma tante, je vérifiai mon téléphone. La batterie était chargée et tous les fichiers dont j'allais avoir besoin étaient clairement référencés aux noms de : « Carpentier », « Saddiki » et « Tante ».

Puis nous nous étions mis en route vers l'hôpital.

Durant le trajet, nous n'avions rien dit. Ma tante avait mis les informations, au cas où l'on y aurait parlé de mon oncle, mais il n'y eut rien. Elle eut l'air soulagée.

Les informations furent suivies par un programme musical, une chanteuse s'époumonait:

*L'amour n'a aucune morale Lalalaa C'est un criminel en cavale Lalalaa Mais qui peut vivre sans amour? Laaaaaa Qui? Qui peut faire comme s'il ne voulait pas? Laaaaa? Qui? Lalalaaaa...*

Nous avions roulé une demi-heure sur la nationale, à travers la campagne, sous un soleil flambant neuf qui avait fait fuir le sédiment noirâtre des nuages, puis nous étions arrivés sur le parking de l'hôpital.

Appuyée contre une minuscule voiture blanche, madame Saddiki m'avait fait un signe de la main.

— C'est ma psychologue. Je lui ai demandé de venir, j'avais dit à ma tante.

Elle avait eu l'air contrarié.

— Elle connaît madame Carpentier… C'est pour ça… j'avais ajouté.

Les deux femmes s'étaient serré la main.

— Désolée pour votre époux, avait dit madame Saddiki.

— Ça ira. C'est un battant.

Elle avait sans doute préparé cette réponse depuis des heures, au cas où il y aurait eu un journaliste.

Ma tante ouvrant la marche d'un air décidé, nous étions rentrés dans l'hôpital où l'odeur du désinfectant et de l'eau de javel tentaient sans succès de couvrir les exhalaisons rances de la maladie. Dans un coin, une plante grasse essayait de mettre un peu de gaieté dans ce tableau, mais finalement, avec ses feuilles jaunes et molles, ça gâchait tout.

Ma tante s'était approchée de l'accueil et, d'une pochette en plastique, elle avait sorti une série de documents qu'elle avait tendus à l'employé, puis elle était revenue vers nous.

— Je vais aller voir le médecin qui s'occupe d'Alain. Il sera disponible dans une demi-heure.

C'était le moment.

— En attendant, on pourrait aller voir madame Carpentier... j'avais dit.

Les deux femmes s'étaient tournées vers moi. Madame Saddiki avait essayé de dire :

— Mais elle n'est pas prévenue... Je ne sais pas si elle veut recevoir des visites, c'est délicat.

— Je crois que ça lui fera du bien. Elle n'a personne. Elle est complètement seule... Seule depuis des années. C'est peut-être pour ça que... qu'elle a fait ce qu'elle a fait.

Madame Saddiki soupira.

— Tu as peut-être raison...

Ma tante regarda sa montre, elle pouvait difficilement refuser sans risquer de passer pour une créature sans cœur.

— Bon… dit-elle.

La chambre de madame Carpentier était la 306. Nous étions montés jusqu'au troisième et nous nous étions retrouvés tous les trois devant sa porte entrouverte.

J'avais frappé.

— Oui ? avait répondu la voix de madame Carpentier.

J'étais entré, suivi par madame Saddiki et ma tante, manifestement mal à l'aise.

La chambre était minuscule : une télévision vieux modèle, fixée en hauteur sur une potence, diffusait les images muettes d'un téléfilm policier. Depuis la grande fenêtre qu'il semblait impossible d'ouvrir, on voyait le parking arrière du bâtiment et, au-delà, une zone en chantier où une pelle mécanique déplaçait des gravats d'un point à un autre.

Les murs de la chambre avaient été peints en jaune pâle, peut-être suite à l'ordre d'un architecte qui considérait que cette couleur avait un impact positif sur l'humeur des patients. Sur une petite table en bois clair, il y avait un plateau en plastique avec les restes d'un repas de midi auquel on avait à peine touché : une pomme, un yaourt maigre, un petit pain, une tranche de jambon cuit.

Le lit occupait presque tout l'espace disponible et là, sous un drap, pâle comme du givre, amaigrie par le malheur, madame Carpentier nous regardait avec effroi.

— Qu'est-ce que vous faites là ?

Madame Saddiki tenta son sourire de spécialiste en santé mentale et répondit :

— C'est une idée de Charles... Pour te montrer que tu n'es pas seule.

Réalisant soudain qu'elle n'avait rien à faire là, ma tante avait sorti son iPhone de son sac, elle pianota rapidement sur l'écran et dit :

— Je vais vous laisser... Je dois y aller... Excusez-moi.

Je l'avais retenue par le bras.

— Attends, il faut que je te parle d'abord. Il faut que je vous parle à toutes les trois.

Surprise par mon geste, regardant ma main sur son bras comme si c'était un animal un peu dégoûtant, elle s'arrêta net. Le teint mat de madame Saddiki avait soudain un peu pâli, lui donnant la couleur d'une pièce de lin, peut-être avait-elle l'intuition de ce qui allait se produire, je m'étais dit qu'elle avait finalement peut-être un peu d'instinct.

— Qu'est-ce qu'il y a ? avait demandé ma tante manifestement agacée.

— J'ai besoin d'argent, j'avais dit. Je veux dire : j'ai besoin de beaucoup d'argent... J'ai besoin de deux cent mille euros.

— Quoi ! s'exclama ma tante en s'écartant de moi, deux cent mille euros ? Mais t'es complètement cinglé ou quoi ? Et pourquoi tu demandes ça ici, maintenant ? Tu crois vraiment que...

Madame Saddiki intervint aussi :

— Qu'est-ce que tu racontes ? Pourquoi est-ce que tu aurais besoin d'une somme pareille ?

— Je dois rentrer chez moi… chez moi, là-bas… On m'a forcé à venir ici… Mais ma vie est là-bas, j'ai quelqu'un qui m'attend.

Ma tante eut un sourire méprisant.

— Mais rentre chez toi ! Je ne te retiens pas !

Je la regardai.

— Je sais. Mais j'ai d'abord besoin de cet argent. Je dois payer un billet d'avion et puis le transport jusque-là. Mais ce n'est pas tout : je dois récupérer quelque chose qui me permettra de vivre la vie dont j'ai envie et qui me permettra aussi de vous rembourser. Pour ça, j'ai besoin de deux cent mille euros.

Cette fois, ma tante éclata de rire et parla en prenant madame Carpentier et madame Saddiki à témoin :

— Mais tu es complètement con ou quoi ? Qu'est-ce qui te fait croire qu'on va te donner tout cet argent ?

Je sortis mon téléphone de ma poche.

— Je me doute que vous n'allez pas me donner ça comme ça… Je vais vous montrer quelque chose… Je suis désolé d'avoir dû faire ça, sincèrement désolé, j'aurais fait autrement si j'avais pu…

Dans le menu « vidéo » du téléphone, je choisis le fichier « tante ». Un petit film se mit en route. C'étaient les images qu'il avait capturées quelques heures plus tôt, alors que je l'avais déposé dans la chambre, sur le rebord de la fenêtre. On y vit les images de ma tante tirant sur le joint que je lui avais proposé à l'aube, puis de ma tante debout nue sur le lit, puis de ma tante et du vibromasseur, enfin de ma tante et moi faisant l'amour.

— Qu'est-ce que c'est que ça ? hurla ma tante.

— J'ai aussi ça, j'avais dit en lançant le fichier « Saddiki ».

Cette fois, le téléphone avait été posé sur le bureau de la psychologue, contre la photographie de ses enfants. On nous voyait très clairement, collés l'un à l'autre, moi derrière elle.

Dans la chambre d'hôpital, madame Saddiki s'assit lourdement sur le coin du lit de madame Carpentier. Elle avait l'air en état de choc, j'eus l'impression qu'elle allait vomir, mais elle se contenta de dire :

— Salaud !

J'avais hoché la tête. Je ne lui donnais pas tort, c'était bel et bien une technique de salaud. J'avais lancé le dernier fichier : « Carpentier ». Là aussi, tout y était. Depuis le lit, le professeur de français se contenta de dire :

— C'est bon, tu peux arrêter... Je sais ce qui s'est passé...

Au moment où je coupais la scène, ma tante m'avait arraché le téléphone des mains et l'avait violemment jeté contre un mur, il explosa en projetant des pièces de plastique dans toutes les directions.

— Et maintenant, petit connard ? avait-elle demandé.

— Maintenant rien. Tout ça est sauvegardé dans le cloud.

— Tu mens, tu n'y connais rien ! dit-elle.

— C'est juste une option à cocher dans les préférences...

Madame Saddiki courut vers la petite salle de bain où se trouvait une cuvette de w.-c. Je l'entendis vomir, puis il y eut quelques hoquets nerveux, une toux aigre. Elle revint en s'essuyant la bouche.

— Et si on ne paye pas, tu mets tout ça sur internet ? demanda-t-elle.

— C'est ça.

— C'est du chantage ! On va appeler les flics ! menaça ma tante.

— Alors, les vidéos seront diffusées. Avec ce qu'il vient de se passer avec ton mari, ça va faire un scandale terrible, tu comprends.

Madame Carpentier se redressa sur son lit.

— Mais je n'ai pas cet argent ! dit-elle au bord des larmes.

— J'ai pensé à une répartition équitable : à vous et à madame Saddiki, je demande vingt-cinq mille euros chacune. À Murielle, je demande cent cinquante mille. Je me rends parfaitement compte que c'est une somme importante, mais c'est un prêt. Je vous rembourserai toutes les trois, dès que ce sera possible.

— Espèce de sale petite ordure ! dit ma tante.

De la poche de mon pantalon, je sortis trois petits morceaux de papier.

— Prenez ceci, j'avais dit en les distribuant. C'est le numéro d'un compte numéroté à Gibraltar. Il suffira de virer l'argent dessus.

— Comment est-ce que tu as pu ouvrir un compte à Gibraltar? demanda ma tante en regardant fixement le numéro.

— Frédéric a un ordinateur qui est connecté à beaucoup de choses bizarres, j'avais dit. Ouvrir un compte à Gibraltar ou à Hong Kong ou aux îles Caïmans c'est vraiment pas compliqué.

Toutes les trois n'avaient plus rien dit, complètement abasourdies, elles fixaient le numéro de compte sur le bout de papier.

Avant de partir, je les avais regardées une dernière fois. Blessées comme ça, l'une debout, l'autre assise et la dernière couchée, je m'étais souvenu des quelques vers de *La Muse malade* que Baudelaire avait écrits en 1861, alors qu'il venait d'envoyer à sa mère une de ses lettres douloureuses où il lui demandait sur un ton suppliant, la chargeant de toute la culpabilité possible, de lui donner cet argent qu'il dépensait sans cesse et depuis tant d'années en vêtements de luxe, en prostituées et en alcool :

> *Ma pauvre muse, hélas! qu'as-tu donc ce matin?*
> *Tes yeux creux sont peuplés de visions nocturnes,*
> *Et je vois tour à tour réfléchis sur ton teint*
> *La folie et l'horreur, froides et taciturnes.*

Quand j'avais quitté l'hôpital et que ce miraculeux soleil revenu d'entre les morts avait réchauffé mon visage, je m'étais retourné un moment. Sur la façade de l'hôpital, j'avais regardé toutes les fenêtres s'alignant avec une rigueur tragique. Je m'étais demandé derrière laquelle se trouvait mon oncle. Je m'étais dit que c'était dommage qu'il ne puisse pas voir cette lumière qui éclairait le monde pour la première fois depuis des mois, que de voir ça, ça lui aurait peut-être fait venir un peu de bonheur dans le caveau glacial où gisait son âme.

Je m'étais dit que c'était dommage qu'il ne puisse plus jamais rien voir.

Que pour lui, dorénavant, ce serait la nuit pour toujours.

## 43.

J'avais marché plusieurs heures à travers la campagne avant de rejoindre la « ville de taille moyenne ». Pour la première fois, à la faveur de cette nouvelle saison, de cette nouvelle lumière et de cette nature qui se colorait de vert vif, je m'étais senti envahi par un sentiment qui se rapprochait du bonheur.

Quand j'étais arrivé à la maison de mon oncle, ma tante n'était pas encore là. C'était sans doute mieux comme ça. J'étais rapidement monté chercher mes affaires dans la chambre de mon cousin, je l'y trouvai voûté sur la chaise de son bureau, dans la même attitude que celle qu'il avait toujours eue : absent du monde réel, des écouteurs pressés sur ses oreilles, ses yeux se dissolvant dans les images épouvantables de l'un ou l'autre de ces massacres, de ces tortures ou de ces mises à mort.

Il ne me remarqua même pas.

Je mis mes quelques affaires dans le vieux sac avec lequel j'étais arrivé d'Afrique et j'allai frapper à la porte de la chambre de ma cousine.

Elle m'ouvrit et me vit avec ma veste et mon sac. Elle comprit.

Sans un mot, elle me prit dans ses bras et me serra contre elle un long moment.

C'était une étreinte pure et belle et fraternelle. C'était une étreinte dans laquelle je sentis toute la force de quelqu'un ayant décidé que désormais plus rien au monde ne l'empêcherait de vivre et que cette décision rend incroyablement fort.

Je la regardai, derrière la grossièreté des traits, je vis apparaître toute la beauté sauvage de la liberté. J'avais caressé sa joue, elle avait pris ma main, elle avait embrassé mes doigts et m'avait souri.

— Quand tu en auras l'occasion, donne de tes nouvelles, elle m'avait dit.

Je le lui avais promis.

Et puis j'avais quitté la maison.

C'était l'après-midi et les premières chaleurs du printemps inoculaient à toutes les choses vivantes une formidable énergie vitale : ça croassait, stridulait, bourdonnait de partout à la fois. Dans la lumière nouvelle du ciel, des oiseaux pratiquaient une cour acrobatique en piaillant des mélodies impossibles ; dans les mauvaises herbes débarrassées de l'humidité de l'hiver, des rongeurs invisibles faisaient entendre les bruits vifs de leurs parades amoureuses.

Je m'étais éloigné des routes et des maisons autant que je l'avais pu, puis je m'étais installé contre un arbre. J'avais fermé les yeux, j'avais répété les mots d'Apollinaire :

> *Les feuilles*
> *Qu'on foule*
> *Un train*
> *Qui roule*
> *La vie*
> *S'écoule*

Lentement, sans m'en rendre compte, au rythme de cette saison qui s'installait, j'avais glissé dans un demi-sommeil qui ressemblait presque à de l'ivresse.

Il y avait eu quelques-uns de ces rêves bizarres, sans scénario, sans images nettes, sans raison et parlant une langue mystérieuse dont on perd la connaissance une fois éveillé et puis ça avait été le soir et je m'étais remis en route.

J'avais sonné chez Jessica qui m'avait ouvert la porte. Elle avait eu l'air à la fois surprise et heureuse de me voir.

— Tes parents sont là ? je lui avais demandé.

— Ils rentrent demain.

— Je peux dormir chez toi, juste cette nuit ?

Elle m'avait fait entrer, elle m'avait demandé si j'avais faim, j'avais dit « oui », elle avait mis la table et nous avions mangé des pâtes au ketchup. Elle m'avait demandé :

— Tu as des ennuis ?

— Un peu… Mais ça va s'arranger… Il faudra que je trouve à me loger pendant une dizaine de jours et puis ça ira mieux.

Elle ne m'avait pas posé d'autre question. Elle avait cette loyauté indéfectible qu'un ado peut avoir pour un autre ado pris dans la tourmente, cette solidarité instinctive contre le monde des adultes, j'avais trouvé ça beau, ça m'avait touché.

Elle m'avait proposé de dormir avec elle, dans le grand lit double de sa chambre « parce que c'était plus simple » et, lorsque ce fut le moment, je m'étais allongé à côté d'elle, dans une chambre à l'hygiène incertaine, au désordre militant, entre des draps qui sentaient la sueur et la vanille.

— T'es amoureux d'une fille, hein ? elle m'avait demandé.

— Comment tu le sais ?

— Ça se voit. J'ai vu ça le premier jour. C'est super mignon.

À la manière d'un chat qui cherche un peu de chaleur, elle s'était rapprochée de moi, son dos contre ma poitrine, je l'avais entourée de mes bras, c'était tout ce qu'elle voulait et moi aussi. Plus tard, la sentant s'endormir doucement, je m'étais dit qu'enfermées dans le cœur de cette fille, sous la couche sédimentaire de toutes les conneries dont on l'avait nourrie depuis sa naissance, il y avait probablement quantité de choses sauvages et merveilleuses qui ne demandaient qu'à exister, si on leur en donnait la chance.

Son accueil, sa douceur, sa confiance en étaient les signes.

Alors, quand dans un mouvement d'abandon au sommeil elle se retourna vers moi, mettant son visage contre le mien, je lui chuchotai un simple « merci », en espérant que ce mot libère son esprit captif comme l'aurait fait une formule magique.

Le lendemain, avant de quitter la maison pour se rendre à l'école, Jessica m'annonça qu'Anaëlle, dont les parents étaient partis régler un problème de succession en Dordogne, pourrait me loger pour la nuit.

Le soir même j'étais chez la jeune fille brune. Ses parents habitaient au-dessus de la pizzeria dont ils étaient les propriétaires. C'était un appartement qui sentait le sel, l'olive et le parmesan. Il était surchargé de souvenirs d'une Italie mythifiée : des vierges en plâtre, des Vatican dans des boules à neige, un poster acheté à la pinacothèque de Brera reproduisant *Le Souper à Emmaüs* du Caravage.

Anaëlle ne posa pas de questions sur ma situation, elle me dit simplement que « si je voulais parler, je pouvais », je la remerciai. Plus tard, alors que nous débarrassions la table, elle m'avait demandé comment je connaissais autant de choses alors que je venais d'un endroit où il n'y avait rien.

— J'ai été élevé par quelqu'un qui m'a fait lire tous les jours, tout ce qui était possible, de l'encyclopédie à la littérature, tout... Même des magazines, des vieux magazines qu'on trouvait dans les villages, qui arrivaient de la ville, complètement défraîchis. Des *VSD*, des *Marianne*, des *Paris Match*, des *Journaux de Mickey*, des *Elle*, des *Cosmopolitan*, des *Gala*, des *Glamour*, des *Marie Claire*, des *Closer*, des *Playboy*, des *Géo*, des *Express*, des *Challenges*, des *Ici Paris*... Tout, tous les jours, de la première à la dernière page! L'homme qui m'avait recueilli voulait que je connaisse tout ce qu'un Blanc doit connaître. Mais ça ne m'a rien fait connaître... Juste une connaissance théorique, une connaissance en surface, je croyais connaître ce monde, le vôtre, mais c'était pas vrai. Aujourd'hui, maintenant que j'ai passé du temps ici, je crois que je vous connais mieux.

— Moi, on ne m'a rien fait lire... Rien... avait-elle dit avec regret.

— C'est pas grave. Tu peux commencer demain... Tu peux commencer ce soir.

De mon sac en toile j'avais sorti une édition bon marché et à moitié moisie des *Confessions* de Jean-Jacques Rousseau.

— Ça commence comme ça, écoute, j'avais dit avant de lui lire les fameuses lignes:

*Je forme une entreprise qui n'eut jamais*
*d'exemple, et dont l'exécution n'aura point*
*d'imitateur. Je veux montrer à mes semblables*
*un homme dans toute la vérité de la nature;*
*et cet homme, ce sera moi.*

— Il va tout raconter? demanda Anaëlle.

— Oui… Ça a été écrit il y a longtemps, du coup parfois on ne comprend pas trop de quoi il parle, mais c'est pas grave… Faut juste lire un peu tous les jours et, petit à petit, tu t'habitues.

Elle avait pris le livre. Je m'étais dit que, peut-être, comme les fétiches ensorcelés que j'avais donnés à Aurore, ce cadeau serait la clé de l'affranchissement de la jeune fille.

Comme chez Jessica, nous avions dormi dans le même lit. Comme chez Jessica, ça n'avait rien été d'autre que ça : deux adolescents heureux d'être l'un contre l'autre.

Le lendemain on m'envoya dormir chez Manon. Là c'était une maison à la décoration rustique (assiettes décoratives en cuivre fixées aux murs, meubles en bois massif, carrelage champêtre). Le jour suivant ce fut chez Chloé (un appartement en duplex à côté d'une pompe à essence) et le jour d'après chez Arthur (il y avait un banc de musculation dans sa chambre, on fit des exercices en riant).

Ainsi, pendant près d'une semaine, de maison en maison, d'appartement en appartement, je voyageai en suivant les absences successives des parents des uns et des autres. Je passai une nuit chez Lucas, une autre chez Louis, une autre chez Aslan, une autre chez Younes et toujours, chez l'un comme chez l'autre, je trouvai une bienveillance soucieuse et une hospitalité sans réserve.

Après une semaine, j'étais chez Alice (elle habitait seule avec sa mère dans un appartement humide mais décoré dans un style, selon Alice, « contemporain nordique ».)

Et c'est là que, me connectant via l'ordinateur de la jeune fille pour vérifier l'état de mon compte numéroté, je vis qu'un premier virement avait été fait : vingt-cinq mille euros.

Madame Saddiki en était la donneuse d'ordre. Le jour suivant, ce furent les vingt-cinq mille euros de madame Carpentier et enfin, le dixième jour, ce fut un virement de cent quarante-neuf mille euros de la part de ma tante. J'imaginais qu'avoir retenu mille euros était une façon de me signaler qu'elle avait encore une certaine maîtrise de la situation.

En tout cas, maintenant que l'argent était là, j'allais pouvoir rentrer chez moi.

# 44.

Je savais exactement ce que je devais faire et comment je devais le faire. Sur le site de l'ambassade, je pus acheter un « e-visa » et, sur le site d'une compagnie aérienne, un billet d'avion (avec changement à Francfort).

Il fallut ensuite faire le paiement à Academi, anciennement Blackwater, société de « sécurité privée » offrant en réalité les services d'une véritable armée à qui avait les moyens de se les offrir. J'avais fait une demande de devis en ligne quelques semaines plus tôt via l'ordinateur de mon cousin, il fallait rentrer le nom du pays qui serait le théâtre des opérations et la nature de ladite opération. En fonction de ça, les analystes de la société fournissaient un devis détaillé sur lequel étaient mentionnés le nombre d'hommes, le coût du matériel (dont la location était à charge du client), le prix des assurances, du carburant, des frais administratifs, etc.

D'après les informations que je leur avais données, on avait évalué mes besoins : dix jours, dix hommes, trois véhicules blindés avec, en plus des armes classiques, deux mitrailleuses lourdes, deux mortiers, deux lance-roquettes et quelques grenades (à titre purement dissuasif).

Coût total : cent quatre-vingt mille euros. J'avais fait le virement via le compte de la banque de Gibraltar.

J'avais pris l'avion en fin de journée, mon passeport était en règle, j'avais imprimé mon « e-visa », le fait que je sois mineur ne sembla poser de problème à personne, ni au départ ni à l'arrivée, le monde était devenu un bordel incontrôlable, tout le monde semblait s'être mis d'accord là-dessus, tout le monde avait l'air de s'en foutre.

Nous avions atterri la nuit et, en quittant l'avion, retrouvant brutalement cette chaleur aqueuse et parfumée propre à l'Afrique, j'eus l'impression de n'être jamais parti, que tout ce qui venait de se produire durant ces derniers mois n'avait été qu'une parenthèse si absurde, qu'elle ne pouvait pas avoir été complètement réelle.

J'avais logé dans un petit hôtel, j'avais accueilli la crasse et la vétusté de l'endroit comme des amies trop longtemps perdues de vue.

Le lendemain à l'aube, trois véhicules blindés transportant dix hommes, tous dûment armés, tous vêtus d'un tee-shirt noir au logo d'Academi, bouchaient la circulation de la rue de l'hôtel.

Il y avait un responsable, que mon apparence juvénile laissa indifférent. Il était grand, il avait des mains énormes, un visage presque inexpressif et un accent qui avait l'air d'être russe ou allemand. Nous avions fait le point sur les objectifs, il m'avait montré la feuille de route, elle avait été préparée avec soin, cette société méritait sa réputation de fiabilité.

Nous avions roulé toute une journée et toute une nuit sur des routes accidentées, puis, quittant ces routes, nous avions emprunté des pistes étroites sur les sinuosités desquelles des créatures détalaient si vite, qu'elles en devenaient presque invisibles. Et puis enfin, quand le GPS l'eut décidé, nous avions quitté les pistes et la poussière pour nous enfoncer dans la forêt.

L'allure toujours régulière s'était faite plus lente. La végétation raclait les carrosseries, les moteurs diesel émettaient un chant grave et rassurant, les hommes parlaient peu mais parlaient utile, comme le font des professionnels soucieux de la qualité de leur travail.

À mesure que nous avancions, je retrouvais tout ce qui m'était si familier : le vert sombre de la forêt, le babil insolite d'animaux qui restaient hors de vue, les parfums de macération répandus dans l'atmosphère par le cycle incessant des naissances et des morts. J'avais retrouvé cette chaleur d'organisme fiévreux, ces pluies soudaines, brèves, lourdes et brutales, ces brumes s'élevant du sol et rampant à la verticale, comme des spectres, le long des arbres géants. Et tout cela m'avait rappelé que les hommes n'étaient là-bas que des mammifères plus fragiles, plus vulnérables et plus tristes que les autres, car ils avaient conscience que leur vie n'était rien d'autre qu'un état précaire.

Et puis, enfin, nous étions arrivés au village.

Et puis, enfin, j'avais retrouvé Septembre.

# 45.

Les trois blindés s'étaient arrêtés à une centaine de mètres du village, je leur avais dit d'attendre et j'avais marché vers cet endroit que je connaissais si bien.

Je me rappelle avec une absolue précision chacun des pas que je fis ce jour-là, vers le village. L'impatience, l'intensité dramatique du moment, la crainte de ne pas retrouver la fille que j'aimais semblaient avoir donné à chacun de mes sens une dimension inimaginable : j'avais l'impression très nette que le flux du temps s'était à la fois épaissi et ralenti. Chaque seconde devenait une année, chaque année un millénaire et chaque millénaire était gravé au burin d'acier dans une pierre éternelle. Je pouvais compter un par un les photons frappant mon visage, une par une les molécules d'oxygène rentrant dans mes poumons et agissant sur la mécanique de mon métabolisme, une par une les pulsations de mon cœur, battant dans ma poitrine avec la force d'une grande vague océanique.

Quand j'arrivai à la frange terreuse que le village faisait avec la forêt, je reconnus d'abord quelques visages familiers. On me regardait avec surprise, on m'avait cru perdu, on ne m'espérait plus.

Enfin, Septembre apparut entre les petites maisons. Sans doute l'avait-on prévenue. Elle marchait calmement vers moi, avec, sur son visage, ce sourire surnaturel qui paraissait taillé dans un pur morceau de lumière. En trois enjambées elle était contre moi et m'entourait de ses bras. J'avais plongé mon visage contre son cou et j'en inspirai les parfums d'oranges mûres, de jus de mangue, de cuir brûlé, de terre battue, d'écorce fendue et de pierre salée.

Ma tête tourna, je me mis à pleurer.

Je ne voulais plus la lâcher.

Je ne la lâcherais plus.

— Tu as réussi, m'avait-elle dit.

— Oui.

Elle me serra si fort que je compris qu'elle non plus ne voulait pas me lâcher.

Qu'elle aussi, elle s'était dit qu'on ne se lâcherait plus.

Qu'on resterait comme ça tant qu'on serait en vie, tant qu'on aurait des muscles, tant qu'on aurait des os.

# 46.

Après ça, tout se passa exactement comme prévu.

Avec les militaires d'Academi et sur les indications de Septembre, nous avions rejoint le village de son enfance et nous avions déterré le bidon rempli de ses cent kilos de dollars.

Les hommes l'avaient chargé sans poser de questions et, après quatre jours de route, nous étions de retour en ville, garés devant une agence de la Bank of China.

Il avait suffi de donner une centaine de dollars au gérant chinois pour qu'il ouvre un compte sur lequel furent déposés les très exactement « dix millions quatre cent trente-deux mille huit cent dix-sept dollars » contenus dans le bidon (on dut mettre à contribution les trois machines de l'agence qui comptèrent les billets durant une demi-heure sous les regards attentifs du gérant, de son assistant et de trois des militaires m'accompagnant).

Une fois que ce fut fait, il me suffit de virer la somme sur le compte numéroté anonyme à Gibraltar.

Une semaine plus tard, la banque m'envoya les deux cartes American Express Platinium qui lui étaient associées.

J'avais fait quelques virements : vingt-cinq mille euros pour madame Saddiki, vingt-cinq mille euros pour madame Carpentier, cent quarante-neuf mille euros pour ma tante.

J'avais également ouvert un autre compte numéroté dans la même banque de Gibraltar, j'y avais déposé cinq cent mille euros et j'avais envoyé le code et la carte correspondant à Aurore, ma cousine.

J'étais certain que ça l'aiderait à prendre son envol.

À ce moment-là, la vie allait pouvoir commencer.

# 47.

J'ai écrit ce livre pour Septembre.

J'y ai mis toute la vérité dont étaient capables ma mémoire, mon jugement et mon honnêteté. J'ai voulu être le plus fidèle possible aux événements tels qu'ils se sont déroulés pendant cet exil qui dura près d'une année, ce voyage étrange dans un monde que je connaissais si bien par les livres, si mal par l'expérience.

Ce livre, peut-être qu'elle le lira un jour, si l'envie lui prend. Peut-être ne le lira-t-elle jamais, considérant, comme elle l'a toujours fait, que le passé n'a pas beaucoup d'intérêt ni beaucoup de valeur.

Elle fera comme elle voudra.

Aujourd'hui, au moment où j'écris cette dernière page, nous habitons dans une maison simple mais surtout solide, construite dans un coin du monde que je préfère tenir secret.

Mon histoire m'a rendu prudent.

Par les fenêtres, pendant la journée, on voit un lac dont les eaux calmes peuvent passer, selon l'état du ciel, du bleu au noir, nous offrant chaque jour un spectacle merveilleux qui apaise les tourments de nos esprits.

Ici, le temps est doux et souvent à la fin du jour la lumière prend des reflets d'or. Septembre met un peu de musique, je cuisine quelque chose et, assis sur les chaises de la terrasse, les jambes gardées au chaud sous de grandes couvertures en laine, nous regardons arriver la nuit.

Depuis que nous sommes arrivés, les choses se déroulent à leur rythme, sans bruit, sans drame, avec ce que j'appellerais de l'élégance.

J'ai fait installer une grande bibliothèque que je remplis peu à peu, au hasard de ce que je parviens à me faire envoyer. Je lis de la poésie, des romans…

Peut-être qu'un jour j'essayerai d'écrire autre chose que ce témoignage.

Septembre étudie les sciences : les mathématiques, la physique, la chimie. Elle dit que ce sont des choses solides dont l'inflexible perfection lui fait du bien après ce que nous avons traversé, que ce sont des choses qui l'élèvent au-delà de la folie des hommes.

Le soir, avec passion, elle me parle d'équations, de géométrie, de mécanique quantique. J'essaye de comprendre, comme je n'y arrive pas je me contente de la regarder, m'émerveillant de l'avoir enfin près de moi sans crainte, sans drame, sans ultimatum.

Septembre et moi avons été amenés à affronter le monde dans ce qu'il avait de pire : le monde du Sud comme celui du Nord et ces horreurs nous auront rendus à la fois durs et fragiles.

De ces épreuves, il nous reste évidemment quelques fantômes. La nuit, des cauchemars viennent encore la tourmenter, mais ils se font plus rares. De mon côté, lorsque tout est calme, qu'il n'y a qu'un peu de ce vent frais et clair descendu des montagnes pour caresser le lac, je ressens parfois la terrible angoisse d'une catastrophe imminente, mon existence m'aura appris que les catastrophes sont des choses qui arrivent.

J'essaye d'être prêt.

On ne sait jamais.

Pour l'instant, nous vivons comme des évadés, nous ne nous approchons pas trop du monde.

Mais, de mon histoire, j'ai découvert que, sous ses apparences terribles, il y avait peut-être, malgré tout, quelque chose qui vaudra la peine qu'on y revienne. J'avais fini par découvrir et puis aimer Aurore, Jessica, Anaëlle et tous les autres. Aimer, ça n'arrive pas tous les jours. C'est une émotion à laquelle on ne tourne pas le dos.

Alors, dans ce monde-là, on reviendrait peut-être, un jour, si l'envie se faisait sentir.

Mais le temps du retour n'est pas encore venu.

Pour le moment, nous allons simplement essayer de vivre et de voir ce que cela donne.

Ce sera bien la première fois.

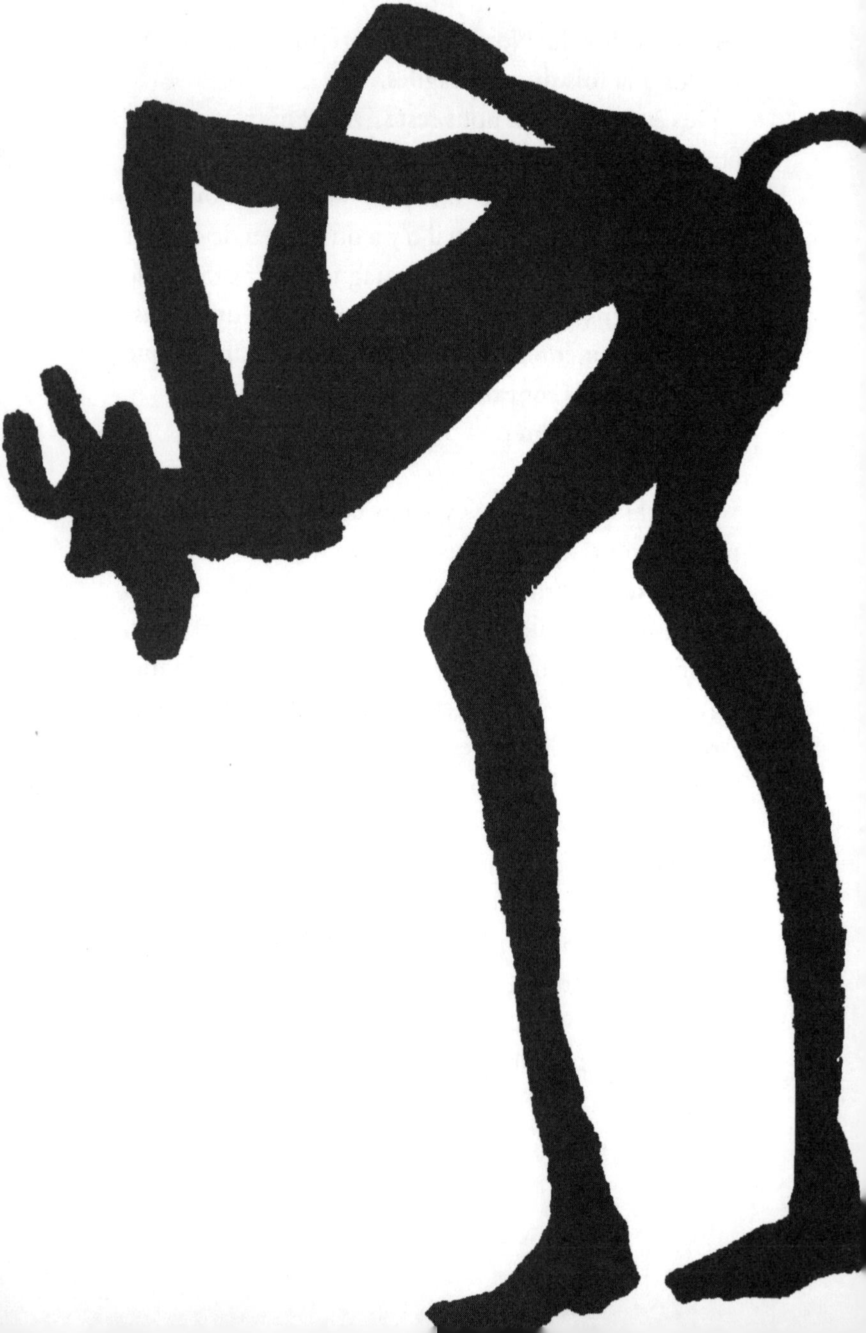

# Au diable vauvert

## Littérature française
## Extrait du catalogue

SÉBASTIEN AYREAULT
*Loin du monde*, roman
*Sous les toits*, roman

TRISTANE BANON
*Le Bal des hypocrites*, récit

JULIEN BLANC-GRAS
*Gringoland*, roman
*Comment devenir un dieu vivant*, roman
*Touriste*, roman
*Paradis (avant liquidation)*, récit
*In utero*, roman
*Dans le désert*, récit

SIMON CASAS
*Taches d'encre et de sang*, récit
*La Corrida parfaite*, récit

OLIVIER DECK
*Adieu, torero*, récit

WENDY DELORME
*Insurrections ! En territoire sexuel*, récit
*La Mère, la Sainte et la Putain*, roman

JEAN-PAUL DIDIERLAURENT
*Le Liseur du 6h27*, roman
*Macadam*, nouvelles
*Le reste de leur vie*, roman

Youssouf Amine Elalamy
  *Les Clandestins*, roman
Nora Hamdi
  *Des poupées et des anges*, roman
  *Plaqué or*, roman
Grégoire Hervier
  *Scream Test*, roman
  *Zen City*, roman
  *Vintage*, roman
Alex D. Jestaire
  *Tourville*, roman
  *Contes du Soleil Noir :*
    *Crash*, roman
    *Arbre*, roman
    *Invisible*, roman
Aïssa Lacheb
  *Plaidoyer pour les justes*, roman
  *L'Éclatement*, roman
  *Le Roman du souterrain*, roman
  *Dans la vie*, roman
  *Scènes de la vie carcérale*, récit
  *Dieu en soit garde*, roman
  *Choisissez !*, essai
Louis Lanher
  *Microclimat*, roman
  *Un pur roman*, roman
  *Ma vie avec Louis Lanher*, nouvelles
  *Trois jours à tuer*, roman
  *Les féministes n'auront pas l'Alsace et la Lorraine*, récit

Titiou Lecoq
  *Les Morues*, roman
  *La Théorie de la tartine*, roman
Antoine Martin
  *La Cape de Mandrake*, nouvelles
  *Le Chauffe-eau*, épopée
  *Juin de culasse*, odyssée
  *Conquistadores*, sitcom
  *Produits carnés*, nouvelles
Romain Monnery
  *Libre, seul et assoupi*, roman
  *Le Saut du requin*, roman
  *Un jeune homme superflu*, roman
Xavier de Moulins
  *Un coup à prendre*, roman
  *Ce parfait ciel bleu*, roman
Agathe Parmentier
  *Pourquoi Tokyo ?*, récit
  *Calme comme une bombe*, roman
Nicolas Rey
  *Treize minutes*, roman
  *Mémoire courte*, roman
  *Un début prometteur*, roman
  *Courir à trente ans*, roman
  *Un léger passage à vide*, roman
  *L'amour est déclaré*, roman
  *La Beauté du geste*, chroniques
  *La Femme de Rio*, scénario
  *Les enfants qui mentent n'iront pas au paradis*, roman

Céline Robinet
- *Vous avez le droit d'être de mauvaise humeur…*, nouvelles
- *Faut-il croire les mimes sur parole ?*, nouvelles

Régis de Sá Moreira
- *Pas de temps à perdre*, roman
- *Zéro tués*, roman
- *Le Libraire*, roman
- *Mari et femme*, roman
- *La vie*, roman
- *Comme dans un film*, roman

Coralie Trinh Thi
- *Betty Monde*, roman
- *La Voie Humide*, autobiographie

Cécile Vargaftig
- *Fantômette se pacse*, roman
- *Les Nouveaux Nouveaux Mystères de Paris*, roman

Stanislas Wails
- *Deux*, roman

Composition :
L'atelier des glyphes

Achevé d'imprimer par L.E.G.O. S.p.A. en Italie
en décembre 2017